GAEA

Gaea

護玄／著

vol. 8 新版

特殊傳說 8

目錄

特殊傳說
THE UNIQUE LEGEND

Atlantis 學院 登場人物介紹

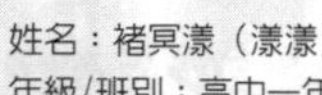

姓名：褚冥漾（漾漾）
年級/班別：高中一年級/C部
性別：男
袍級/種族：無/人類
個性：非常普通的男高中生，個性有點怯懦，不太敢與人互動。

姓名：冰炎（學長）
年級/班別：高中二年級/A部
性別：男
袍級/種族：黑袍/？
個性：脾氣暴躁、眼神銳利。不過是標準刀子口豆腐心的好人～

姓名：米可蕥（喵喵）
年級/班別：高中一年級/C部
性別：女
袍級/種族：藍袍/鳳凰族
個性：個性爽朗、不拘小節，喜歡熱鬧。非常喜歡冰炎學長！

姓名：雪野千冬歲
年級/班別：高中一年級/C部
性別：男
袍級/種族：紅袍/？
個性：有點自傲，知識豐富像座小型圖書館；討厭流氓！

姓名：西瑞．羅耶伊亞（五色雞頭）
年級/班別：高中一年級/C部
性別：男
袍級/種族：無/獸王族
個性：個性爽朗、自我中心。出身於暗殺家族，打扮像台客。

姓名：萊恩．史凱爾
年級/班別：高中一年級/C部
性別：男
袍級/種族：白袍/人類
個性：個性隨意，存在感低、經常超自然消失在人前，執著於飯糰！

登場人物介紹

Atlantis 學院

姓名：藥師寺夏碎
年級/班別：高中二年級/A部
性別：男
袍級/種族：紫袍/人類
個性：個性淡泊，不喜過多交談，是個溫柔的好哥哥。

Alis 學院

姓名：伊多．葛蘭多
年級：大學一年級
性別：男
袍級/種族：白袍/水之妖精
個性：成熟穩重且平易近人，性格溫和。先見之鏡的守護者。

姓名：雅多．葛蘭多
年級：大學一年級
性別：男
袍級/種族：白袍/水之妖精
個性：不愛講話，外在冷淡繃著一張臉，不過卻是個好人。

姓名：雷多．葛蘭多
年級：大學一年級
性別：男
袍級/種族：白袍/水之妖精
個性：極具冒險精神，永遠都掛著笑臉，喜歡搗蛋，對五色雞的頭髮異常執著。

其他

姓名：褚冥玥
身分：一般的大一生，漾漾的姊姊
性別：女
種族：人類
個性：直率強硬，很有個性的冷冽美女。異性緣爆好！

第一話　分組

地點：Atlantis

時間：傍晚六點三十分

那天晚上，我在我的房門口收到一個密封的盒子。

奇怪的是當場打開之後，裡面居然是一套白色的普通運動服。注意，是完全普通的衣服，拿起來時我什麼也沒感覺到，也不會噴火，甚至上面還有我那邊世界的某地方名牌，很明顯眞的是訂做的普通衣服。

運動服設計得還滿好看的……該不會這就是莉莉亞說的隨機分送的分組運動服吧？盯著白色運動服看，我開始有點害怕了。

希望不要分到很奇怪的地方去，不然我怎麼死的都不知道啊！

「漾漾？」

就在我看著運動服發呆時，後面突然傳來開門聲以及很熟悉的叫喚聲，我馬上回過頭，果然看見私下幫我課後補習的符咒老師站在後面，「安因先生？」這個時間他怎麼在這邊啊？

穿著黑袍的安因順手關上自己的房門然後走過來，對著我微笑了下：「你已經收到分組運動服了嗎？」

「嗯。」我把手上的盒子給他看了一下。

「啊，眞是巧，剛剛我也看見過一樣顏色的衣服。」安因表情看起來很愉快，不過沒有告訴我他看見的是誰，「看來明天會很精采，不過可惜我得要看回憶影像了。」

「您要出去嗎？」我看他好像沒打算把黑袍換下，而且還帶著背包，看起來不像是要在附近蹓躂的樣子。

「是的，正好有任務，不過僅是出去探查數日，很快就會回來了。」想了下，安因又回到房間拿了一本書出來給我：「這是目前教你的進度，你可以先看，有問題回來後可以一起問。」

我感動地把書給收下來。

「那就先這樣了，你們好好玩。」說完，人很快就消失在樓梯那邊。

抱著符咒學的書本，我挾著那個衣服箱回到房間。

「嗨，漾漾你回來了啊。」

就在原本不應該出現在我房間裡的人舉手打招呼那秒，我突然萌生了自動往後退讓出房間隨她去玩的衝動。

我看見了那個最麻煩的扇董事好像在自家一樣、完全不客氣地霸佔我房間的小廳，四周放了一堆今天園遊會裡出現的糧食和紀念品……等等！爲什麼紀念品裡會有一盆充滿尖牙又比平常大一倍的捕蠅草？

那是拿來吃什麼用的啊！

「這個是會尖叫的食蟲花，搧它個一巴掌就會發出很有趣的慘叫，你要不要聽看看？」扇董事注意到我的視線，把那盆疑似捕蠅草的東西拿過來，一堆尖牙就跟著搖來晃去。

「不用了，謝謝。」我不想聽到一堆尖牙對著我尖叫。

收回想逃走的腳步，我硬著頭皮回到房間，然後放下東西拿出飲料招待不請自來、而且還不知道來幹什麼的扇董事。

說出去誰會相信，學校最被景仰的三大董事之一現在有隻在我房間裡。而且其實一點都不像某種被尊敬的傳說，認識之後只想轉身逃……

看我對食蟲花完全不感興趣，扇董事聳聳肩就把那盆鬼東西隨便亂放，心情愉悅地把那些食物擺放在小桌子上面，活像這裡才是她家，「跟你聊一下我家臭小子的事，他當你代導人你有什麼感想啊？」

已經知道扇董事口中所謂的臭小子是學長，我比較沒一開始那麼震驚了，在小桌子前面也坐下來，說眞的晚飯沒什麼吃眞的會餓，既然對方要請我也不用特別跟她客氣了：「其實我對學長的感想是，他如果嘴巴可以比手腳快就好了……」至少這樣我可以減少被打的機率……有可能還是躲不掉啦，但是起碼心靈會安慰一點。

「啊哈，我也有這種感覺。那臭小子和他師父完全一樣，都不先打招呼就出手，眞是小人。」

我第一次聽見有人批評學長小人，一個愣掉，不知道要不要答話。

就在我天人交戰之際，扇董事已經繼續自己往下說了：「不過也真有意思，其實我家臭小子很討厭麻煩跟一堆人群聚，本來想說他拒絕掉代導人也沒啥關係，再找個替死……再找個人就行了，沒想到他跑去原世界一趟，回來居然就自己答應了，看來你們兩個很有緣耶。」

我看根本是孽緣吧……

「咦？學長之前就看過我了？」聽扇董事的意思是學長有過來原世界確定過才接，那他是什麼時候來的？我怎麼完全沒印象？

不過話說回來，如果會有印象，那黑袍就不能叫黑袍了。

「對喔，你沒有見過他嗎？我記得他回來時說他是去一個什麼登記中心外面看到的，裡面太吵，所以他就沒進去。」拿著一個捲餅，扇董事簡略地說著。

登記中心？

很吵？

我的記憶開始往前回溯，接著我想起來一件事。

該不會是……

在最開始我姊帶我去考試中心罵人時，站在外面但是電動門卻不開的那個人影吧？

學長！你是鬼啊！

「你好像想起來了嘛。」扇董事勾了一笑，完全自行肯定。

「呃、大概知道了。」如果沒錯的話我想應該真的是那個，總不可能他化身為一般小狗走過去吧。

扇董事看了看我，表情好像在確認，但我不知道她在確認什麼。過了幾秒之後，她突然伸出手拍了一下我的肩膀：「那、我家的臭小子就勞煩你們好好跟他做朋友了。」

聽到這句話時，原本正在喝飲料的我差點沒一口噴出來：「做、做朋友？」您老大不會是在講笑話吧！學長看起來完全就是沒朋友自己也可以活得很好啊！

「對啊。」一點都不覺得自己在講笑話的扇董事點了點頭：「我家那個臭小子早熟得要命，送來我們這邊時就已經是那德行……可愛歸可愛啦，可是這樣都沒啥同年紀的小鬼和他玩，所以他只好跟鬼族和妖怪玩……」

我突然越聽越不對：「學長自己找鬼族跟妖怪玩？」太天眞無邪了吧！

「不是，我找鬼族跟妖怪讓他當玩具玩。」

……不知道爲什麼，這一秒我突然可以理解爲什麼學長會這麼討厭她了。

鬼族跟妖怪可以當小孩的玩具嗎！

「啊啊，眞懷念啊，那時候的無殿裡到處充滿了生死一戰的氣氛。不管走到哪邊都會被小東西突襲，眞是有意思。」扇董事用欠揍的語氣說出了學長悲傷的過去：「所以也因爲這樣，我家那口子才決定要收臭小子當徒弟，他會有這種成就應該感謝我。」

會收學長當徒弟是怕他死掉吧！

我眞爲學長的童年掬一把悲傷淚，同時也可以肯定這個人被完全討厭不是沒理由的。

「你也對鬼族和妖怪有興趣嗎？」扇董事突然轉過來看著我。

「不用了，謝謝。」

我還想安然活過這輩子。

※

「對了，為什麼學長會和你們一起生活？」

大概把東西吃到一半之後，我問出讓我疑惑很久的事情。因為我記得不久前有兩個人來請學長回家，結果被打跑，那這樣說起來學長應該是有家才對，怎麼會跟三位董事生活在一起？

扇董事瞄了我一眼：「這件事情說來話長，大概是滿久之前發生了一點問題，所以那個臭小子沒有辦法待在他原來的地方，於是他的長輩們將臭小子送過來我們這邊，說隨便我們開價多少，總之就是要保護臭小子到成年為止。」她聳聳肩，然後拿了一根草莓串咬著：「當然他們隨便我開價，我也不客氣地直接開了一個讓他們不死也重殘的高價……喔，這是題外話。不過他們真的也很爽快地付了，所以我就讓臭小子留下來了。」

好、好曲折離奇的方式。

「是種族戰爭嗎？」我大概知道學長一定不是人，不過是什麼也不曉得就是了。

「嗯，對喔。」扇董事點點頭，把手上的垃圾往我房間的地板隨便一拋，接著從地上拖出一個一看就知道是酒瓶的東西：「這個世界很好，不過以前戰爭太多了，我們來到這裡時，種族的種類多到讓人吃驚，但是才短短的時間就消失了大半，眞是讓人覺得可惜。」她打開了酒瓶，這樣說著。

「……喔。」戰爭好像眞的無所不在啊。

「對了，其實我家那口子好像原本沒打算教臭小子，那個臭小子來我們這邊時就懂很多東西了，多到都足夠打趴那些玩具，聽說是跟父母在一起時學來的；所以你有空可以多套看看他的嘴巴，搞不好可以學到千古失傳祕技之類的特別招數。」

失傳祕技是啥鬼！

「不用了，我慢慢學就可以了。」在我套學長嘴巴之前他就把我腦袋套光了，我看要是可以學他早就教給我了吧。

是說我想起來，好像學長最早教我的是精靈百句歌那種東西，單純用講或唸咒的類型很多，實際用到手、像是畫符咒那種就很少了。

「我家的臭小子是好孩子喔……眞不想還給他們。」扇董事灌完那瓶酒之後整個人趴在桌上，懶洋洋地看著我：「嘖，如果是你們，應該可以一起活過成年吧，不管是對誰，只要好好凝聚在一起，都可以平安。」

「什麼意思？」我不懂她爲什麼要突然這樣說。

「嗯、沒特別的意思，你聽聽就算了。」聳聳肩，扇董事輕輕笑了一下，然後突然從桌子整個往後倒，砰地聲躺在地上：「我要睡覺了～」

話題一下子跳太快，我一整個沒反應過來。好幾秒之後才意識到剛剛董事講了啥東西：「喂喂！妳應該有自己的房間吧！不要睡在這裡啊！」要是明天一早學長又踹門衝進來，我要怎麼解釋這個狀況啊：「拜託一下，妳要睡好歹也進去房間裡面睡吧！」

「晚安。」完全我行我素的扇董事哈欠一打就要閉眼睛。

「不要睡在這裡啦。」這下子我也不管她到底是不是董事了，連忙把人連拖帶拉地從地上扯起來，畢竟她是個女生……應該是，所以重量沒有我想像的重，甚至輕到有點不可思議，所以我算是很輕鬆地就拖著人進房間，然後把她丟上床鋪。

扇董事整個人已經呼呼大睡，完全就是這裡她最大的感覺。

話說回來……我總不能睡在這邊吧……雖然說是董事，不過畢竟男生女生睡在同一個房間裡面就很靈異啊！

稍微想了一下，我決定還是去小廳睡好了。

這種時間，怎樣都不想出去房間外面的。

※

第二天醒來，我不是睡在客廳，而是已經回到自己床上了。

那個不請自來的扇董事連影子都沒有，自己又像來時那樣消失在空氣的某一角。不過她還算頗有良心，因爲昨晚製造出來、我打包整理好準備今天去處理的一堆垃圾也跟著消失了，估計應該是被一起帶走了吧。

我看了下時間，可能是因爲太早睡了，所以清醒得也很早，大概是早上五點多，窗戶外已傳來很多鳥叫聲了。

安因今天不在，不知道這麼早學長會不會借廁所？

因爲很怕太早去等等被當球踢，我硬是在床上滾來滾去外加翻了一下漫畫，直到又過了一個小時、六點多之後才拿著盥洗用具去敲學長門。

幸好這次打開門的不是夏碎學長——不過也沒有好到哪裡去，因爲門是自己打開的。

已經突變成自動門了嗎！

「你一大早是來研究我房間門和電動門的差別嗎！」一如往常，房間裡傳來異常涼冷的話語，我打了一個哆嗦，趕快進房間順手帶上門。

不知道已經清醒多久的學長桌上放著兩個杯子跟一個茶壺，旁邊還有一小竹籃的小麵包，看起來好像剛剛有人待過。「……昨天扇董事在你房間？」

完全沒預警被問這個，我整個人嚇一大跳：「我、我剛剛沒想啊！」該不會學長你已經從可以讀取我腦袋進化成讀記憶了嗎！

見鬼了！

這樣都可以的話我還要不要活啊！

紅眼狠狠瞪了我一下：「你身上有很重的酒味，那傢伙沒事就會找酒！」他用最快的方式告訴我他會知道的原因。

奇怪了，如果來的是惡魔大姊咧？

「那你就不會現在就起床而是直接睡過頭。」學長丟了很謎的話語給我，然後轉身繼續做自己手上的事。

我這才注意到，原本空空只有桌椅的小廳地上出現了很多透明的小箱子，大概都是那種可以裝兩顆籃球的大小，約五、六個，每個裡面都放了幾本看起來好像很貴重的書。

注意到我的視線，學長放下手上正在翻閱的那一本：「這是我現在正在接的工作，風谷妖精送來的風谷記錄，不要妨礙我工作，快給我滾去廁所做你該做的事情！」

學長的態度不是很好……等等，你該不會看這些東西看了一個晚上吧！

看著他手上那個好像丟過來可以把人腦袋砸出來的厚書，我吞了吞口水，完全不敢亂問就直接逃竄進到廁所裡。

我打賭學長絕對會成爲過勞死上光榮的榜單一員，他實在是太敬業了！

「你是一大早腦抽筋嗎！」砰地一聲巨響，我聽見疑似有本書砸在廁所門外的聲音。

對不起嘛！

連忙閃離門遠些，我有點害怕學長又像上次一樣直接衝進來，所以迅速盥洗完畢出了廁所。

出去之後，地上那些書已經都不見了，接著我看見學長拿出一個很眼熟的盒子正在換衣服。

仔細一看，我整個震驚了。

學長的運動服顏色居然跟我的一樣。

「……你也是白隊的？」換到一半突然停下動作，學長轉過頭用紅色的眼睛看著我，語氣聽不出來有沒覺得很倒楣的感覺。

「呃，對啊。」我搔搔頭，回答了。

「嘖！」

你這聲是在抗議嗎？

眞對不起我不小心和你抽到同隊了……不過話說回來，喵喵他們不知道抽到哪一隊，就某種意義上來說，我還眞不想跟他們變成敵對組，總有種很可怕的感覺。

「哈，就算抽到敵隊也無所謂。反正擺在眼前的敵人一律消滅就對了。」學長發出非常可怕的宣言。

「我……」不敢打其他人啊！

就在我正想把話說完時，學長房間傳來敲門聲。

與我進來時一樣，房門自動打開了，外面站著的居然是夏碎學長。

「好巧喔，褚。」夏碎學長拿著運動服的盒子走進來，沒看見小亭，不知道跑哪邊去了：

「昨天不好意思喔，你身體狀況現在如何了？」

他講的是在鬼屋被插風刀的事，我連忙笑了下：「都好了，謝謝。」昨晚睡完之後今天一早起來整個身體狀況都恢復得差不多了，看起來應該是沒問題吧。

「那就好。」夏碎學長笑了笑，然後把手上的盒子放在桌上：「看來這次分隊應該會很有意思。」說著，他打開了盒子。

不曉得他說這話是什麼意思，不過在看見盒子裡的衣服之後，我馬上明白了。

盒子裡面躺著的是紅色的運動服。

夏碎學長和我們是敵隊組！

站在旁邊的學長挑起眉：「呵。」

他居然笑了，露出了那種可怕的笑！

「那，我會想盡辦法打垮你們的。」彎起唇角，夏碎學長非常愉快地這樣說。

我突然有點不太想去運動會了。

⁂

「你一大清早是來這邊說廢話的嗎？」

等夏碎學長的戰鬥宣言說完之後，學長才慢慢地這樣說著。

「哈哈，當然不是。」把盒子蓋起來，夏碎學長突然看了我一眼。

「沒關係，可以直接說，扇那個傢伙昨天就講了一些，褚也有聽見。」大概知道對方在想什麼，學長突然這樣開口。

我眼皮跳了兩下，直覺我可能不太適合聽這個，可是還沒回頭拔腿逃、夏碎學長已經先開口了——

「我收到消息，紫袍方面已經有人失去聯繫，公會打算先調動新一批人前往救援，不過看來找到人的機會應該很渺茫，畢竟對象是那些人……」皺著眉，帶來不好消息的夏碎學長頓了一下：「嗯，雖然學生袍級暫時不會被調動，但是我很想去看看，有些事情如果不是自己親眼看見，實在很難光聽情報就安心下來。」

「這種時刻，要以保護學校爲第一任務。」簡單俐落地回答了夏碎學長的話，學長瞇起眼睛，讓人很難猜到他在想什麼。

空氣中沉默了一下子，原本我想趁他們討論事情時悄悄逃逸，不過看樣子好像很困難，可是待在這裡又超級尷尬的。

聽剛剛夏碎學長的意思好像是最近公會發生了什麼不得了的事情，所以非學生的袍級都被調出去的樣子。

眞辛苦……

等等，說到大事，這倒讓我想起昨天扇董事在風之白園說過的話。該不會跟那個有關係吧？

「不要亂想。」學長突然丟過來這句話把我嚇了一大跳，不過出乎我意料之外的是他居然沒有給我巴掌，而是環著手不知道在思考什麼。

重新注意到我的存在之後，夏碎學長突然拍了一下手：「對了，我都忘記告訴褚，剛剛我在黑館外有碰到米可蕥他們，說有看見你的話請你快下去找他們喔。」

「欸！」

你現在才想起來要告訴我嗎！起碼已經過十幾分鐘了吧這位大哥！

「我先出去了喔！」連忙衝出學長房間，我很快地回到自己房間換了運動服又拿了小背包之後就往樓下跑。

果然在出了黑館大門後，已經有一群人站在那邊等我了。

「漾漾你好慢喔！」頭上蓋著一隻縮水白貓王的喵喵穿著白色運動服對我招手：「喵喵和漾漾同一隊喔！我們今天要加油！」

一看到喵喵跟我同一隊我突然就有點安心了，這樣至少掛掉不怕沒人救。

接著我轉過頭，然後黑線。

推了一下眼鏡，站在喵喵旁邊的千冬歲露出了不懷好意的微笑，讓我非常害怕：「大家今天一起加油吧，不過我也不會輸的。」他穿著紅色的運動服，馬上說明了等等運動會開始會是可怕敵人的身分。

「啊哈哈……拜託手下留情。」我冒出冷汗，有種怕怕的感覺：「夏碎學長也是紅隊的。」

那瞬間，我好像看見千冬歲的表情有一點變化，不過他藏得很好，馬上就不見了，讓我以為

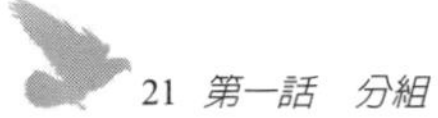

那可能是我自己的錯覺。

「再不快點去飯糰就沒了。」冷颼颼的聲音突然從我後面傳出來，當場我整個嚇得往前面跑了兩步，回頭一看才看見萊恩不知道什麼時候已經從異空間冒出來站在我身後，抗議著大家時間花太久了。

我繼續往下看，看見萊恩穿的也是白色的運動服。

「喔耶！現在三對一了，讓我們去吃和平的最後一餐吧！」喵喵拉著我的手，非常歡樂地這樣宣告著。

什麼叫作最後一餐啊！

「我今天一定會把你們打到落花流水。」千冬歲發出森冷的宣言。

「喵喵也不會輸的！」

於是，學院祭的第二日，大運動會正式開始。

第二話　悲慘的開始賽

地點：Atlantis

時間：上午九點零三分

「歡迎各位進入大操場，今天是三年一度學院祭大運動會，我是本次運動會播報員露西雅，大家好久不見了！」

運動會在九點時正式開場，我和喵喵幾個人到達操場時，很多班級已經到了，幾乎整個操場看過去只有紅色和白色，全都混在一起，不過一目瞭然、隊友之別相當清楚。

開場後，我在大競技賽時看見的播報員再次出現在晴朗的天空上，活力四射地開始揭開序幕：「本次運動會採取與先前完全不同的制度，源起原世界的雙組遊戲對抗賽。在活動中我們分爲紅白兩隊、也就是各位同學們身上穿的運動服顏色，相同顏色的爲同一組……如果您不幸剛好有色盲的話，請洽我們工作人員。」頓了頓，她很愉快地拍動著翅膀，再度開口：「運動大會的項日一共分爲八項，單人賽跑、拔河比賽、障礙接力賽、障礙水上競賽、混合騎馬打仗、扮裝易容任務、絕地危機競賽以及獵人比賽。」

「因爲全高中學院只分兩組，所以人數眾多，當中有幾項比賽會並列同時開場——第一場：單人賽跑與障礙接力賽同時在不同區域舉行；拔河比賽與障礙水上競賽同時舉行；絕地危機競賽與獵人比賽同時進行。接著是我們午休吃飯時間，下午開始混合騎馬打仗比賽，最後，也就是本次最受矚目，可以讓非高中學院、甚至其他學院朋友一起參加的最大扮裝易容任務，爲運動會最大壓軸，請各位同學敬請期待！」

不知道爲什麼，聽完這些比賽項目之後，我整個人頭暈了起來。

除了賽跑跟拔河比賽之外，其他的到底是什麼鬼啊！

那個障礙水上比賽是怎樣？

游到一半突然底下有大量水鬼拉人之類的東西嗎！

「漾漾，大運動會贏的那方有獎勵喔。」不知道從哪邊拿出運動會賽程表的喵喵快樂地擠到我旁邊，把她手上的單子拿給我看：「採分數制的，每場比賽贏的那方會加很多分；另外單人表現也會加、扣分，最後分數最多就贏了。」

接過單子後，我在最上面看見了一些字，說今天贏家會有學校提供的禮物，因爲人數多禮物也很多，所以會隨機選擇，其中還混有罕見的魔法用具。

我抬起頭，果然看見操場上因爲有罕見用具當獎勵，同學們散發出了騰騰的殺氣。

「這種時候最有趣了。」輕輕的笑聲從旁邊傳來，穿著白色運動服的歐蘿妲不知道什麼時候站在我們後面，長長的頭髮難得整個綁起成馬尾束在腦後，與平常印象完全不同，整個跟著活潑起來的樣子。「我在學生會時還有聽見幾樣禮物喔，像是難得一見的魔果實和藥物，這次學校花了很大把的銀子，勇氣可嘉。」

看見班長也和我們同組，我有種鬆了口氣的感覺，是說，我注意到另一件事：「學生會？」我好像沒聽過學校有這東西來著。

「是喔，歐蘿妲是學生會的會長耶。」喵喵撲到班長身上，很高興地這樣說。

……呃，我應該說人不可貌相嗎？

「這邊一年級就可以當學生會長了？」我還想說我原本世界那裡好像都要二、三年級才行，一年級可以撈個重要幹部就算很厲害了。

「呵，因爲會長太沒用了，我讓他把位置拱手交出來。」用好像在談論隔壁母貓生了兩隻小貓般的口氣說著可怕的話，班長聳聳肩，覺得非常理所當然：「好好用腦袋就可以翻賺幾十倍的東西他也不會，既然如此不適任提早請辭也是應該的，這位置除了我還有誰可以坐。」

我深深認爲，班長眞是個神啊。不但可以一手包辦班上大小事務，還可以加上班導的，最後又踢掉學生會長自己做，這種人才哪裡找啊！

「比賽都快開始了，你們在這裡聊什麼天啊！」就在我還想詢問班長學生會其他事情之際，某個很陰冷的聲音突然從我後面傳出來，我嚇了一大跳馬上往後轉，果然看見學長就站在我身後，紅色的眼睛瞪著我看。

一看見學長降臨，喵喵整個更開心了：「學長，我們要打垮紅組！」

「廢話，敵人就只能殲滅。」看著旁邊紅運動服的人，學長露出了可怕的表情。

基本上……他們在那層紅衣服下面還是我們的同學啊，用殲滅這種話可以嗎！

學長轉過來，森冷地看著我：「不是同伴就是敵人，你今天如果輸了，就走著瞧。」

……

別這樣啊！

這種地方我怎麼可能會贏啊！

你乾脆讓我當個供給涼水的打雜工可不可以！

「我們一定會贏！」舉起手歡呼，喵喵等人完全無視我慘白的臉色，然後召集白組要開始打仗會議了。

另一邊的紅組也是一樣，我可以看見千冬歲很不自在地跟著夏碎學長，距離不算太近，開始一大群人圍著開起了抗戰會議。

在那邊，我看見了莉莉亞……連這樣子都可以敵對也眞不容易了。

環顧了一下，那邊不認識的人比較多，相較起來，白組裡我反而待得會比較輕鬆一點，畢竟學長、喵喵他們都在。

等等，我突然發覺我好像漏了一個人。

就在我努力思考缺誰的時候，紅組那邊傳來了很大的騷動，聲音大到讓我不得不轉過去看看是發生什麼事情——

「渾蛋！這種慢吞吞的方法要多久才會打掛一個人！本大爺要抗議！在大戰時用最快速度殺

光人才是最有效的取勝方法！」

會造成大騷動的五色雞頭出現在敵方陣營。

※

「漾漾！」

在學長開始調度比賽人選時，因爲遲遲沒叫到我，所以我站得比較旁邊一點，很靠近觀眾席；同時也聽見觀眾席那邊好像有人在叫我。

轉過去後，我看見一個意料之外的人：「然？」

很久沒聯絡的白陵然突然出現在觀眾席中，還笑著對我招手，接著才跑過來站在隔線邊緣：「果然沒看錯人，我剛剛還在想找不到。」他衝著我一笑，感覺還是很親切，和之前一樣：「我特地來看運動會喔，本來昨天就想來的，不過被老師扣住了，今天好不容易才偷跑出來。」

聽他這樣說，我突然有點感動。

因爲學校的關係，我連有運動會都不敢跟我老媽說，就像原世界一樣，這邊很多學生的家長也出現在觀眾席，整個操場外圍非常熱鬧，但是裡面就是沒有我的家人。

特地跑來的然不知道爲什麼給我一種塡補的感覺，好像他原本就應該出現在這裡似地。

「漾漾好像很喜歡上次我做給你的點心，所以這次我也有帶喔，有很多，還有綠豆湯，中午的時候一起吃飯吧。」然勾起了大大的笑容，讓我不自覺就點頭了。

其實中午要是沒被拉走的話我大概也是餐廳吃一吃而已，想到上次然帶來的點心，我不由得吞了一下口水，也很久沒吃到綠豆湯了，被他一講整個都想吃了。

雖然這邊的餐廳什麼都會做也什麼都做得很美味，但是就是少了那種會讓我懷念的古早味，剛好然同學的有那種和我阿母神似的味道，算是在運動會開始之前第一件好事吧。

「對了，我有帶原世界的數位相機喔，可以幫你們拍一點相片起來，或者是你喜歡用這邊的影像球做相片？」然搖搖手上的黑色小袋子，這樣問我。

「呃、數位相機好了。」這樣我還可以選幾張給我媽看，要是用會動還可能會攻擊人的相片，她不嚇死才怪。

「沒問題。」帶著相機的人很乾脆地答應了。

就在我還想和然聊一下天時，身後突然傳來打斷我們交流的聲音：「褚！你再不回來聽分配，你就給我全場都下去比！」學長惡鬼的聲音從後頭地獄傳來。

我完全不敢假裝沒聽到，匆匆先向然打過招呼之後就跑回去白組圈了。

顯然也注意到然的存在，學長朝他點了下頭之後就轉回來小組會議：「現在白隊分成兩部分，單人賽跑、拔河比賽、絕地危機競賽這三項讓米安達帶領；障礙接力賽、障礙水上競賽、獵人比賽這三個由我來帶領。」我看了一下學長旁邊，那個叫作米安達的是個三年級的學姊，臉色很白，看起來應該也不是人類的種族：「早上比賽期間所有隊員要全力支援，這次運動會獎勵品絕對就是我們的！」

俐落快速地講完，白組其他組員馬上發出叫喝的聲音，整個士氣都被拉高了。

「不要、脫隊，要、盡力。」米安達用很奇怪的方式講話，接著開始點算她要帶去第二場次的人選。

大會給的會議時間有限，等米安達把人都挑完之後，也差不多是第一場比賽開始的時間了。

與白組一樣，紅隊也拆成兩部分，另一部分就被大會工作人員引導至第二會場去了。

我看向紅隊……要死了，他們留下來這一組的領隊居然是夏碎學長，看來大家依然有習慣推舉袍級領頭。

這下子學長和夏碎學長等於是完全正面對決了嘛！

不知道該不該說期待，總之扣掉害怕，我突然有點想看這兩個搭檔敵對起來會是怎樣的光景；另外還有萊恩和千冬歲，這兩個可能也好不到哪邊去。

……

……等等，仔細一想，分組好像都把搭檔給拆開了？

「一些比較高階的都拆光了。」學長看了我一眼，哼了哼：「不然集中在一起的話，另外一隊不就是完全沒指望了嗎。」

這樣說好像也對，如果學長和夏碎學長同組的話，那今天的勝負根本就已經決定了嘛。

「漾～這次本大爺不會對你手下留情了喔。」站在敵方陣營的五色雞頭馬上就注意到我的存在，愉快地咧開大大的笑容：「咱們山水有相逢，到時候要打要殺，都怨不得本大爺啊！」

運動會不是給你要打要殺用的吧！還有，一定也不是比武比輕功，你是到哪個武俠片學來這種對話的啊？

就在雙方開始很認眞要叫囂之際，飛在天空的露西雅一個打轉，然後重新拿起麥克風：「討論時間終止，現在開始，我們三年一度的高中部運動大會正式開始。首先我們第一操場比賽的第一項目——障礙接力賽，人數爲十人，一共要繞我們的操場跑五圈，先到終點就勝利！」

四周突然震動了一下，我看見操場外圍出現了很大的跑道，那種八百公尺一圈的，跑道整個看起來非常新穎乾淨、什麼也沒有，其實看起來還不算太難。

只是那個障礙賽是怎麼回事啊？

※

地面上出現了轟隆隆的劇動。

下一秒，眞的會讓我想轉頭回去的東西出現了。原本啥都沒有的跑道突然開始長出一大堆一看就覺得很不妙的詭異植物，有的還大到很像熱帶雨林出品，一入即死那種。

這個叫作障礙賽嗎！

「褚，你要跑看看嗎？」站在旁邊的學長看完被整形過後的跑道，興致缺缺地問我。

「死也不要！」我不想因爲一個接力賽喪命在植物口中。

「這種死不了，連玩都不想玩。」懶洋洋地隨便指派了個班級挑出幾個人，學長看了我一眼。眞對不起喔，我覺得我進去一定死的。

「喵喵要打頭陣！」從開場到現在，心情一直很好的喵喵舉高了手。

「好吧，加油。」學長拍拍喵喵的頭，後者的眼睛快要變成愛心形狀了，接著幾個同隊的女生也馬上爭著說要參加比賽。

我突然發現，學長你如果照這種模式下去調度人手，一定有很多女同學願意爲你去死的。

「靠！」一個鞋底直接朝我臉上飛過來。

不動手變動腳是吧……

我捂著臉蹲在原地，大概痛了幾十秒有。

痛完之後站起來，看見基本上十人小隊已經被選出來了，除了喵喵以外大部分都是不認識的別班同學。

「喔，第一戰好像很有意思。」有一小段時間消失在人群當中的班長重新回到旁邊，她的手上還有飲料和爆米花，我抬頭看見了被敲了一頓的班導就站在外圍。

你們兩個不會是剛剛去下注誰贏誰輸吧！

四周觀眾發出了叫好和加油聲。

因爲不是像上次大競技賽那種殊死戰，來的大部分也都是親友，所以不會給人太緊張的感覺，整個氣氛滿好的，會讓人想好好加油的熱血感覺。

「既然你覺得想好好加油，那就給我進去隊伍吧！」

就在我因爲氣氛感動的時候，學長直接拽住我的領子往參加隊伍一推，然後把另外一個女生換出來。

我可以感覺到那個女生用很怨恨的視線在看我。

「漾漾可以跟喵喵一起跑喔！」喵喵撲過來，抱住我的手臂。

不對啊！

我不是要參加這個才要加油的啊！

馬上看向學長想提出抗議，對方用很邪惡的紅色眼睛看著我：「你比較想要水上會被水鬼拖進去的障礙賽嗎？嗯？」

……與其水上，我寧願在地上。

不對啊！不管水上地上都一樣，我壓根不想參加啊！

「漾漾，加油。」不知道什麼時候從旁邊冒出來的萊恩拍了一下我的肩膀，然後打氣。

「你也有參加？」注意到萊恩也在隊伍裡，我愣了一下。

「沒有，我路過。」

「……」

萊恩點點頭，然後小聲地告訴我和喵喵：「學長說我要參加的是獵人那個比賽，還說只要我不要綁髮專心打就贏定了。」

……

學長，你夠狠！

那根本是偷襲吧！

而且對方還死得不知不覺是不是。

站離隊伍有段距離的學長瞥了我一眼，給了很警告性的瞪視。

我馬上把視線轉回來不敢再看他了。

「蘇亞。」喵喵抱出她的白貓王，然後讓貓王站在地上：「來吧，讓我們衝破障礙。」

幾乎是一瞬間的事，小貓馬上變成我之前看過的那隻巨大貓王。

「這是賽跑吧！」有人賽跑叫坐騎出來的嗎！

喵喵和萊恩轉過頭看著我，一邊撫摸著貓王的下巴，無視於對手投來的目光，喵喵嘿嘿地笑著：「這是障礙賽啊，漾漾剛剛沒看流程表嗎？障礙賽不管怎樣都可以，一起跑也行、攻擊別人也行，只要接力的東西最後順利送到終點就可以了喔。」

意思就是說這根本和我想的傳送一根小棒子一對一的賽跑不同吧！

這哪叫接力賽！

這根本不是接力賽！

你們對原世界比賽的理解到底哪裡有誤會啊！

「請各位參賽同學就定位。」露西雅聲音從高處傳來，立即有工作人員引導我們往起點走。

萊恩還留在原地向我們揮手，然後很快就消失在空氣中了。

「你們哪位要先當第一棒？」其中一個工作人員走到隊伍前，拿出一顆大概籃球般大小的透明圓球，球裡有個很像魚的小模型，模型沒有用任何東西支撐就飄在球的正中央，看起來非常漂亮：「接力球只要碰過之後，同一個人就不能再碰第二次，只要同一人重複摸了第二次，隊伍馬上會失去比賽資格。」

工作人員簡略地這樣告訴我們。

我盯著那顆球，發現眞的很漂亮，尤其是中間的模型，雖然很小，不過仔細一看是個琉璃藝術品，大概又是妖精還是什麼種族的工藝品吧。

「先給我吧。」我們這隊站出一個綁著褐色長長馬尾的男生，感覺上還滿帥的，後來我才知道他是三年C部的學長，叫作阿斯利安。他接過球之後轉過來看我們，「等等開始障礙賽之後如果有敵人靠近，二話不說馬上解決掉，不然被解決掉的就是我們自己了。」

幾個同組的人馬上發出很有氣勢的吆喝聲。

「拿出自己的幻武兵器，開戰了！」阿斯利安抽出了自己的幻武兵器變化成軍刀大聲說著，非常有某種戰爭時代統領的氣勢。

「開戰了！」

下一秒，各種幻武兵器同時出現。

※

「C部的學弟。」

當我們站在起點等待開始訊號前，拿著接力球的阿斯利安走過來，一臉微笑地看著我：「你好，我是三年C部的狩人，席雷．阿斯利安。我聽說過很多關於你的事，本來想好好認識你的，不過一直沒有機會，你好像很少在學校社交場合出現。」

他伸出手，我也趕快伸手回握：「呃……不好意思。」我當然很少在社交場合出現，有空不是跟學長去看任務，就是和喵喵他們到處跑。說真的我連學校的社交場合在哪邊都還不知道咧。

等等，席雷？

我聽見某個很熟悉的姓氏，在我認識的人裡剛好也有一個和這名字很相像的人：「你是戴洛先生的……？」

「弟弟。」阿斯利安很爽朗地笑著：「黑袍的戴洛是我的兄長，而我是紫袍的阿斯利安，我曾聽過戴洛提起你的事，學院宿舍結界那時眞的發生不得了的事情，當時我在穩固紫館的結界沒有及時趕到，眞是可惜。」

所以說他們兄弟都是擔任結界的鑰匙了？

我突然覺得他們一家搞不好都非常不簡單，竟然兄弟都是重要的袍級。

不過在某方面來說，我眼前的阿斯利安比戴洛老兄多了種難以抗拒的氣勢，可能再過幾年會是個可怕的人物。

一想到這樣的人也被編在C部，我突然感覺他的個性應該也很「不錯」就是了。

「對了，狩人是怎樣的種族？」一開始出現的妖精族、精靈和天使、獸王我大概都可以從字面上理解，但是狩人我就眞的完全沒聽過了。

阿斯利安微笑著爲我解釋：「狩人一族是自大地出生的，介於妖精族與精靈族之間，是自由的民族，守護著荒野之地與旅人，隨著風和雲旅行。有時間我可以帶你到荒野拜訪狩人一族，相信大家一定都很歡迎訪客的。」

他的熱情與戴洛老兄很像，果然不愧是同血緣的兄弟。

伸出手，阿斯利安在我耳朵旁邊晃了一下，我聽見了某種很清脆、像是鈴鐺的聲音，立時整個人從高度緊張狀態放鬆下來。「這是引導徬徨旅人的聲音，在荒野之中可以繼續前行。」他笑著說，然後收回了手：「不管是人類或者其他種族都同樣，無時無刻在時間的潮流中選擇路徑，我僅代表狩人引導你眼前方向，祝你能走到光明的歸途上。」

也許是因爲他的關係，我的心情眞的開始沉澱下來，剛剛的害怕與緊張雖然還有，可是已經消失大半了。

看著阿斯利安，我很感激地回禮鞠躬。

他拍拍我的頭，像是某種祝禱的意思。

「漾漾、阿利。」喵喵跑了過來，慢了半秒我才注意到她叫的是阿斯利安的暱稱：「開始了喔！」

指著天空，喵喵興奮地說。

下一秒，天空被打上一顆巨大的火花，接著炸出無數彩色炫目的煙火。

在觀眾們驚訝歡呼的聲音中，露西雅的聲音劃破了那片喧囂——

「接力障礙賽，正式開始！」

※

就在播報員說完的同一秒，不知道是不是我的錯覺，整個跑道突然延伸開了，瞬間變成三倍大的空間，一整個看過去更像在叢林裡。

「漾漾！快上來！」幾乎同時，喵喵跳上了白貓王然後對我伸出手，我跟著跳到貓頭上之後整個視線變得異常開闊——跑道眞的整個擴張了啊！你們到底想怎樣啊！一眼望去到處都是奇怪的野生花草，接著不知道是不是我的錯覺，我居然看見食人花這種東西。

……我覺得一整個暈。

「你們盡力往前跑，不要被追上了！」拿著接力球的阿斯利安對著我們兩個喊，幾乎一瞬間，他揮動手上筆直的軍刀，鏘然一聲彈開了一個銀色頗像暗器的東西。

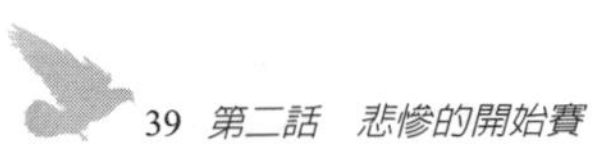

對方先襲擊我們！

「跑！」

接到命令，蘇亞霍然一個跳高，急速往前竄去。

翻身甩開對手暗器攻擊，阿斯利安很快地跳上了白貓王的後背，後面留下的其他同學馬上陷入混戰。

看來對方眞的是要殊死戰了。

「漾漾，小心頭上！」坐在旁邊的喵喵一把扯住我然後把我的頭往下按，接著某種銳利的風壓從我脖子上颳過，順著風流往上捲。

避開之後我勉強抬頭，看見在白貓王上方出現了很像黑色翼手龍的大型鬼東西，那玩意上面還站著兩、三個人，其中一個手上也拿著接力球，和我們這組的顏色不一樣。

所以說，你們根本都搞錯接力賽的玩法了吧！

「褚，把他打下來！」握著軍刀沒辦法遠距離攻擊的阿斯利安對著我喊，接著我才想到我有把槍叫作米納斯的這回事。

抓著短槍，我一邊想著要爭氣一點然後一邊對那隻翼手龍開槍，開完之後才想到恐龍好像應該算是保育類動物，這樣直接打不知道會不會被抓啊！

翼手龍叫了一聲往旁邊偏，子彈剛好打到牠的翅膀邊側，整個身體都歪了，飛行慢了下來。

不過我們這邊也沒好到哪去，原本跑得很順的蘇亞突然頓了一下，差點沒整隻往前摔，我和喵喵因爲坐在鞍上才勉強沒被摔出去，在後面的阿斯利安則是抓住了貓毛才勉強穩住身體。

「蘇亞被東西抓住了。」順著喵喵的話往下看，我看見下方的障礙叢林裡出現巨量藤蔓，那些藤蔓纏住白貓王的腳，一時半刻脫不了身。

像是有自己的生命一樣，藤蔓越纏越多，甚至有的還往天空去抓翼手龍。

我完全明白爲什麼叫作障礙賽了……不，其實我剛剛就完全明白了，現在我只覺得其實這不是普通障礙賽，是絕對致人於死的障礙賽啊！

「蘇亞，化小。」喵喵一喊，我原本坐的地方瞬間消失，一點心理準備都沒有就往下摔。

做好會摔成重傷準備的時候，不知何時靠近的阿斯利安一把拽住我的後領，稍稍翻了一下，居然讓我們兩個人都順利落在附近的樹枝上。

抱著縮小貓王跳上我們旁邊，喵喵騰出一隻手拉我：「快跑，不然藤蔓會追上來。」

我看著那些活像是餓狗搶食的藤蔓撲過來，完全同意喵喵的話，拔腿就跑。

殿後的阿斯利安幾下快速閃動，那些追來的藤蔓突然抖了一下，接著全部統一斷掉，像是會痛一樣全部往後用力一縮。

攻擊完藤蔓，阿斯利安追上我們：「這裡面好像還有很多東西，要小心一點。」他的臉看起來滿興奮的，甩了一下軍刀之後就插在大腿旁邊的刀鞘。

我們沿著叢林小路跑了一會兒，很快就有同隊的人追上來了。

但也在同時，敵隊也出現在旁邊，因爲一開場兩邊就直接惡鬥了，所以不光是對方，我們的人數也減少許多。

「學弟、學妹，你們要自己小心一點喔。」注意到對方開始逼近我們，阿斯利安甩開軍刀，然後腳步變慢殿後，馬上就有紅組的人衝過去包夾他。

我們這邊也沒好到哪邊去，因爲注意到喵喵有坐騎，有兩個不認識的別班同學開始合力往我們這邊包抄過來。

「嘿，喵喵才不怕你們！」甩出了夕飛爪，頭上掛著白貓王的喵喵一個回身，把爪子往地上草皮一撥：「遊戲開始！」

隨著喵喵的話，碰到爪子的地面突然竄出了更多的青草，瞬間就長得比人還要高，那些草像是有生命一樣絆住了敵方腳步。

不過因爲只是草，所以對方很快就砍掉了一大半。

趁著他們除草之際，喵喵抽回爪子，直接往最靠近她的人近距離攻擊，那人來不及躲，手上一下子就被抓下一大塊肉，紅色的血灑在草地上，同時挾著對方的哀號。

我看喵喵都出手了，連忙也著跟舉起米納斯往另一人的腳開槍。

……要死了我這輩子除了那該死的安地爾之外從來沒有主動朝人類開槍過，這一槍一開下去我馬上心虛了，有種自己根本變成槍擊要犯的感覺。

那個被我開槍的倒楣鬼哀叫了一聲，整個跪倒在地。

米納斯射出的是液態子彈，大概是有什麼作用的液體跟著流進去他身體了，所以那個紅組的人無法一下子爬起來，抱著腳直抽筋。

已經離我們有點距離的阿斯利安打了個響哨，接著對我和喵喵豎起大拇指，接著馬上又轉回去對付他面前那個同樣拿著接力球的人。

我打賭對方一定也是袍級來著，因爲他和阿斯利安打得快要不分軒輊了，兩人都忌諱著手上的東西，又要攻擊對方的弱點，沒法馬上分出勝負。

就在四周都陷入僵持之際，一支看來異常眼熟的箭破風飛來，差點釘上阿斯利安的肩膀。他快了一步，翻開身體直接把箭劈成兩半，迴旋之後一腳就把箭頭給踢回去送給正在對峙的對手。

紅組的接力球大使一時反應不及，箭頭直接穿透他的肩膀，迫使他不得不把接力球往旁邊拋去，傳給了最靠近自己的隊友。

我朝箭飛來的方向看去，一看見來人之後整顆心都涼了。

拿著破界弓的千冬歲就站在不遠的樹枝上向我打招呼。

※

「哈囉，眞巧啊。」

抬起一隻手，千冬歲笑笑地說。

一點都不巧啊！

我剛剛還在祈禱千萬不要碰到認識的人，沒想到這麼快就出現了。唯一該慶幸的我想應該是沒有五色雞頭來攪局。

「敵人，下來！」快狠準直接攻擊自己平常朋友，喵喵完全不留情就往樹上一甩，從爪子裡甩出的風刃直接往千冬歲的方向砍去。

微微一跳輕鬆閃過了攻擊，同時千冬歲也朝我和喵喵各發一箭。

你們居然可以對同學下手！

「嘿！」俐落地打掉飛箭，喵喵一整個也精神起來了。

不知道是不是刻意只是要對我威嚇而已，我原本想說死了、躲不過的箭支有點偏開，直直釘在我腳旁邊，連根頭髮都沒傷到。

但是我還是冒出了一身冷汗。

「為了我們這組的勝利，你們就先乖乖待在這裡吧。」一次架上了三支箭，千冬歲猛地一彈，箭像有自我生命一樣飛竄出，往被其他人攻擊的阿斯利安飛去。

抱著接力球，一刀揮開與對手的距離，阿斯利安飛快打落襲擊他的飛箭，估計了狀況和身邊對手之後，立即將球拋給最靠近他的隊友，那名隊友一接到之後也完全不戀戰，直接往前開跑。

手上的東西一消失，阿斯利安就勾起冷冷一笑，接著馬上用比剛剛更強悍的動作開始回擊放棄攻擊他、想要追上去的對手。

「漾漾，我們也快跑。」一看到球換人了，喵喵拉著我的手往前要去追隊友。

看見千冬歲跳下來要逼近我們，我只好先在心裡道個歉，接著拿起米納斯朝他開了好幾槍。

愣了一下，原本避開的千冬歲很快就發現朝他飛過去的不是子彈，而是一大堆的泡泡球。對景羅天手下時，他就知道這個東西了，看到一次飛過來一大堆連忙一閃，喊著要附近的隊友小心一點。

爭取到時間之後，我跟喵喵馬上一溜煙逃走了。

下到地面深入森林後才發現其實裡面比剛剛看見的還要險惡，光是蹲在地上睡覺的食人花就有十幾株，八百公尺裡平均不到一百公尺就出現一株，加上看起來莫名奇妙的植物也一大堆。

我和喵喵不敢弄出太大聲響，縮著腳很快地走著。

「等等空曠一點我們就可以放蘇亞出來。」頂著頭上的白貓，喵喵這樣告訴我。

走進叢林後，裡面靜悄悄的幾乎快連一點聲音都沒有，偶爾會聽見很遠的地方傳來一點打鬥聲，再來就是濃濃的青草氣息。雖說是奇怪的植物，不過還是長了快遮滿天空的葉子，到處都有一束淡光從樹葉間縫落下，看起來很漂亮，讓人一時忘記這裡是運動會的跑道裡。

「這裡好像是奧克爾森林的一部分。」走了一會兒後，喵喵突然看出端倪：「喵喵去年和庚出過任務，真的好像喔。」她左右張望了下，點了點頭。

「那個奧克爾森林是什麼鬼？」聽都沒聽過，不過看喵喵的表情好像是個挺有名的地方。

喵喵轉過頭，露出大大可愛的笑容：「奧克爾森林是守世界數一數二的原始森林，最盛產的是肉食性植物，所以很多植物學者都會前往考察唷！」

「原來是原始叢林啊……」這還滿正常的，和我們那邊的亞馬遜河應該是差不多的東西——等等！

她剛剛說這是最盛產什麼的叢林？

我一轉過頭，看見在喵喵腦袋後有個正在綻放的大型花苞，折射下來的陽光光束照在那花苞閃亮亮的牙齒上，一整個非常耀眼。

「快跑！」一把抓住喵喵手腕，我拔腿就逃。

開跑的那秒，我們身後傳來巨大的碰撞聲，很明顯是有個東西的大牙落空，直接撞在地上。

要死了這個和黑蛇小妹妹根本不一樣，它連溝通都不行啊！

是誰把這種東西拿來做接力障礙賽的！

還有花應該乖乖種在地上才對吧，爲什麼它可以拔根踩在地上追過來，正常的食人花應該不會追人才對吧！

砰砰砰的跑步聲就追在我們身後，這讓我再度肯定我的特殊能力應該就是逃生，居然還可以跑贏食人花，眞讓人感覺到欣慰。

「漾、漾漾，我們可以打壞它啦。」被我拽著跑的喵喵一手按著頭上的白貓王，一邊這樣告訴我。

「太危險了啦！」那是食人花耶！

「沒關係，喵喵可以打贏它。」說著，喵喵眞的放慢腳步了。

看她那麼有自信，我想想應該也是，畢竟喵喵可愛歸可愛，也不是正常人，搞不好連拔根追來的食人花都不是她的對手。

於是，我們兩個同時停下腳步。

喵喵手上的夕飛爪動了一下，瞬間回過身體。

……時間經過了零點五秒。

剛剛說要打贏食人花的喵喵在我還沒回過頭時已經轉回身了，這次換她一把拽住我的手，拚命往前逃。

「妳剛剛不是說會打贏嗎？」我被拉得莫名其妙，喵喵速度很快，讓我好幾次都要跌倒了。

「這樣子打不贏啦！」

疑惑於喵喵說的話，我邊跑邊回過頭。

三秒之後，我完全同意她的話。

這次追在我們後頭的，是一大群食人花。

第三話　衝擊與對決

時間：上午九點三十二分

地點：Atlantis

「你們繼續往前跑。」

就在我想著這次搞不好會葬生食人花口中時，再後面一點有人對我們這樣喊。

依照對方的話又跑了一下子，身後突然起了熊熊大火，瞬間把那些食人花都給燒乾了，短短十幾秒連一株都不剩。

出現在食人花後的是甩著紅色軍刀的阿斯利安：「我們已經跑了三圈，拿球的人差不多要經過新點了，要快點上去支援她。」

三圈？

我幾乎沒有感覺自己跑多少了，因爲一開始是蘇亞載的，之後又沒命地打鬥加逃生，原來不知不覺已經跑了好一段路。

「嗯，好……」正要邁開一步，一支箭就射在我腳前。

說眞的，我生平第一次深深感覺到自家同學成爲敵人之後有多討人厭，死纏不休還神出鬼沒是怎樣！

抬起頭，果然沒有被殲滅的千冬歲就站在不遠處，破界弓上還搭著箭瞄準我們。

見狀，我唯一想到的就是拿出紙符，唸出之前安因教過我的咒語：「風啊，掀起你的髮建造遮蔽，用你的笑蒙上敵人的眼。」

幾乎是立即反應的風符在空中散開，下秒，微風開始吹動，不用眨眼時間逐漸轉為劇烈的風勢，地上的植物全被吹得四處晃動，剛剛燒壞的食人花火灰也跟著飛起來，更底下的泥土到處亂竄，視線馬上混亂到看不見路和四周。

成功了！

「趁現在快走。」見千冬歲一時間沒法跟上來，阿斯利安又加強了風符的效力，讓後方整個狂吹，活像是暴風圈一樣，然後把爆符做的軍刀消散在空氣中，一手一個拉著我和喵喵快速地與敵組拉開距離。

到現在我突然覺得奇怪，我記得當初在鬼王塚時千冬歲展現過的追蹤能力很強，可是為什麼在這裡都沒有使出來？

如果他用追蹤術的話我們應該早都掛了。

把疑問告訴阿斯利安後，他笑了一下，這樣告訴我：「因為障礙賽裡，袍級和非袍級能力上有差異，為了公平比賽，一進場地之後大部分能力都會被封鎖，只剩下可以用幻武兵器，以及體術、基本咒文這些。」

「原來如此……」因爲我連初階的都不太會，所以當然沒有注意到被封鎖的事情。

不過這也說明了爲什麼大家都用肉搏戰的原因了，我還以爲他們只是機會難得想要互毆一下，畢竟這些人的腦子根本不能用正常人來形容，會有這種想法好像也沒什麼奇怪。

「好像快追到了。」看著前方，阿斯利安突然這樣說：「接力球的人就在前面，剛剛除了我和她之外，另外還有兩個人也碰過球了，扣掉被打倒的，加上你們兩個應該還剩三個人，依照這種速度下去應該是夠用。」

不，我覺得我在拿到球那一秒應該會被秒殺，所以正確來說是只剩兩個才對。

「蘇亞。」確認過這邊比較沒有危險性之後，喵喵放下了白貓，不用幾秒，貓王像是被充氣一樣整個放大，踢著前腳催促我們快點上去。

「對了，那這邊只能用基本法術的話……防禦性的可以用嗎？」我想起來剛剛被藤蔓抓的事情，轉頭看著站在背上一點都不怕被摔下來的阿斯利安。

他點點頭，然後開口：「只要是基本型的咒語應該都可以。」

得到回應之後，我翻翻身上的口袋，因爲很怕今天會命喪運動會，所以紙符我有拿得比較多一點，帶在身上有備無患。

一直以來安因教給我的除了四大元素的咒語之外，其餘大部分都是偏向水系，因爲他說米納斯是水系兵器，所以常修水系法術可以提高自己被水系精靈庇祐，這樣可以增強兵器的威力。

是說我也不曉得到底有沒有用，反正安因那麼厲害的人講的一定不會有錯就是了。

拿出了符咒做了個簡單的水系防禦牆之後，白貓王便立即用很快的速度往前跑去。

「漾漾這個是在圖書館學的嗎？」喵喵回過頭看我，露出大大的笑容：「老師沒教過喔。」

「啊哈哈……是安因先生教的。」我當然知道老師沒教過，基本上課堂進度我都搞不太懂，每次都要重複問安因，讓他講解好幾次才明白記得。

「呀，眞好。」喵喵突然伸手拍拍我的頭，讓我嚇了一大跳：「要好好學喔。」

「嗯、好。」

說著，喵喵突然把視線放到後面去：「阿利的咒術也很厲害喔。」

我才想著喵喵爲什麼突然扯到阿斯利安，一回過頭，才看見他不知道什麼時候走過來就蹲在我們後頭聽談話。

「我的咒術老師也算得上是安因先生。」他微微一笑，很大方地這樣說著：「在社團裡，安因先生負責擔任指導老師，這對我們來說是莫大的榮幸。」

……這麼說，我應該也要考慮進那個社團了，至少安因在我還比較安心。那種莫名其妙的其他社團也都沒什麼認識的，我還眞怕進去之後就沒辦法活著出來。

因爲一年級上學期沒有選擇社團，所以在社團分數方面一直掛零。還好社團分數不會對成績造成太大影響，不然我怎麼被當的都不知道。

後來我注意到，學長也沒參加什麼社團的樣子，袍級好像有某程度的豁免權。

「噓。」阿斯利安打斷談話，然後瞇起眼四周張望了下，像是確定有沒有危險一樣，過了一會兒才鬆口氣：「看來對方派出的人手應該比我想像的弱一點，這樣來說，主力應該是放在後面的比賽……我們追到了。」

白貓王腳步一騰，我看見了白組的夥伴就在前面，抱著接力球踏上最後一圈。

一看見蘇亞的出現，那個應該是學姊的人馬上收了腳步往上一跳，就落在阿斯利安旁邊：「羅西剛剛被那個紅袍小子打傷了沒辦法接球，只剩這兩個學弟妹嗎？」

紅袍小子不用說我也知道是誰，帶著破界弓的千冬歲意外是難纏的敵人。

「如果羅西也被打敗的話，那就只剩下米可蕥和綺了。」阿斯利安點點頭，這樣告訴她。

「那也沒辦法了，我的腳剛剛被射了一箭，應該也跑不遠，現在誰要先跟我交換？」騰出一隻手拍著還在淌血的小腿，學姊來回看著我和喵喵。

「喵喵先好了。」伸出手，喵喵接過那顆圓球。

……我在想，千冬歲應該不至於眞的對喵喵出手吧，畢竟他剛剛射箭也沒射準，看來可能對我們留了一手。

像是在嘲笑我想的太天眞一樣，下一秒，我們前面的道路突然像是被放了炸彈一樣轟地整個被爆破開來，原本四處攀爬的藤蔓也散亂得到處都是。

因爲爆炸威力滿大的，蘇亞一時無法反應，而我的防禦咒大概也沒那麼強可以完全抵擋爆炸威力，我們連人帶貓被颶風整個吹到旁邊。

喵喵挾著球往旁邊樹上一翻，蘇亞同時變小跳開。

我直接摔在樹下，阿斯利安還有那個學姊則是帥氣地一左一右落在地面。

混亂之間，我聽見阿斯利安催動風咒的聲音。

不用幾秒，爆炸揚起的灰塵很快散去，在那之後我們看見了一抹人影，那個會讓我想哀號的熟悉身影。

站在爆炸騷動之後的千冬歲挾著接力球，挑釁地站在那邊。

「你們的人比我想像的多。」視線轉了一下，他看見了上方的喵喵，勾了一笑：「算了，沒關係，我剛剛在這邊布下全火陣，走錯的話就會爆炸，像剛剛一樣。」

我看著笑得很可怕的千冬歲，深深認為他一定也有當殺手的潛質。

盯著我們，千冬歲指了下自己身後：「終點線就在這後面，看看誰會贏得第一場比賽吧。」

說著，他立即往後退，帶著球快速衝向終點線。

「褚！過來踏我的手。」判斷了立即狀況後，阿斯利安馬上把手掌交疊在一起，旁邊的學姊也做了一樣的動作。

沒有猶豫的時間，我看見千冬歲好像快到終點了，連忙聽阿斯利安的話用力踏了他的手掌。

幾乎是一瞬間的事，我整個人馬上被一股巨大力道甩了出去，像噴射火箭一樣衝過了地雷區往前飛。

然後，我看見火箭二號的喵喵比我更快地衝出去。

下一秒，我撞在千冬歲的身上，然後喵喵摔在我身上。

我們同時跌成一團了。

※

我覺得我幾乎可以聽見終點外觀眾的叫喊聲。

運動會就像大競技賽一樣，比賽剛開始就出現了那種即時螢幕供大家觀賞，所以我打賭學長一定也把我們現在的樣子都看進眼裡了。

……這個動作很蠢。

至少對我來說，非常蠢。

像兩枚火箭一樣飛出去的我和喵喵直接砸在千冬歲身上，他大概沒想到阿斯利安他們會來這招，完全沒有防備，就被我們壓在下面了。

因爲有人肉墊著，所以我跟喵喵沒有摔得太慘。

就在飛出造成暈眩恍惚之際，我感到有個圓圓冰涼涼的東西直接拽在我懷中，抬頭看見喵喵狡猾的笑容：「漾漾！用力奔向終點吧！」她拍了一下我的肩膀，大有交給你要加油的意思了。

下秒，喵喵用著不知從哪邊學來、摔角頻道一定都會看見的固定技法整個人直接壓在千冬歲身上，非常不淑女地扣住他的上半身。

剛剛被撞得頭昏眼花又被兩人份重量壓在地上，千冬歲一時也反應不過來。大概過了好幾秒之後才開始掙扎，不過喵喵壓得非常牢，一時半刻掙脫不出來。

就這一小段時間裡，我看見終點線就在前方，含著眼淚歡樂地朝那邊跑了過去。

學長，我終於可以順利過關了。

這樣跑過去就一勝了。

帶著以上讓我感動得可以噴出淚的理由，我賣力地不停往終點線奔去。

只差一步、就一步……

很快地，我的感動化爲烏有。

那個終點線會無限往前延是怎麼回事！

在我快跑滿兩倍距離之後我終於注意到這點。

見鬼的跑道一直往前延伸，終點線不斷前移，根本追不上啊！

這是怎樣！不讓人過關是吧！

看著一直往前飛逝的終點線，我突然感覺火大、非常地火大。去你的拚死拚活要過關了還不給過是怎樣！這個比賽不就是爲了讓人拿到接力棒跑到最後，然後散著小宇宙光芒直接衝過終點撞斷那條紅色綵帶用的嗎！

「米納斯！」

我猜我那時候大概是失去理智了，拿出銀槍就對著一直往前延伸的跑道就是來個幾十連發：

「打爛它！」

明明是掌心雷可是卻有著機關槍功能的米納斯瞬間就在跑道上打出一堆凹口了。

不曉得是眼花還是眞的威嚇成功了，我居然看見跑道線在顫抖，不用幾秒之後我就知道跑道延伸已經停止了，終點線就近在眼前。

三秒過後，我帶著一肚子髒話跟憤怒衝斷了那條終點線。

一跑出跑道之後，瞬間聽到很多觀眾和隊友的歡呼聲。

不用數秒，整座大森林立即像是有生命一樣往跑道下面縮去。很快地我就看見跑道上躺了很多同隊、不同隊的傷兵，阿斯利安和那個學姊就在後方一點的位置；離我最近的是喵喵跟被她壓著的千冬歲。

比賽一結束，喵喵馬上從千冬歲身上跳起來，笑嘻嘻地朝友人伸出手將他一併拉起。

「第一戰由白組獲勝！請大家爲白組掌聲鼓勵！」播報員的聲音在結界解除後傳進我們耳裡，幾乎同個時間，穿著藍袍的醫療班不知從哪個角落蹦出來，把跑道上的傷兵都給收拾走了。

阿斯利安笑笑地走過來，拍了一下我的肩膀：「褚，做得不錯。」

我很感動地看著他，然後把手上的接力球交還給他。這東西也不知道要不要還回去，因爲還滿大一顆的，帶著不太方便。

接過球順手交還給工作人員，阿斯利安稍微慰問了一下還留著的其他組員，才走過去向學長報告一些要注意的事情。

喵喵蹦蹦跳跳地跑了過來，一把拉住我的手臂：「喵喵和漾漾贏得第一勝了！之後要加油！」她笑得超級燦爛，和後面的千冬歲成反比。

不過千冬歲好像也沒生氣，表情稍微愣了一下，看著他們的隊伍。順著看過去，我注意到他好像在看夏碎學長，只是短短一下子就把視線收回來，然後朝我這邊走過來了。

「漾漾，你也進步不少嘛。」露出平常的笑容，千冬歲握著拳頭輕輕敲了下我的肩膀：「低估你是我的錯，接下來幾場比賽我可不會再放水了，讓我們彼此加油吧。」

……

我可不可以拜託你就這樣放水下去！

雖然很沒骨氣，可是我是眞誠地覺得要和認眞起來的千冬歲打是完全不可能的事。

「喵喵也不會輸的！」用力地握拳，奪得一勝造成超級好心情的喵喵擺出了我們要向陽光宣示的動作，整個人金光四射得非常耀眼。

「好啦，你們要加油喔。」千冬歲敷衍性地拍拍喵喵的肩膀，然後就轉頭往他們那組走去。

時間也差不多了，我和喵喵回到白隊時，學長他們已經在原地等我們了。

「褚，退到跑道邊上。」學長看了我一眼，這樣說著。

不太明白學長的意思，不過我也乖乖退到跑道的外圍。在這邊正好可以看見白組的人，他們也一樣退在外面。

數秒過後，我立即理解學長的意思。

跑道中間的那塊空地在人員完全清場之後發出了震動，接著像是地震一樣，整個地面裂開往下凹陷，接著出現了一個像是人工雕鑿的平滑大坑洞。

坑洞從底下開始冒出水，帶著煙霧，呼呼地開始沸騰了。

「障礙水上競賽即將開始，請各組挑選出適合的五名選手！本次比賽將在沸騰的地獄之水上取得唯一的深之珠，哪隊取得，深之珠就歸於哪隊。」露西雅很熱烈地這樣說著：「就如同大家所知道的，深之珠是海民最爲珍貴的養殖水珠，在魔咒或武器方面都有很強大的加效功能。本次學校大手筆準備了全組人員分量，只有贏得的隊伍可以將深之珠帶回，請大家要加油喔！」

※

雖然我並不知道那個水珠是什麼東西，但是播報員的消息一出來，幾乎兩邊的隊伍都樂得快瘋了，看著大家的反應我就可以猜到那玩意一定是非常貴重的東西。

……學校是瘋了嗎？

這麼珍貴的東西居然準備那麼多數量來當禮物？

一支隊伍少說也有兩、三百人吧！

我們學校眞的是瘋了。

一邊這樣想著，我一邊抬起頭，然後在看見對方派出的選手之後整個人錯愕掉了。

在敵對一片吆喝聲當中，我看見其中兩個最眼熟不過的人。

「覺悟吧敵人們！剛剛是因爲本大爺沒有出場，這次本大爺閉關出山之後就不會讓你們太囂張，給本大爺乖乖等死吧！」一腳踩在不知名方形物體上，根本沒有穿運動服還是我行我素穿著花襯衫的五色雞頭非常囂張地往我們這邊叫囂，他身後的紅組同伴都露出一種「很不想承認他是同組」的表情。

站在他後面的，是本次也出戰的夏碎學長；而另外三個看起來好像實力也是非常高強的學長們，他們的表情看來對這次比賽完全勢在必得。

「進到比賽場地後多餘的法術都會被封印，只有基本咒語和體術可用，實力高也不太會影響。」站在我後面的學長走出來，表情看起來滿愉快的，然後他回過頭：「阿斯利安，你可以再打一場嗎？」

原本正在和另外幾人講話的阿斯利安立即走過來：「沒問題。」

我看著學長，又看著對面的夏碎學長，然後倒退一步，再倒退一步。

學長……你、你要跟夏碎學長直接正面硬拚了嗎？

我覺得我彷彿看見某種光明的世界崩裂，後面出現邪惡的黑暗之類的東西。

「哼，現在他們是敵人，身爲敵人就必須被打垮。」紅眼看了我一下，發出極爲可怕的宣言。

這一秒，我突然深深慶幸還好我和學長是同組，不然敵對的壓力會讓我想直接撞牆死一死。

不過抱持著這種想法的好像不只是學長，對面的夏碎學長似乎也帶著躍躍欲試的表情，愉快地跳上參賽者台。

飛到滾水中央的播報員再次引起大家的注意：「這就是代表勝者的深之珠，現在我將它代表大會投擲進去。」語畢，她捧出一顆棒球般大小的透明珠子，接著往滾水裡拋進去；水面上發出了水花與細微聲音，珠子馬上沉到最底。「時間不限！先拿到深之珠就爲勝者，比賽開始！」

幾乎是在比賽宣告開始的同時，四周像剛剛一樣炸開了煙花。

「水之使，靜聽我命令而開啓道路。」先開始有動作的是夏碎學長，他取出了水色的水晶吟誦了基本咒語，接著滾水開始翻騰，慢慢出現很像中空的向下道路。

「嘿，怎麼會讓你們這麼順利呢。」像鬼一樣無聲無息出現在夏碎學長後面的阿斯利安完全沒有猶豫，軍刀直接朝催動咒語人的頸邊橫劃下去。

兩方人馬同時開始行動。

鏘然一聲，阿斯利安的軍刀沒有照預期的劈在紅組對手身上，被旁邊的五色雞頭用獸爪擋下來：「在本大爺面前搞偷襲，你等久一點再來吧！」

勾起微笑，翻開了身體站在對手區域的阿斯利安正式對上五色雞頭。

說眞的，這種狀況我還眞不知道應該幫誰加油，要是隨便講，那運動會完五色雞頭一定還會生事的，看來最好的方法就是都不要開口，用關懷的眼神看著他們就好了。

幾乎也是在同時，學長對上了原本應該是自己搭檔的友人：「風之歌、水與水連波動，貳肆雨刃舞。」圈起手，主動發出攻擊的學長唸出百句歌，接著原本已經讓出一條路的水面起了很大的漣漪，翻騰的水再度遮蓋了通道。

像是被什麼東西給抽起來，滾水突然一大片飛到天空上，接著落下來的是像刀一樣的雨刺，彷彿擁有自我意識般只攻擊敵方的人。

快速把新的百句歌給記起來，我看著已經對上的兩人組，附近的滾水不斷沸騰，看起來很像是在一鍋開水上打架——不過當然沒這麼搞笑的場面，光是想到一不小心摔下去應該馬上就會被煮熟，我就有點害怕。

看來剛剛選擇叢林那場是正確的，至少不會有被開水煮熟這麼痛的死法。

不過顯然會這樣想的只有我，在場中央的五色雞頭與阿斯利安已經完全無所畏懼地開打了。因為這次場地比較危險，所以醫療班就靠在場旁，準備一有人落水就立即上前搶救。

「曾經有資格跳級作為紫袍的殺手一族之人，果然實力也不錯。」將軍刀從右手換到左手，阿斯利安騰出空手一把擋住五色雞頭的爪子，輕鬆得好像根本不是在對抗獸爪：「不過……你真的只有蠻力嗎？跟我聽見的情報差不多，有點失望。」

「哼！本大爺絕對會讓你想不到！」可能是被阿斯利安的語氣給激怒，五色雞頭不用一秒抽回手，接著原地消失，再出現時已是獸爪直接往敵手頭上拍下去的場面。

軍刀立時擋在暴露的弱點上，幾個交戰聲響後，兩人都被對方給震開好一段距離。

指去臉上的血痕，阿斯利安勾起微笑：「看來剛剛是我輕視對手了，修正一下，你也是懂得其他的東西，真是抱歉。」

「哈！那還用說！不然本大爺要怎麼征服全世界！」

……最好你可以就這樣征服世界。

我懷疑他最近的八點檔可能有混到一點動漫畫，台詞聽起來都還滿耳熟的。

「眞是有意思。」像是找到有趣東西的小孩，阿斯利安甩動了軍刀：「那我就不客氣了，暴風聚來。」

四周氣流應了他的聲音，開始往軍刀上捲動，就算肉眼看不太清楚風的動向，不過從灰塵與部分水流判斷，那把軍刀四周一定開始聚集了很強烈的暴風。

「喔，純風之屬性的幻武兵器。」

我聽到這些話馬上轉過頭，看見歐蘿妲站在我身後一點點的距離：「和你的水之兵器一樣的道理喔，阿利的兵器是純粹風的武兵，很罕見的。」她這樣告訴我，好像對那把軍刀也頗熟悉的樣子。

「災難之風。」在軍刀聚集的風到一定程度之後，阿斯利安甩動了軍刀，猛地整片滾燙的水面掀起巨大波浪，像是被看不見的巨刀劃開成兩半，水浪左右裂開往上奔騰，同時把附近其他同伴、敵對人員都給捲入。

瞬間，一、兩個來不及反應的人被狂風衝撞出了水障礙賽的範圍直接出局，還有幾個則是被滾水直接潑到，發出哀號。

不過下方的水比我們想像的還要深，掀起的水浪也僅有一半深而已，不到可以馬上衝下去搶珠的深度。

正面被攻擊的五色雞頭發出怒吼聲，甩開另一隻獸爪，不要命地硬生生接下往自己撲來的暴風。

「喂！不良少年！不行就不要勉強！」意外地，在敵方的千冬歲好像還滿緊張的，破天荒居然對五色雞頭發出善意的警告。

咬牙抓住看不見的暴風團，五色雞頭的臉出現青筋：「渾蛋……不要看不起本大爺啊！」說著，兩隻巨大的獸爪整個往內一掐。

就好像是瞬間發生的事，一股很大的爆炸聲轟地一下震動了整座大操場，被硬生生抓爆的風團四散開來，連我這裡都能感覺到很強勁的風流。

可能被他的舉動嚇了一大跳，千冬歲的眼睛瞪得大大的，好像沒想到真的有人會野蠻到直接把暴風給抓散了。

「果然眞的是只有蠻力啊。」也被嚇一跳的阿斯利安無意識地說出這句話當感想。

「渾蛋！什麼叫本大爺只有蠻力——嘖！」原本要撲上去先把人揍一頓的五色雞頭猛然在空中跪了下來。

大概是比賽時兩邊都施展了可以在空中比鬥的咒術，所以跪倒時才沒有直接摔進滾水裡，不過高度降低很多，讓我有點幫他捏了一把冷汗。

這個下去……應該直接變成水煮雞肉了。

「雖然很勇敢，不過剛剛那一下應該已經傷到肌肉和神經了。」將軍刀給插回腿上的鞘，阿斯利安微笑著在對手身邊蹲下：「不要太勉強自己比較好喔，這樣在作戰時很容易被敵人給殺掉的。」說完，他一把出手抓住五色雞頭的肩膀。

「嘖，都輸了，隨你便吧！」很有氣勢地別過頭，五色雞頭做好完全赴死的準備。

說眞的，我很害怕阿斯利安會把五色雞頭給扔到滾水裡，有點想開口拜託他不要。

「在水上障礙賽結束之前，你好好在同伴那邊休息吧。」說完，阿斯利安抓緊了五色雞頭，直接把他往千冬歲那邊扔過去。

一離開水區域，五色雞頭馬上喪失比賽資格。

看著幾乎壓倒性的勝利，只在臉上被劃了一小道擦傷的阿斯利安目送著被對方同伴接下來的敵手然後彎出微笑，我馬上聯想到了……

這就是傳說中實力上的差距吧。

※

「阿斯利安，小心！」

正在與夏碎學長對峙的學長發出了警告聲。

一聽見喊聲，阿斯利安立即翻身躲過從背後而來的偷襲，一名沒有被滾水與颶風影響到的紅隊學姊帶著兵器攻過來，兩人馬上打到邊緣區。

那學姊的身手很好，看起來像是很精通武術的人。

「你選了不錯的人嘛。」抽出長槍的幻武兵器，學長看了眼那個讓阿斯利安陷入苦戰的人，這樣說著。

「好說。」夏碎學長聳聳肩：「畢竟你們那隊裡還有阿利這樣的人，不小心一點是不行的。」

從以上短短的對話判斷，可知夏碎學長應該也是紅隊的首領地位，就和學長是白隊的一樣。

「你們那隊的人也不比我們少吧。」對話中斷，學長直接甩動了長槍往夏碎學長的脖子旁打去。

幾個鏗鏘的聲音，躲避甩出了鐵鞭纏住槍柄，夏碎學長的表情看起來很興奮，好像與學長對戰是非常好的事情。

……該不會這兩個人其實和我們平常看見的不一樣，私底下已經仇恨很久，打算今天一次清算乾淨吧？

「鳴雷之神，西方天空鬥勇，秋之旅者破長空。」隨著學長唸出妖精的擊技咒語，長槍連結鐵鞭之處畫出了銀色的光火：「雷殛之技！」

「隔絕意識，第三結界止印！」幾乎在同瞬間發動的咒語，夏碎學長勾起一笑，另一手甩出了符紙，馬上中斷了導雷的白火。

攻擊與防守幾乎就在一瞬間，我有種來不及看的感覺。

咒語都是很基本的咒語，甚至連法陣這種東西都沒出現，可是不知道爲什麼學長和夏碎學長用起來攻擊力看起來就是非常強，而且俐落到近乎一種漂亮的地步。

四周的隊伍和觀眾都安靜下來了，甚至連播報員的聲音都沒有，阿斯利安與對手像是取得共同意識般停了手，讓出了場上最大部分。

沉默只有短暫的片刻，轉動了銀槍擺脫鐵鞭後，學長往後翻身，底下的滾水突然開始一點一滴地往上捲，在長槍的周圍開始繞出了圈子，方式非常眼熟──

「阿利的兵器攻擊方式嗎？」歐蘿妲盯著那一團逐漸變大的水圈，訝異地說著。

剛剛那個？

我看著學長銀槍周圍，那些水不知道什麼時候已經冷卻了，整個變成了無限的冰碎片環繞著，看起來眞的和剛剛阿斯利安攻擊的方式很像。

站在一旁觀看的阿斯利安露出了愉快的笑容，甚至吹了個口哨：「唉呀，居然這麼簡單被學走了。」他的聲音聽不出來有生氣的感覺，驚艷成分還比較多。

轉頭看著歐蘿妲，我偷偷開口詢問：「這個很不好學嗎？」

歐蘿妲回過頭看我，笑了一下：「基本上呢，每種幻武兵器的攻擊方式都不相同，尤其是屬性不同的兵器，在攻擊咒術上一定會相差很多；要學會別種兵器的咒術攻擊需要與持有者心思非常相通、理解，以及兵器本身擁有很高等級的變化咒術才有可能。要這樣看過瞬間馬上學會，對一般使用者和兵器來說都是極度困難的，就連幻武高手的萊恩都得試驗幾次才會成功。」

這麼說……

只能再一次驗證學長眞的不是人。

幾秒的交談之間，學長兵器周圍的圈已經比剛剛阿斯利安的大了一倍，整個底下的滾水也因爲冷熱兵器交碰而更加激動了起來。

握著銀槍的槍柄，學長冷眼看著眼前的紅隊隊長：「狂雨。」

像是應和他的話，瞬間，那一大團冰就像剛剛的暴風一樣割裂了底下的滾水，幾乎整片水面都被切成兩半向上翻滾。接觸到冰冷的滾水發出劇烈聲響，冒出了極度高溫的水蒸氣與爆裂聲，比起剛剛只有單純的風和滾水不知危險了多少倍。

在比賽場另一邊的阿斯利安以及另個人連忙做出保護自己的結界。

挾著熱氣，氣勢洶洶的冰團整個往夏碎學長身上砸去。

眨眼瞬間，場上發出巨大聲響，轟然整個空氣爆裂開來。

看著這一幕，我再度深深確認了一件事——

沒有上去打實在是太好了。

第四話　地獄之水

地點：Atlantis
時間：上午十點二十七分

場上出現了大量白霧。

學長看著一片白茫，原本將兩邊掀起的水浪全都冰凍的冷度，因爲下面的水還在不斷沸騰，已經開始被融化了。

「嘖。」皺起眉，盯著煙霧看了一會兒之後，學長突然轉動銀槍，幾個聲音被銀槍給打落，是好幾塊還沒融化的尖銳冰條。

只是眨眼半秒，整片白霧像是被刀子切開一樣瞬間全都消失，在那之後出現了看起來像是沒有受到影響的夏碎學長。

……不對，仔細看的話似乎也受了傷，身上斑斑點點地出現了一些血痕。

「果然要整個躲過不太可能。」聳聳肩，夏碎學長拍拍身上還嵌著的冰片，然後拿出一張我沒看過的奇怪顏色符紙：「風之術，環繞而侍——治癒之法。」

看著逐漸恢復的夏碎學長，我突然想起來學長曾說過他不會治癒一類術法的事。這樣如果受

傷了不就很容易輸了嗎？

話說回來，為什麼學長學不會治癒的法術？

明明他在各方面強到見鬼說，該不會是嫌太麻煩了不想學吧！

不可以這樣啊學長，就算你很強，但是如果有個萬一怎麼辦。

治癒術法只在短短幾秒就完成了，一用畢，夏碎學長立即揮動鐵鞭，像是有自我生命一樣的長鞭甩上學長的臉，但是並沒有碰上。急速擋在前面的銀槍格開襲擊，鐵鞭在上頭繞了兩、三圈之後，學長硬是轉動了槍柄，讓鐵鞭一時無法抽回。

「烽云凋戈，水爆。」拖著鐵鞭的長槍槍尖點上了下面的滾水，瞬間整個場地像是安上了水雷一樣，砰砰砰地四處開始炸開粗細不一的水柱。

瞬間讓鐵鞭消失在空氣中，夏碎學長翻身避過了那些朝他衝來的熱水柱，像是某種體操選手一樣用漂亮的姿勢直接翻到另外一邊，同時再度召出幻武兵器往下方的人送上一鞭。

表情完全沒變，學長突然伸出左手一把拽住鐵鞭，無視於冒出血液的手掌，扯著鐵鞭然後另一手將長槍往上射出。

凌空來不及閃避，只能勉強側身的夏碎學長整個腹側被拉出一條血線，在紅色的運動服上逐漸加深顏色，看起來相當顯眼。

……

你們是真的在生死格鬥嗎？

看見學長與夏碎學長打成這樣，我突然覺得很可怕。

應該與我有相同的想法，場邊的人全都屛住氣息看著裡面飛快的戰鬥。

從剛剛到現在也不過幾分鐘，兩人已經打成這樣了，如果久戰，感覺應該會相當激烈。

我突然覺得叢林戰眞的是太輕鬆了，幾乎沒有特別的危險性就過關，和現在這種等級比起來，剛剛那個簡直是「啊哈哈來追我啊來追我啊」的普通友誼賽。

兩邊都收回兵器往後跳開一步，趁著落空的時間，夏碎學長立即將傷口治好，不過符咒才運行到一半，學長已經衝到他面前，一掌抓住他的肩頭就是往腹部補上一膝擊。

露出吃痛的神色，夏碎學長連喘息都沒有，立即反手抓住學長的手臂往下一扯，趁他失去平衡用另一手壓住他的背後往底下的滾水壓。

才壓到一半，夏碎學長愣了一下，馬上鬆開手往後跳。

平空冒出的長槍槍尖由下往上險險削過他的臉側，留下一道不算淺的血痕，紅色液體不斷往外冒，滴落在他的領子上。因爲運動服是紅色的，幾滴血液看起來雖然不甚明顯，不過隨著加深浸染，像是在紅色布料上染開了一朵花一般。

就在雙方還想進攻之際，底下的滾水區突然冒出大量氣泡，活像是被誰煮開了一樣不斷往上翻騰，到處都是炸開的水泡與熱煙，上方的溫度也跟著瞬間提高。

「學弟，快點，不然等等拿珠子會很難拿！」站在旁邊的阿斯利安突然開口對學長喊。

看著底下的水泡加劇，大概也明白情況不好，學長馬上往後翻開放棄了再度對決。

不過顯然夏碎學長執意要與他分出勝負，立即追了上去。鬆開了緊握的左手，上頭出現另一張符紙，下秒就化成了灰，從下方捲起了強烈的風勢帶上大量滾水，像是兩邊拍起的翅膀般直接往學長頭上蓋下去。

「嘖。」無視兩旁熱水，學長突然一腳蹬在空氣上往前衝，在夏碎學長還來不及收勢時突然伸出手扣住他的頸子：「抱歉了，你先下去吧。」說完，一個用力就把夏碎學長使勁地往水中壓去。

我突然聽到好幾個女生尖叫的聲音。

下一秒，夏碎學長完全消失在充滿霧氣的水面下。

❀

……

我覺得我現在眞的是在看某種生死戰，一個熟人被另外一個熟人直接給殺了。

這樣的學長突然讓人感到害怕。

對面的千冬歲好像整個人都愣掉了，睜大眼睛完全沒做出反應。

就在很多人驚呼還夾著女生們哀號之際，阿斯利安飛快衝到學長旁邊幫他拍著背後然後做出治癒術的動作，接著我才注意到學長並不全然躲過了剛剛的攻擊，後面的衣服已經濕成一片，很容易可以想像到直接碰上熱水的背部變成怎樣。

感覺好像很痛。

「沒事，先拿珠子再說。」視線一直放在敵隊唯一剩下的選手上，學長揮了一下手，從運動服露出來的右手手臂上瞬間爬滿銀色圖騰紋路，以他為中心的熱水突然開始往下陷，接著不停凝成冰壁，開出了往下的道路。

「好，你先下去拿吧，不將剛剛的事情做個了結我不能安心。」抽出了軍刀，阿斯利安露出笑容看著那個學姊，對方也一臉「正合我意」地拿出了兵器。

點了一下頭，學長跳下挖開的冰道。

那是很奇異的景色，在滾水中有著一條被冰開挖出來的道路，一整個違反常理的存在，而且那些冰好像一點融化的跡象都沒有，詭異到徹底。

冰道一直挖到中心、也就是深之珠掉落的地方。

大概是因為被熱水煮太久，深之珠一直在冒熱氣，好像一碰上去就會燙傷的樣子。

走到珠子旁邊，學長皺起眉看了一下，然後才彎下腰要去撿。

就在他彎下腰的同時，從我們這邊的大型螢幕可以看見，有個黑色的影子直接衝破了凝結起來的冰壁，瞬間滾水突然從那個破洞裡湧入，一接觸到冰面散出大量危險的蒸氣。

在那些白色蒸氣中猛然伸出了一雙手，從後面抱住毫無防備的學長就往滾水破洞的方向拉。

不曉得為什麼，與其說那瞬間學長的表情是嚇到，倒不如說好像是……愣了一下？

螢幕上出現的學長還未碰到珠子，就被那雙手往後拉，但表情只有瞬間的愕然而不是驚嚇。

難道學長有注意到會發生這種事情？

大量熱氣的後方出現了夏碎學長的身型，因為泡過水，整頭頭髮都沾在臉上看不出表情，但意外地沒有受重傷還是被煮熟之類的，只是皮膚有點紅，紅色的衣服已經濕透，上面的血漬整個擴染開與衣服顏色混合在一起看不出之前的樣子，再多就沒有了。

他的身體散出點點奇異的銀色光。

我猜應該是用了某種咒術保護自己。

等等，意思就是說學長應該也老早猜到夏碎學長會自保這樣是嗎？

從後面抓住學長不給他施術的機會，夏碎學長拖著人就往滾水裡進去。

奇怪的是，我注意到學長好像沒有特別做什麼動作，眨眼瞬間就被扯到那片冰壁的破洞前面，從壁後大量衝出的熱水瞬間就把兩人給捲了進去。

「學弟！」看見下方情況不妙，阿斯利安突然一記狠招把那個學姊打飛，毫不猶豫地就往已經開始浸水的冰道跑去。

因為是沖進冰道裡，所以那些滾水沒有多久就涼了，不過馬上又因為新的水變熱、開始從內部融解冰壁，不斷循環，冰壁也開始逐漸變薄。

阿斯利安還沒跑到前，滾水區發出了聲響，幾個炸裂聲在裡面爆開，下一秒就有個人從裡面被甩了出來，直接撞上另一端的冰壁。

仔細一看，被摔出來的是夏碎學長。

砰地一個巨響，他結實地撞上冰壁後整個人滑下來，好像撞得不輕，一時爬不起來。

接著從那個滾水破洞伸出一手，拍在旁邊的冰壁上，被扯進去的學長也從裡面走了出來。不過他的狀況看起來非常不好，很明顯是沒有立即防禦就做了攻擊的動作，身上幾處露出來的部位都有斑斑點點燙傷的痕跡。

及時到達的阿斯利安抓住他的手往旁邊拉：「暴風聚來。」他揮出軍刀，很快地，上面捲上了氣流，整個地上的水也跟著開始波動：「癒傷之風。」

說完，一股像是很溫柔的風環繞在整個冰道下，我看見學長身上的燙傷痕跡不斷消減，短暫的時間之後全都退掉了。

「這樣就行了。」自行瞬間弄乾了全身與頭髮，學長看了一下倒在旁邊的夏碎學長，然後轉過去看剛剛深之珠的地方。

因爲被水流衝擊，所以深之珠又滾開了好一段距離。

「快點，這條冰道撐不了太久。」舉起手臂看著上面越來越清晰的圖騰印子，學長這樣告訴阿斯利安。

點點頭，將軍刀收回之後，阿斯利安小跑地走過去要拿地上的珠子。

就在靠近一、兩步之前，他突然往後跳開，一個黑色很像風刀的東西直接切過剛剛他站著的地方，將帶著水的冰壁給切開了很深的凹痕。

那個被打飛出去的學姊不知何時已經回來了，就站在上面。「這次是我們紅組的勝利。」說著，她一個翻身就往下，正巧站在深之珠的前面。

「不見得。」阿斯利安勾了勾笑容，然後朝她抬抬下巴，示意她看看冰壁外。

疑惑地微微看了一眼，學姊臉色突然變了一下。

同時，螢幕也帶著我們去看了冰壁外面。

那是很詭異的畫面，原本應該只有水流、什麼都沒有的冰壁爬滿了黑色、滿滿的人體影子，全都吸附在冰壁的上面。

「地獄之水的副作用好像開始了。」盯著外面數不清的人體黑影，阿斯利安皺起眉。

冰壁外的人體像是在移動，也像是數量太多的錯覺，一整個讓人感到非常噁心。

「茱莉，拿到珠子就趕快逃出去！」不知什麼時候撐著冰面爬起的夏碎學長對那學姊叫道。

立即點了下頭，正想轉身去拿深之珠的學姊愣住了。

擺放珠子的地方四周充滿了手掌的黑影，像是有無數的東西由下往上貼著冰地。

慢慢地，那些黑色影子往內蔓延了。

※

說老實話，我一直以為所謂的地獄之水就是人掉下去之後會被煮熟的滾水鍋而已。

不過現在出現在眼前的詭異場面讓我開始對這個場地重新改觀。

黑色的影子不停出現，除了在冰壁上，連水裡都有，慢慢地水面上也出現了無數黑色人體倒影，像是漂浮也像是沉在水底，數量有開始增多的趨勢。

這種場景讓人看了眞的很不舒服。

不過，這倒讓我想到一個很類似的地方。在之前競技大賽時，五色雞頭和萊恩的那個武鬥場，聽說那下面也都是直通地獄，而且我還親眼看過下面爬出來的東西。

那時候是因爲好像失控還怎樣，跑出了意料之外的東西。

這次的場地也給我相同的感覺。

等等，該不會這次也有狀況吧？

「看來這玩意比想像的還要多。」左右確定了一下狀況，學長喚出了幻武兵器。

自行做了簡單治療後，夏碎學長跳去自家隊友身邊，接著毫無猶豫地就拿起底下的珠子。

基本上看到這邊應該說是勝負已經揭曉。

但在珠子被拿起到一定高度時，夏碎學長突然不動了。仔細一看，在他拿珠子的反方向，底下那些黑色的東西已經黏到珠子屁股，拉不起來。

就在珠子被拿起來的同時，四周冰壁也跟著強烈震動起來，外頭的滾水加上黑影體除了劇烈沸騰外，還發出了奇怪聲音。

「奇怪，運動大會把甬道連接在巢穴裡面嗎？」聽著那陣奇怪的聲音，旁邊的歐蘿妲像是疑惑地自言自語著。

可能也和她有著一樣想法，不只我們這隊，連紅組的人也開始交頭接耳，好像是那個從水裡發出的聲響有問題的樣子。

奇怪，我還以爲那是黑影的聲音。

站在我旁邊的喵喵皺起眉，很注意看著滾水鍋，突然就往外面跑開：「喵喵去一下醫療班，等等歸隊喔！」

說著，人一溜煙就不見了。

幾乎在同時，剛剛和我們一樣看呆了的播報員終於發出聲音，一開口就給人很不祥的感覺：「水上競賽，地獄之水已經開始連通了水源通道，請大家往後退，避開會被波及的範圍。」

露西雅這樣一講，就是有幾個特別腳賤的人表現出他一點都不害怕的態度往前走，幾乎就靠在水競賽的水面邊上探頭觀看。

慘案往往就是在這種情況下發生的。

在他們一停腳之後，水面上那些黑影突然竄出很像章魚腳的東西直接往靠近的人腳上捲，似乎帶著高溫的觸腳一碰到人之後，那好幾個本來不害怕的人發出了哀號聲，接著被抓住的地方開始奇異地冒煙了。

一看見這種狀況，我連忙往後退了好幾步。

開玩笑，那種東西會無差別攻擊啊！遠一點才有時間逃走。

「沒關係，我打開防禦壁了。」站在旁邊的歐蘿妲這樣告訴我，讓我突然感覺到班長眞偉大這件事情，「不過只有保護我們兩個，其他人……」聳了一下肩，她回過頭去看水面。

其他人就自生自滅嗎？

我突然爲了班上有個會照顧自己人的班長而感動，幸好我和她是同班的，不然現在自生自滅的應該還要追加我一個。

被捲住的那幾人不斷掙扎，然後立即出現好幾個醫療班的人，先用一種奇怪形狀的刀迅速切斷黑影的觸腳，再來就是拽著受傷的學生往安全處移動。

水面下的冰壁那也沒有好到哪裡去，原本吸附在外的黑影穿過了冰壁，開始露出那些奇怪的黑色觸腳，往裡面的四人捲去。

暫時先放下被黏住的珠子，夏碎學長抽出鐵鞭把左右的黑影給打斷，那個東西一掉在地上，像是某種黏稠的東西啪地一聲就貼在冰壁，接著開始緩緩往下滲透。

雖然似乎有辦法可以處理，但數量不見減少反而一直變多。

「阿斯利安，你先上去，我把這條甬道連接處理掉。」翻手握住幻武兵器，學長看著長滿觸腳的冰道這樣說著。

「可以嗎？」看了一下學長，阿斯利安問了句。

「沒問題。」學長轉動了下銀槍，槍尖上開始聚集冰冷的霧氣，就連在遠處觀看的我都可以感覺到那裡面的氣溫必定是在不斷下降。「上去之後直接出場外，不然會被波及到。」

不知道為什麼，學長說這句話給人非常不好的預感。

同時，夏碎學長也轉過去看那名學姊：「茱莉，妳也先上去場外，地獄之水的甬道好像出問題了。」

學姊點點頭，沒有多問什麼就跳出了冰道，翻身離開賽場。

這個時候，冰道上已經開始出現很多那種黑色的腳，層層疊疊覆蓋在上方，有一種要將冰道給填滿的氣勢。

揮出了軍刀將上方觸腳打散掉，阿斯利安也跟著離開。

他一跳出場外之後就往我們這邊跑來：「白隊的全部往後退，還有讓觀眾也往後，不然會有危險！快點！」

有危險？

我愣了一下，看見螢幕上那些奇怪的黑色觸腳已經開始往水面外爬了，沒多少時間，第一條黑色人影印在跑道上，像是傳染病一樣，馬上就出現了第二個。

在阿斯利安的指揮下，白隊的人以及後方的觀眾快速往後移開一大段距離；而紅組那邊的茱莉學姊顯然也做了一樣的事，一下子跑道周圍全部淨空，只剩下那些奇怪的黑色影子。

「地獄之水的甬道被連到巢穴去嗎？」看著開始往外擴散的黑影，歐蘿妲詢問著一旁的阿斯利安。

「我想應該是甬道連過來之後因為水流關係，所以才被當成巢穴。」阿斯利安如此回答。

雖然他們好像是在解釋爲什麼會變這樣，但是我完全聽不懂他們在講些什麼，「呃、不好意思。」我開了口，原本正在交談的兩人馬上回過頭看我：「那個……請問巢穴是什麼？」爲什麼聽起來好像不是很友善的東西？

回答我的是阿斯利安：「那是寄宿在地獄之水裡的蟲影，我們也叫它鬼物。沒有實體，大概就是像你現在看見的這種東西。一般鬼物都是築巢聚集生活，然後捕捉附近的物體長時間分解吸收。有時候連接通道才開一天也會將這東西引來，不幸一點就會像現在這樣引來個大巢。」他聳聳肩，似乎已經很習慣遇到這種事情了：「解決方式就是把甬道封閉之後就會停止了。」

「封閉？」

「簡單地說，隨便用個又快又有效的方法把那個洞給堵住就行了。」歐蘿姐看了我一眼，這樣說。

又快又有效？

我突然覺得這種話套用在學長工作思維模式上，代表了某種可怕的危險程度。

就在簡短談話之間，那條冰道已經完全被黑色觸腳覆蓋住了。

因爲黑色觸腳還不停往天空捕捉，所以露西雅已經退到了比較安全的高空，暫時停下播報，只剩下上面的螢幕可以觀看情況。

整個水上都是密密麻麻的黑色人體，外面的跑道也蓋了三分滿，看起來無數的人影正在不斷騷動著。

四周陷入了絕對的沉靜之中。

接著打破這種詭異寧靜的，是在數秒之後傳來的強烈爆炸聲。

很像好幾個地雷綁在一起被爆破一樣，整個水競賽場地由下往上狠狠地炸開來，水花往上衝開，接著像是下大雨般落下。

因爲基本上它還是滾水，有部分散到場外的還打到了人，不斷造成燙傷傷患原地哀號跳腳。

水勢很大，一下來就是強烈暴雨。

幸好剛剛歐蘿妲先做了結界，我看見滾水在我們頭上一公尺處就散開了，一滴都進不來。

被強烈的爆炸波及，周圍跑道也全都翻起、斷成幾十片，像是大地震一樣的場景，底下的泥土砂石也全都到處亂飛。

我馬上就注意到了，被炸開之後，那些水裡和跑道上的黑影幾乎瞬間就消失了，好像被同時消滅了一樣。

爆炸就這樣維持了幾十秒，然後轟隆隆的聲音才逐漸平息。

轟然過後，周圍全都是漫天煙塵，霧茫茫的視線非常不清楚，只稍微可以看見暴風影響到不少人，有的還被吹到翻倒，灰頭土臉地爬起來。

……

等等，剛剛的爆炸中心就是學長他們所待的位置吧？

※

爆炸過後，不知道是不是有人用了法術，煙塵以一種極爲迅速的奇怪速度消滅著。

看著一片狼藉的中央，阿斯利安突然衝過煙幕跑進去。

「等一下！」看他的表情很恐怖，不知道爲什麼，我居然也自動跟著追了過去。

追著跑過去時，四周煙塵已經全部平息，很明顯地看見越過層層障礙的阿斯利安在中間蹲下，他前面倒了兩個人。

好不容易越過破碎的跑道，我在阿斯利安旁邊喘喘地站穩，這才看清楚倒在地上的是學長和夏碎學長，兩人身上很明顯都是燙傷痕跡，和一些應該是被黑影攻擊的傷痕。

阿斯利安抬頭看了我一下，「大概是因爲他們剛剛自己打太凶了，所以用爆破時因爲疲累沒有全都避過，我先轉移到醫療班。」

「咦？比賽呢？」那顆深之珠也不見了，這樣轉移過去沒問題嗎？

「喔，剛剛就分出勝負了啊。」彈了指，他們所在的地上馬上出現了大型移送陣，然後阿斯利安這樣告訴我：「你忘記了嗎，先碰到深之珠的是夏碎學弟。」

喔啊，難怪之後學長他們就沒有衝過去搶了。

看著地上的大型移送陣，我突然自己跨了進去：「我、我也一起去。」看著學長的手上出現那種銀色圖騰，我有點擔心。

「人家也要一起去喔！」

就在阿斯利安還來不及表示什麼的時候，突然有個人也衝進移送陣裡，直接往我背後撲上。

嚇了一大跳後我才發現撲過來的是那個不知道消失到哪裡去又自己冒出來的扇董事。

眨眼間，移送陣已經發動，不用幾秒，四周景色已從爆炸的災難現場變成我已經來過好幾次的保健室了。

保健室裡有點亂，因爲已經經過兩場比賽了，所以死傷者還不少，到處都有傷患被送進來跟被趕出去的閒雜人等。

而且我這次見到的醫療班也變多了，估計應該是從哪邊過來支援的。

剛剛跑掉的喵喵也在幫忙治療傷者。

「阿斯利安，這邊。」一見到我們轉進來，原本正在拿藥品的輔長把東西丟給穿著藍色衣服的同伴，然後跑過來：「裡面有空房間。」說著，一邊把堵路的人給推開，一邊扶起學長先往那邊走。

沒有異議，阿斯利安扶著夏碎學長也跟上去。

「漾漾小不點，我們也跟上去看看囉。」扇董事推著我的背後跟過去。

我本來就是有點擔心他們傷勢才跟過來的，被扇董事這樣一推也趕緊跟了過去。進到房間之後，走在最後頭扇董事還自行關上了病房門。

已經把人放在床上的輔長正在看學長手上的圖騰：「嘖，又來了。」

阿斯利安把夏碎學長也放在一旁，走過去：「要去找賽塔嗎？」

「不用了，人家來就行了。」悠悠哉哉地晃過去，在兩人錯愣之際，扇董事已經靠到學長旁邊去了，接著用左手食指隨意點著學長的手臂：「小傢伙，你腦袋還清楚嗎？」

她不是在對其他兩人說話，所以一開口後，我們才都發現不知何時學長已半睜開眼睛了。

「……老妖怪。」

「喲喲，一身皮都被燙掉、腦袋被煮熟的小傢伙是在叫誰老妖怪啊，你師父沒教你對長輩要尊敬嗎，嗯？」騰出另外一隻手去拉學長的臉，扇董事完全沒考慮對方還是個傷患不能動粗這件事：「你應該慶幸世界上最偉大的我還留在這邊，還不哭兩聲表示感動來聽聽？」

揮開那隻在拉臉的手，紅色的眼睛朝著對方狠狠一瞪：「想太多。」

就在兩人抬槓之間，學長身上的圖騰紋路以一種很靈異的速度消失了，快到連輔長都很驚訝，像是不知不覺中就退掉的紅疹一樣。

接著，扇董事收回手，彈了一下，有個四方形的小冰塊掉在地上，很快就融化了：「喂，那個荒野的獅頭醫療班，交給你了。」

聽到她講出來的那瞬間，我差點整個笑場。

荒野的獅頭醫療班是什麼鬼啊！

輔長也愣了下，然後哭笑不得地抗議：「這才不是荒野獅頭，就算您是董事也要留點口德啊……」

站在旁邊的阿斯利安已經笑出來。

原來他們早就知道扇董事是董事了啊，難怪剛剛扇董事在修理學長時另兩個人沒有出手。

「扇董事，久違了。」阿斯利安彎了身行禮：「很榮幸能在這邊遇到您。」

扇董事轉過身，在阿斯利安的旁邊繞了圈：「喔喔，你資質也很不錯，哪哪、要不要來我們這邊打工一下？雖然沒有什麼薪水，不過可以遇到很有趣的東西喔。」

阿斯利安笑了一下，很委婉地拒絕了：「謝謝您的邀請，不過我想我自己的程度未到，怕拖累其他人，等到順利取得黑袍資格之後，就算您不說我也會爭取的。」

不曉得爲什麼，我總覺得那個打工很有問題。

「唉唉，我還算滿中意你的說，席雷家的小朋友們都很可愛，讓我連你的戴洛老哥都想一起拐帶，剛好一雙，多好。」抽出了摺扇甩開，扇董事用很惋惜的語氣這樣說著。

「有機會的話，我們兄弟會爲您們三位效勞的。」阿斯利安依舊笑得很委婉。

就在兩人談天之際，學長身上的傷勢已經差不多都被輔長治癒了，然後他自己拉著右手臂，喀嚓一聲把被震脫的關節接回去。

「夏碎呢？」轉動著手臂，學長看了一下旁邊的人。

「沒事，跟你差不多。」開始幫夏碎學長治傷，輔長一邊說一邊罵：「你們兩個爲什麼每次都要這麼亂來啊！要引爆不要站在引爆點被它爆啊！多走兩步路逃出來會死嗎！」

學長聳聳肩，砰地一下躺回床上：「反正學校又死不了人。」

輔長騰出一隻手，敲在他的頭上。

「但是我們會很麻煩。」

「嘖。」

學長先是愣了一下，然後才轉開頭。

大致上將還在昏睡的夏碎學長治療完，輔長才收回手：「夏碎先留在我這邊一下，好像還有其他地方被震傷到，下午會讓他回隊伍。」

「嗯，那學弟你也稍微先檢查看看還有哪邊會痛的，我先回隊伍上，第三場應該也要開始了。」打過招呼之後，阿斯利安很快地離開保健室。

「小傢伙～我可以陪你睡一下喔。」唯恐天下不亂的扇董事靠到床邊，還開始把肩膀的衣服給拉低。

搶在學長還沒發難之前，輔長先把扇董事拉下來，然後推到門外：「請不要騷擾傷患休息，謝謝。」說著，往外一推，直接把門關上。

……好樣的，你居然敢這樣對付董事，不怕被解雇嗎？

看起來顯然不怕被解雇找麻煩的輔長拍了拍手上灰塵，然後彈了下手指，我看見原本是單人房的另邊牆壁突然整個下降，迅速消失了，接著與隔壁的房間打通變成大型雙人房。

把夏碎學長移到另一邊的床位後，輔長才轉頭看向學長：「你也在這邊給我休息一下，我等等會進來做檢查，如果跑走，就給我試看看。」很警告性地給了這樣一句之後，輔長才走出去忙其他事情。

打開的門外已經沒看到扇董事的影子了，估計不曉得又溜竄到哪邊去。

拍拍枕頭，半躺在床位上的學長瞇起紅色的眼睛突然往我這邊看過來，接著我立即意識到，現在只剩我在這邊了。

「呃、呃……學長你們沒事就好。」被那雙紅色眼睛看得全身發毛，我往後倒退一步，再倒退一步，有點害怕學長等等撲過來揍我。

那種感覺就很像是被某種野獸盯住。

是說明明你會躺在這邊應該是地獄之水害的吧，不用這樣瞪我啊！

就在我們瞪與被瞪的僵持之下，旁邊床位的夏碎學長發出了一點聲音，接著很快就醒了。

一抓到機會，我馬上逃過去那邊：「夏碎學長。」

眨眨眼，夏碎學長看了看我，然後又轉頭看了學長一下：「喔，原來是這樣。」說著，他也撐著身體爬起來半躺在床上：「沒問題，傷應該都好了。」說著，他露出和平常差不多的笑容。

我點點頭，感覺上我好像也應該先離開才對，這樣會打擾到別人休息：「那、我先回去了喔。」偷偷瞄了一下學長，他也在看這邊。

「嗯，下午我們一起加油。」夏碎學長笑了一下，拍拍我的肩膀。

「好，你們要好好休息喔。」

說完，我馬上開溜。

就在關上病房門之後，我一眼就看見在保健室外有很熟悉的人影：「千冬歲。」對方被我一喊，突然不見了。

奇怪了，千冬歲沒事跑什麼跑啊，我又不會咬人。要看一下夏碎學長應該也不會被他咬吧，而且他們還是同一隊的咧。

走出保健室後，在外面我依稀可以聽見操場那邊傳來的喧鬧聲，大概是萊恩的那場比賽已經開始了。

看了下手錶，十一點多快要十二點了，在保健室裡逗留的時間不少但也不會太多。記得流程上寫十二點整到一點半都是休息時間，吃過飯之後我和莉莉亞約好要在昨天的地方看那本白袍圖書館的黑史。

「漾漾！」

正在思索時，突然有人從後往我肩膀一拍，當場我差點嚇得拔腿就跑，一轉頭看見是露出大大微笑的喵喵才鬆了口氣。

「你要回去運動場嗎？」喵喵偏頭看著我：「不用回去了喔，因爲剛剛第三場結束了，是我們贏了。」

「妳怎麼知道？」如果我沒記錯的話，喵喵基本上剛剛應該和我一直都在同一個地方吧？

「喔，庚庚有傳消息給我喔，她有幫我們把影像錄起來，聽說萊恩一個人就幹掉近八成左右的敵人耶！」喵喵異常興奮地這樣告訴我：「這次比賽一組派出二十個人喔！萊恩一個人就做掉了十五個，我們壓倒性勝利。」

「哈哈哈……」我真為那十五個死得不明不白的人感到悲傷。

「所以喵喵現在要快點去餐廳搶食物了，漾漾我們等等一起野餐喔？」她偏著頭看我，有瞬間我還真想點頭。

不過，我立即想起和然約好的事：「不好意思喔，我中午跟然約好一起吃飯了，妳還記得嗎？上次一起去烤肉那位七陵的學生。」

喵喵點點頭：「我知道了，那漾漾我們下午見喔。」

打完招呼之後，喵喵很快就離開了。

目送喵喵離開之後，我想著要先回運動場上，畢竟我只跟然約好說要中午吃飯，不過沒約在哪邊，不知道他現在會不會到處找人。

一轉過頭，我就知道我不用找了。

然就站在不遠處向我揮手。

第五話　白袍的書本

地點：Atlantis

時間：中午十一點五十三分

「你們運動會的播報員說已經提早開始休息了喔。」

提著一個很有古早味的木製四層盒走過來，然掛著溫和的笑容這樣說著。

「你怎麼知道我在這邊？」剛剛狀況很混亂我就跟著轉到這邊來了，我打賭白隊裡應該沒幾個人注意到我也跟著消失了吧。

「喔，大爆炸後我有看見你跟著那位用軍刀的男生一起進傳送陣，想說應該是在這一帶。」然聳聳肩，用很自然不過的語氣說道。

「這樣喔……」算了，反正這些人基本上構造都是問號，能夠找來也不算是太奇怪的事情。我還是不要自己大驚小怪了。「對了，你要到哪邊吃飯？」

四處看了下，基本上學院的道路左右很常見到涼亭什麼的。我入學時因爲記路標迷路了無數次之後問了別人才知道，那些涼亭會到處換位置，所以就算記了也沒用，經常會變成不一樣的。

「漾漾最常到哪邊？」沒有立即回答，然反而回問我。

「呃，應該是風之白園吧。」我想起來然好像曾去過那個地方，就是在大競技賽時，為我和五色雞頭做了開眼的動作。

「那我們就到那邊去吧，我也很喜歡那個地方。」這樣說著，然愉快地微笑。

點點頭，於是我走在前面帶路，我們就這樣有一下沒一下地閒聊往白園走過去了。

一路上可以看見花園涼亭大多有學生在使用，還有好些校外人士和運動會的學生聚會，四處都可以聽見說笑的聲音，一整個從剛剛緊張的氣氛中放鬆了。

白園其實不會太遠，幾分鐘之內就到達了。

一如往常，裡面相當安靜，只有聽見風的聲音和一些細微聲響，並沒有看見其他人。看來喵喵他們應該不會到這邊吃飯，而是選擇會場那一帶的樣子。

踏進白園那瞬間，我就感覺不對勁了。

說是空無一人……但也不正確，不曉得是不是我眼睛抽筋，踏進去那秒我好像看到空中有很多白色的「浮游物」飛過去，輪廓看起來好像應該是人的樣子，但等我想要看仔細時已不見了。

……要命！

白園不會挑在今天鬧鬼了吧？

大概是注意到我突然全身僵硬，走在後頭的然在我肩膀上拍了一把：「漾漾，怎麼了？」

我轉過頭，有點怕怕地對他說：「我覺得我好像看見了不該看的東西……」而且數量還不少，有點詭異。

愣了三秒，然突然笑了起來。

就在我不知道他爲什麼笑的時候，他才開口：「你應該是看見白園裡的風之精靈吧，看來漾漾的程度眞的有所提升了。」頓了頓，然還是一臉笑意，越過我走進白園裡：「今天的風精靈好像有點騷動，大概是因爲運動會的關係吧。」

跟著他走進去，我左右張望，沒看見剛剛那瞬間看到的東西。

風的精靈？

我突然想到賽塔常常說他和大氣精靈在交流，大概就是這類的東西吧。

隨便挑了個位置坐下來，然朝我招招手，接著便逕自打開了他帶來的東西。就和上次一樣，木盒裡全都是讓人感動的家鄉味，除了綠豆湯外，還有一些是我老媽經常會做的那種家常菜，之後是我沒吃過幾次的快炒類；都還是熱的，再度讓我體會到原來學會咒術就能擁有隨時保溫這種非常好用的功能。

「你對風精靈有興趣嗎？」一邊將東西拿出來，然一邊這樣詢問。

「……應該算有吧。」我很想確定我是見鬼了還是只是別種東西，沒弄清楚可能我之後不太敢隨便一個人進來這邊。

「其實很簡單的，你只要心存善意，他們會主動靠近過來，你看。」拿起一個糕點，然將手伸出去，不用多久，我居然看見那塊糕點往上飄浮，好像被什麼東西給帶起來在半空中。

接著，原本空無一物的地方開始出現淺淺影子，然後是白色的柔軟布料飄在空中，一隻白色透明的手正在搆著那塊點心，最後出現的是個類似女性一般的整體輪廓。

那「東西」整體看起來是透明的白色，不過等清晰之後就可以很明顯看出是女性的模樣，對方注意到我瞪大眼睛在看她之後就轉過來衝著我一笑，下秒立即兩隻手掌握住那塊糕點，飛也似地逃到白色樹林裡了。

「大概是這樣的狀況。」然收回盤子，笑著說：「等你和這邊的精靈熟悉些之後，會遇到更多的。」

該怎麼說呢……

爲什麼看完他的動作之後，我突然想到了在廣場上面餵鴿子這種畫面啊！

笑笑地看了我半晌之後，正想說些什麼的然突然愣了一下，接著停止動作看向白園的入口：「有人進來了。」

疑惑地，我也跟著看過去。

接著，我們看見了某位很面熟的人踏進了白園。

⁂

「唉呀，眞是巧。」

踏進來的那人也愣了一下，接著堆上了溫和的笑意，綠色的眼睛依舊給人很溫暖的感覺：

「走到這一帶時感覺風精靈在騷動，原來是您們兩位在這邊。」撥了一下落在頸邊的淡金色長髮，賽塔微笑著和我們打了招呼。

然看見進來的人之後立時就放鬆了，也朝賽塔點了下頭：「不介意的話是不是可以與我們一起共進午餐呢？」

「這是我的榮幸。」

隨意地在旁邊落坐後，賽塔突然盯著然半晌，好像他臉上有什麼東西一樣仔細看了很久，接著表情突然有點怪異，似乎是有點困惑，「您該不會是……」

「嗯？有什麼問題嗎？」然回以一笑，並沒有為這種突兀的動作感覺到困擾：「我的臉上有什麼讓您想起不好回憶的問題嗎？」

不曉得為什麼，我下意識覺得然問的這句有點奇怪，怪到賽塔也愣了一下，接著立即收起過於明顯的表情，換上了一貫的溫柔笑意：「不，是我太過於唐突了，若有讓您感覺到不愉快的地方請原諒，您給我的感覺很像一位故人；雖然我與他並未正式見過幾次面，但是的確很像。」

「這樣啊。」然摸摸臉，倒也不以為意：「大概是大眾臉吧，之前也有好幾個人把我錯認了，造成不小的困擾。」他聳聳肩，然後從盒子底部翻出了幾個白色瓷碗和筷子一一遞給我們。

「真是不好意思。」賽塔點點頭，接過了碗筷。

「倒無所謂，先前誤認得更誇張。」轉過來看著我，然露出了大大的笑容：「不知道和我相像的那位是不是人緣不好啊，連續好幾次都有人不善地動武，還好七陵學院的警備也夠強，不用我動手自然就有校園警衛出面清除了。」

「呃……沒有好好解釋過嗎？」這種困擾還真是麻煩。我光是想像就覺得很倒楣，沒事被錯認還被堵。

「說過喔，不過效果似乎不太有用，但是因爲學院的關係，近年來這些事已經很少了，不然我還眞的會受不了。」不怎麼在意地像是說笑話般講給我們聽，然又翻出杯子爲我們倒綠豆湯。

大概是因爲身爲精靈的賽塔在這邊，我看見後方的白色樹林裡探出了很多半透明的腦袋，有一下沒一下地出現又消失，還稍微可以聽見某種很清脆的笑鬧聲，好像是風之精靈在樹林裡面打鬧玩耍般。

吃著菜餚，我原本打算向然打聽一下黑史的事，不過因爲賽塔在這邊不方便詢問，畢竟他與學長很熟，難保學長不會聽見這事情。

隱隱約約總覺得不要讓學長知道比較好，他好像不是很喜歡我去亂查這種東西。

但是不曉得爲什麼，我直覺羽裡就是要我去找這段事情。

我是妖師嗎？

我自己也不知道。

❋

和然他們吃過午餐之後，感覺上他們好像還有什麼話要講，所以我就先行離開。

時間應該差不多，我照著昨天的方向往那座亭子去赴莉莉亞那邊的約。

還沒靠近，遠遠地我就已經看見莉莉亞一個人不知道早到了多久，亭子的桌面上放著藤編的餐盒，她正在一邊吃著餐盒裡的三明治一邊翻一本小冊子。

「你有夠晚的！」一看見我出現，莉莉亞馬上把書本給收起來，站起身就瞪了我一眼。

「呃、不好意思，因爲剛剛和朋友去吃午餐。」走進涼亭，我陪笑地說著，然後在桌對面坐下來。

「嘖，害我還以爲你會直接過來，連你的份都一起帶來了。」從藤編餐盒裡拿出個印有餐廳標誌包裝的紙盒子，莉莉亞冷哼了一聲。

我接過盒子，有點重量，估計應該也是三明治一類的東西：「謝謝，那我等等把它吃掉。」

點了一下頭，莉莉亞把桌面上吃得差不多的東西稍微整理過之後收到一旁的椅子上，接著從自己帶來的背包裡拿出一本超級厚重的白皮書本，上面用著燙金印了我看不懂的字體：「黑史的冊數很多，因爲你只說要西之鬼王塚那一帶的事，所以我也只帶了有記錄的這本。」說著，她把書本打開，裡面已經有夾幾張書籤做記號了，一翻開正好就是鬼王大戰的事。

我立即湊上去看。

「我先跟你講解一下對鬼族戰的事情。」咳了咳，莉莉亞這樣開始告訴我：「根據記錄，最早的對鬼族戰並不是西之鬼王這一戰，只是這一戰牽涉到多重種族的聯軍，且有效擊殺了四大鬼王排名第一的耶呂惡鬼王，所以在歷史上是最爲有名的一場戰役。」

「多重種族？」對了，我想起來好像其他人也曾說過。

「嗯，以冰牙族爲首的軍隊，之後在幾次大小戰役之後陸續加入了獸王、狩人、羽族等等……在這邊有記錄。」指著書本上的某一段話，莉莉亞抬頭看了我一眼：「鬼族是不被容許踏上守世界的，他們是定居在獄界的黑暗種族，在獄界裡還有其他別種，不過鬼族大部分是從早期守世界扭曲轉換的，所以對守世界有特別的情緒在，一有機會便會對守世界發動戰爭，歷史記錄上最早的可以追查到三千多年前吧。」

「大約三千多年前更早那時候還沒有鬼族這種東西，那時候最大的災害叫作陰影，據說是創世神留下的世界黑暗部分，當時陰影也曾一度造成災害，以伊多維亞城爲主的黑精靈含括當時的幾大種族帶著神器將陰影再度封印、拋下獄界。而那時候的聯軍也遭到重創，大概逝去了七成左右的人員。」

「之後陰影殘留的影響，結合了原本的殘族逐漸演變出通稱鬼族的扭曲生物引起了大量戰爭。那時候的鬼族就一直留到現在，也就是我們現今對抗的那些東西，因爲鬼族是扭曲來的，所以到現在還找不到可以有效將它們全都消滅的方法。」

一口氣把起源給解釋完的莉莉亞用力呼了一口氣。

我聽得其實有點迷糊，不過也大概知道意思是怎樣，反正鬼族就是二度進化的東西就對了。

「伊多維亞是盛產黑精靈？」是說，精靈不就是精靈，怎麼會有黑精靈這種東西。

「不是，當時城主是黑精靈！」莉莉亞糾正我的問法：「那個年代有分黑精靈和白精靈兩種，白精靈是指最久遠純潔無瑕的精靈一族；黑精靈是指曾與異族通婚混過血脈的一族。三千多年前那時候，白精靈已經陸續移居到親近主神的世界去了，所以現在世界上所有精靈都是那時候所謂的黑精靈。」

「喔，原來如此。」那賽塔應該也是了。

「再來就是一千年前。」翻著書本讓我仔細看著上面的字體，莉莉亞一邊為我解釋著大略重點的部分：「西之丘被突然出現的耶呂惡鬼王佔據，當時造成精靈一族的重大傷亡以及迫害，西之丘精靈將訊息傳入了各大精靈族之中，於是冰牙族第三王子站出領兵欲搭救同伴，當時其實冰牙族之王與他的意見是相反的，所以領出的軍隊有限，幾乎都是自願軍為主；之後才開始慢慢吸收了各個種族的援兵。」

「我記得當時公會好像也存在對吧，有記錄說他們被鬼族襲擊，所以沒有參與戰爭。」翻著白袍的黑史記錄，我開口詢問。

「公會的成立大概是一千五百多年前吧，當時不像現在分級很詳細嚴謹，很多人都是身兼多職。鬼王戰爭爆發之後，公會內部也出現叛徒，將鬼族給引進了公會爆發戰爭，當時公會被襲擊也造成了很大的損失。記錄上也有記載，原本要前往聯軍支援的水之妖精一族與幾個妖精族在半路收到公會求援，所以便轉往公會幫忙驅逐鬼族，因為支援的妖精族沒趕得上鬼王戰，所以對鬼王戰爭時相當艱辛。」

「那時候，鬼王身邊有著妖師的幫助。」

一聽到那兩個字，我的心臟也跟著一跳，有種害怕的感覺。

沒注意到我的異狀，莉莉亞繼續說下去：「妖師一族一直是被詛咒的一族，對鬼王戰中有很多次都是因為他而失敗。之後鬼王戰中有兩場很大的戰役，第一個沒有記錄下來，但是在那之後，幫助鬼王的妖師突然消失了；第二次對上耶呂鬼王後，才順利將鬼王擊殺，封印在鬼王塚、也是西之丘當中。」指著書面上的圖案，她繼續往下說：「那時候因為已經沒有妖師了，一般人都以為妖師在那場戰役真正的滅絕，不過根據公會的追蹤，後來妖師一族還是曾陸續出現過蹤跡，他們轉往了別的世界隱藏起身分，一旦被發現都會被殲滅，而公會真正的情報指出，直到三百多年前妖師一族才真正被滅絕，不再有人看見。」

真正被滅絕了？

不知道為什麼，我有點稍微鬆口氣，這麼說學長應該是正確的，我不是那玩意，而是別種東西吧……等等！我也不是東西啊，是個正常普通的小老百姓才對吧！

「對了，為什麼第一場戰役沒有記錄？」我注意到那個問題點。

「我也不曉得，第一場戰役可能不在預料之中，也可能是有誰不想把這次戰役記錄下來，總之就是失傳了，連當時的吟遊詩人也沒有吟唱，大家都只知道對鬼王那場。」莉莉亞聳聳肩，一臉「問我也沒用」的表情。

不想被人知道的戰役？

我有點疑惑，大致把相關的資料都看過之後，我有種謎題不減反增的感覺，白袍的記載比我昨天看到的還要多，但是卻也不到那種全都能詳細解釋的地步。

那麼重點應該就是在羽裡說的那本書才對。

但是以我的等級也沒有辦法看。

大致為我解釋完重點之後，莉莉亞只說剩下小部分讓我自己去看，她就沉默下來了。

我翻著書籍，裡面很詳細地說著對鬼族一戰的一些路線以及當時的情況，還有幾次比較小的衝突戰。

引起我注意的是公會被襲擊的部分。

「對了，我記得鬼族不是很好察覺嗎？」印象中不只學長，其他人一看見偽裝的鬼族也幾乎可以認得出來。

「沒錯啊，鬼族那種東西不管怎樣變裝都可以看出來。」莉莉亞點了頭，一臉厭惡。

「可是我看書上是說，公會裡有背叛者把鬼族給引進去，從內部發生襲擊，為什麼當時公會沒有人注意到？」既然那麼容易發現，怎麼公會的人會沒有注意到？

「嗯……那是因為鬼門的關係。」有點彆扭地說著，莉莉亞嘟著嘴：「你記得上次被我們打開、黑館上面的那個吧，那個就是鬼門的一種，背叛者在公會裡連結好之後，鬼族就大量地擁進，當時襲擊各族都是使用這種方式，幾乎防不勝防，很容易就會被重創。」

「原來如此。」我都快忘記還有那種方式可以用，當初安地爾和那些鬼族也都是從裡面竄出來的，一提到，我還心有餘悸。

那麼也就是說，當時在公會中設立鬼門的就是安地爾了。是說，他當時在公會的地位也不低，為什麼會突然想要背叛啊？

對於那個人的行事，我一直無法理解。

※

在白袍的記錄書中，我發現一件奇怪的事。

當初對戰時聯軍一直是直指西之丘的，另外有其他分軍剿滅各地流竄出來的鬼族，當時分軍很多都慘遭重創，不過聯軍卻還算平安地到達。

在其中，聯軍遇過幾次由妖師以及耶呂鬼王高手領頭的軍隊。

如果是妖師領首的話，為什麼沒有記載聯軍被重創的事情？

唯有寫著聯軍失敗的字樣，並沒有說被重創還是慘遭襲擊之類的事情。

為什麼？

根據我在其他人口中聽來的妖師，應該是很難對付的敵人，怎麼對上他除了失敗之外，傷亡卻沒有對其他高手那樣慘重？

我不明白這部分，但白袍的書籍上沒有明白標示，估計莉莉亞應該也不曉得這部分事情了。

稍微把疑惑記下，我又翻了翻那本書，大致都還是講解戰役的事，沒什麼問題。

快速瀏覽完畢，闔上書面我將這本書還給莉莉亞，畢竟是從白袍圖書館拿來的，我也不好意思開口說要借回去看：「謝謝。」

莉莉亞看我這麼快就還回來，反而有點錯愕：「你這麼快就看完了？是裡面沒有你想要找的部分嗎？」

她都這樣問了，我也只好很不好意思地點點頭：「其實都有找到，可是有的講得不是很清楚……所以……」

收回書本，莉莉亞沉默了一下。

「其實我有另一位朋友告訴我要找黑皮封面的黑史，翻開的第一頁是羊皮的戰爭圖……」

「那本書在黑袍的圖書館裡。」還沒講完，莉莉亞突然打斷我的話，一臉凝重：「你那個朋友是黑袍？還是冰炎殿下？」

「呃，都不是耶，他好像是在很久很久之前看到的，我想那時大概還沒被收進圖書館吧。」不敢隨便透露羽裡的事情，我只這樣告訴莉莉亞。

「如果是黑館的那本，的確應該是把所有的事情都記錄進去了，但是在鬼王一戰中有很多不能流通於現今的祕密……我想想……」露出有點苦惱的神色，莉莉亞抿著嘴唇。

「啊，其實不看也沒關係啦。」看見莉莉亞有點頭痛的樣子，我連忙這樣告訴她。

「黑袍圖書館的話，我應該可以找我的兄長借看看……」

「咦？妳有兄弟！」我一直以爲莉莉亞應該是獨生女，因爲剛開始認識時，覺得她這個人滿衝的，有點大小姐的感覺，還以爲她是傳說中的獨生大小姐。

莉莉亞白了我一眼：「你這個人眞沒禮貌耶，我當然有兄長，雖然是同父異母的，不過的確有血緣關係。」

「咦？同父異母？妳不是也是人類這邊嗎？」該不會也像千冬歲他們一樣有著比海溝還深的理由吧？

「我的母親是人族的愛那王之女，我的父親是奇歐妖精族之王，我兄長的母親也是奇歐妖精。」一邊瞪我一邊解釋著，出身的確非常良好的莉莉亞沒好氣地這樣說道：「我的兄長是現任的黑袍，雖然我對他沒什麼好印象，不過要求的話應該是可以試試看的。」

「欸？這樣可以嗎？」

莉莉亞點點頭：「沒關係，反正我也有點想看黑袍的書，趁這個機會也可以看看。」

聽見她這樣說，我也想起來莉莉亞對黑袍好像很景仰的事：「莉莉亞妳好像眞的很喜歡黑袍。」我打賭她往後的目標一定是向黑袍邁進。

「廢、廢話，誰都想當到黑袍啊，而且我兄長沒事就在那邊說白袍沒什麼好稀奇的，好像除了血緣之外我就沒什麼可以和他相襯，不早點拿到黑袍氣死他我也不甘心！」握緊拳頭搥在桌面上發出聲響，莉莉亞很憤慨地這樣說。

喔啊，原來還要加上自家兄弟造成的因素啊。

我終於知道她爲什麼對黑袍這麼執著了，原來如此。

「那、妳加油……那個……願神保佑妳。」差點說出願佛祖保佑，我連忙收口改成比較通用一點的。

「本小姐絕對會比那傢伙還要年輕拿上黑袍的。」

陪笑著，我還能說什麼呢。

就在莉莉亞對著自己的生命發下如此熱血誓約時，我們都聽見一種很突兀的聲音傳來，要說是音樂也不太像，好像是某種動物在亂叫的聲音。

一聽見那個聲音，莉莉亞臉馬上黑了一半，「死了，休息時間過了已經在集合了，我要回去了，你不准說今天和我碰面的事情喔！」她指著我這樣喊著：「本小姐不想被別人說我私下通敵，就這樣。」

說完，她一開移動陣馬上就消失在我眼前，非常標準地來去無蹤。

拿起了三明治盒，想到下午還有那些亂七八糟的運動比賽，我突然覺得有點沉重了。

打開移動陣，我將自己轉回隊伍上。

※

短短幾秒後，我從一個安靜的地方被轉回超級熱鬧喧譁的地方。

「褚，中午有休息充足嗎？」一下子就看見我的阿斯利安走過來，笑吟吟地問著：「等等要進行混合騎馬打仗了，其他外組的人也都回來了，你準備一下，要五個人一組。」

被他這樣一講，我立即注意到果然其他三種競賽的人也都回到這邊了，人數瞬間倍增，場上變得有點擁擠。

剛剛被大爆炸弄壞的跑道和操場已經全部恢復成原來完好的樣子，連損壞之處都沒看見。

「五個人？」我看了一下，看見喵喵他們在稍遠一點的地方聊天。

「嗯，四個人當馬、一個人在上面，搶對方組的頭巾就得一個分數，把人順便踹下地上有兩個分數。剛剛我們白組連輸兩場，所以現在和紅組是平手狀況喔，在混合賽裡大家要儘可能多爭取一點分數，別輸了。」阿斯利安笑容可掬地這樣告訴我。

「呃、只要搶到和推下去就行了吧？」看著對面殺氣騰騰的敵組，我有點怕怕的。

「對，不管用什麼手段，只要讓他們輸在我們腳下就行了！」突然把軍刀給拔出來，阿斯利安對著我說：「必要時，送他們進醫療班都無所謂。」

我就知道！

你們到底有沒有一個競賽可以和平然後阿哈哈哈地無傷亡結束啊！

「那樣子就結束哪叫比賽。」冰冷冷的聲音從我背後冒出來。

我僵硬地回過頭，果然看見上午被送進醫療班現在活跳跳站在我後面瞪我的學長。

一看見學長歸隊，整隊的隊友爆出歡呼。

另一邊，夏碎學長也同樣回到隊伍上了。

「你如果敢一開頭還沒被打就自己摔下去的話，你就等著被永遠種在操場上不用回來了。」一邊這樣警告我，學長一邊把馬尾給束起來。

嗚……你叫一個正常人對上一堆鬼要怎麼取勝啊……

我有種很悲傷的感覺。

「漾漾，我們一組！」注意到我們這邊，喵喵拉著萊恩跑過來了：「萊恩當上面的人喔，我們還缺兩個人。」她這樣高興地笑著說。

我看了一下萊恩，點點頭。

至少當下面的馬應該不會一開始就摔下去，這樣學長要種我的理由就不存在了，還好。

啪地一聲，有人直接在我腦後甩了一巴，害我差點整個往前摔倒。

不能被種你還有意見啊！

學長把頭轉開，理都不理我。

「學弟，你找好組別了嗎？」阿斯利安隨口問著，被詢問的學長點了點頭，說了同班幾個人的名字。

就在空檔之際，喵喵又帶了幾個我不認識的人過來，聽說好像是B部的同學，對於要打垮敵組，大家全部都是一個熱血沸騰。

「那騎上面的人只要不落地、不被搶走頭巾就不算輸了。」喵喵這樣簡單地告訴我們。

站在旁邊的萊恩點了一下頭：「所以說我可以到對方的馬上把他們給暗殺掉嗎？」顯然經過獵人遊戲之後，萊恩對於不知不覺讓對方死於問號的方式起了很大的好感。

「大會只說不落地，沒說不能搶對方的馬，幹掉他們吧！」一向很溫柔的喵喵用很險惡的表情這樣握著拳告訴我們。

妳眞的是我認識的那個喵喵嗎？

妳根本是被什麼不乾淨的東西給附身了對吧！

「讓大家久等了！」突然衝上天空的露西雅活力四射地大喊：「大家中午有沒有好好休息啊，等等騎馬打仗要開始了，千萬不要被打破腸子喔！」

說著謎一般的開頭，讓我開始全身顫抖了。

不要打破腸子是怎麼回事啊！

「本次騎馬打仗遊戲規則依舊是沿用於原世界，規則是四個人當跑馬一個人搭乘，每個人都會發予一條頭帶，目標是收集敵人的頭帶不是腦袋喔，失去頭帶或者落地的人就要整組退場，退場就會倒扣隊伍一個分數，比重相當大，請大家要小心對手的攻擊喔！」

大致上講解完，底下兩邊的隊伍就開始熱鬧地騷動了。不用多久，立即出現工作人員打扮的人來發頭帶，萊恩一拿到和運動服同色的頭帶就綁上頭，一旁的學長和阿斯利安也都拿了一條，這讓我馬上知道他們應該是主力攻擊了。

偷偷瞄了一下對面，果然夏碎學長和千冬歲也都綁上了頭帶，最可怕的是五色雞頭居然也有，那條頭帶就歪歪斜斜地掛在他的五彩顏色腦袋上，看起來非常突兀。

「來來來！本大爺絕對會讓你們來一個死一個、來兩個死一雙！」五色雞頭一綁好馬上就對我們這邊的人進行挑釁，接著馬上就有別人挑釁回去，很快地就鬧哄哄一大片。

如果不是知道他任職殺手，我還眞覺得五色雞頭十分適合幹圍事這種工作。

接著我想起了一件事，轉過頭看著不遠處的學長：「那個……我們不用先做什麼攻擊前討論嗎？」一般看漫畫不是在對峙之前會有個什麼會議時間，誰盯誰還是怎樣攻擊比較有利之類的。

學長挑起眉，冷哼了一聲：「看到做掉就對了。」

……我就知道。

第六話　騎馬打仗

地點：Atlantis
時間：下午一點五十七分

從學長那邊聽完有聽等於沒聽的戰略之後，我回到我們小組上。

「漾漾～」喵喵對我招手：「我們兩個排在後面喔，艾馬跟裘里斯負責當前面的馬。」她指著另外兩名臨時湊上來的同學這樣告訴我。

我看了一下，那兩個人其實我並不認識，是B部的同學。一個有著跟我一樣黑色的短髮叫作艾馬，聽喵喵介紹也是人類；另外一個是棕色也是短髮叫作裘里斯，是妖精來著，他臉上有點雀斑，外表和高度看起來很像是國中生，整整矮我一個頭，有著相當可愛的娃娃臉。

「裘里斯也是白袍喔。」喵喵這樣補上一句。

「呃，請多多指教。」我小心翼翼地向他們伸出友善的手。

「請多多指教、褚同學，你很有名喔，新生菜鳥就進入大競技賽，今天我們就等著看你的表現了。」艾馬先伸出手，不過他的語氣聽起來很不友善，讓我有種不妙的感覺。

因爲平常很少和人打交道，所以雖然我知道大競技賽時有很多人對我不滿，但是被直接這樣長滿刺地當面說倒是第一次。

旁邊的裘里斯看了他一眼，挑起眉，「如果艾馬你打算表現得比生手還要差的話，我們不介意也好好看你的表現。」完全很像小孩軟軟的聲音，他隨意就把諷刺的話給頂回去，才往我這邊伸出手掌：「不好意思，讓你見笑了，希望你不要對B部抱持著都是這種人的想法。我是裘里斯．洛可華，這次大家一起加油了喔。」

聽著軟軟的童音，我有那麼一秒差點忘記眼前這個白袍其實和我一樣年紀，差點就伸手拍拍他的頭。

「呃，請多多指教。」我連忙也回握那隻手。

裘里斯露出一個很可愛的笑容，然後才禮貌地抽回。

站在一邊的艾馬臉色不是很好看，但似乎也不敢對裘里斯多說什麼。

「準備好了嗎？」就在氣氛有點尷尬的時候，不知道晃去哪邊還是根本沒離開過的萊恩突然從喵喵身後冒出來，顯然被嚇了一大跳的喵喵直接往我這邊靠。

完全不以爲意的萊恩看了一下兩名似乎相處得不怎麼好的隊友。

「準備好了，萊恩。」艾馬走過去，像是很熟稔一般搭住了萊恩的肩膀：「是說上次詢問你的提議你有考慮過了嗎……」

他們說話的聲音有點小，我聽不太清楚，不過似乎與我無關，我也不想去偷聽人家的話，就自動走開一點距離。

「哼哼，艾馬老是想要萊恩做他的搭檔。」也跟過來的喵喵這樣小聲地告訴我：「不過萊恩有千冬歲就拒絕了喔。」

「搭檔？」萊恩搭檔不是早就決定好是千冬歲了嗎，而且這也是公認的。

「艾馬不這樣想囉，他總覺得萊恩一定會跟千冬歲不合，所以正在很努力地要挑撥他們。」不知道爲什麼也湊過來講悄悄話的袞里斯和喵喵搭在一起，看起來還眞像姊弟兄妹那回事：「不過到現在還沒有成功就是了。」

「嗯嗯，萊恩和千冬歲怎麼可能拆夥嘛，艾馬作夢作到外世界去了。」喵喵用力點了頭，這樣說著。

「哈哈……」你們現在的行爲應該就叫作三姑六婆吧，而且是很標準的那一種。

還沒回他們什麼，萊恩和艾馬已經走過來了：「時間也差不多了。」他看了一下旁邊白隊的都已經翻身上到人堆中了，「我們也應該準備出發了。」

說完，我在袞里斯的教導下，順利和其他人搭成一座小人肉台，然後萊恩才緩慢地爬上去。

看著大部分的人都已經整頓好了，在下方的工作人員朝上面的播報員打了一個手勢，露西雅立即伸出了手：「好，現在我們收到駐場人員的訊息，請還未準備完的隊伍在三秒內立即準備好，不然就將你直接淘汰喔！」被她這樣一說，本來還有幾個鬆散的隊伍馬上跳上去老實地準備：「那我們的騎馬打仗活動，就正式開始！」

語畢，一個聲響衝上天空，接著炸出了紅色的煙火。

我還來不及感受一下那個燦爛火花，前面已經先傳來一股拉力，那個根本不聽指揮的艾馬瞬間衝了出去，被他拉著，我們後面也只好跟上。

不過我們也不算是第一個，就在比賽一開始的刹那，我們這邊至少有五支以上的隊伍同時衝了出去，敵方也差不多，接著在場中央一碰見馬上就開打起來。

話說其實我並不期待這會是個愛好和平你抓我我拉你的安全比賽，但……這也太誇張了吧！

「漾漾！小心！」

就在我往前開跑兩秒之後，有個銀亮的東西突然從側邊揮來，鏘然一聲砍在萊恩不知道什麼時候抽出的刀上面。接著，我才看清楚那是一柄大刀，刀面另一邊映上了敵組的顏色。

「同學，帶上兵器啊。」裘里斯這樣告訴我，接著他騰出一手，一柄帶著光澤的刀就給甩了出去，正中對方的手，把那個兵器給打落下來。

敵方下面的四人同時抽出兵器想往我們這邊攻擊。

一切事情就發生在電光石火之間——

萊恩不知道什麼時候已經跳上對方的搭馬上無聲無息地繞到上面那個人的後面，接著刀子往他脖子一割，抓了頭帶把人往下推，最後才從容不迫地跳回我們這邊。

像是理所當然一樣，直到那人落地，他底下四個人還沒意識到發生什麼事情。

太神了！

萊恩原來你剛剛是這樣在獵人比賽中幹掉對手的！

看著沒綁頭毛沒殺氣外加沒存在感的萊恩，我突然有種感動。萊恩根本比五色雞頭更適合做暗殺人員吧，這樣獵物是怎樣死的都不知道，太可怕了！

要是萊恩專心修練忍道，我想除了暗殺人員外，再過幾年他會成爲雄霸一方的最強忍者的！

畢竟這種連僞裝都不用就會自動消失的人打著燈籠都找不到啊！

就在我爲了未來忍者之霸感動之際，旁邊掀起了很大的聲音。

不是對上我們，而是大量的人襲擊學長，大概是曉得要先集中消滅魔王會比較好打的道理，一大堆一大堆看起來完全不好應付的人圍過去，不過我們這隊也不是簡單的角色，已經有人上去援助了。

當騎者的阿斯利安遠遠甩開了軍刀，開始在外圍打游擊，也取下了不少頭帶。

不過他快樂的追擊沒有維持很久，一下子就碰上了前來堵他的夏碎學長，接著兩人就對峙了起來。

就在我分心的一瞬間，某種超級熟悉的破風聲傳來。

那秒鐘我實在是很想哀號，爲什麼在這邊也要碰到自己同班同學自相殘殺啊……

抬起頭，我果然看見了不遠處的騎者千冬歲鬆了弓弦對著我們。

艾馬和裘里斯同時停下腳步，對方也跟著停了下來，我們像是分踞兩方的野獸互相對瞪著，帶著想一次將對方擊垮的濃濃戰意。

「熙睦。」換上了一雙新的幻武兵器，萊恩緩緩轉動著手臂，舒鬆下筋骨。

「你這個半透明人，別想用同樣一招瞞混過去。」說話很狠的千冬歲臉上沒有掛平常的眼鏡，與夏碎學長很相像的臉上帶著某程度的殺氣，接著手搭在他的弓上拉滿，箭頭直指自家平常的搭檔。

「哪招？」萊恩發出疑惑的聲音。

「消失那招。」說著，千冬歲迅速朝我們這邊放了一箭，不到半秒我就聽見被打落的清脆聲響，接著是箭支落地聲。

幾乎同一瞬間，萊恩已將手上的刀給甩出去，像迴旋標一樣直接轉著往千冬歲劈去，攻擊性很強。但千冬歲也不會白白捱打，一個轉手，風符化成的刀面已把射來的刀給打落。

我才想更清楚看看萊恩接下來打算怎做時，身上已經一輕，不曉得什麼時候我們的騎者消失在空氣之中！

下秒，萊恩直接出現在對方的搭馬上，用剩下的那把刀直接往千冬歲橫向砍去。

不是啊這位同學，你要消失去攻擊敵人也應該告知一聲吧！這樣我們會以為把你弄丟了耶！

搭馬上的千冬歲反應很快，像是老早就預料到他會來這麼一手，直接把弓一轉，俐落地擋下刀鋒，接著另手反轉，風符的刀就直接往萊恩握著刀柄的那手劈下去。

鬆開了手，一點表情也沒有的萊恩一轉身，就是把自家搭檔往下一踹——不過沒成功，因為底下的搭馬同學看情況不對，其中一名抽出自己的幻武兵器直指不屬於他們隊伍的侵入者。

鏘一聲，那人的兵器還沒碰上，就先被一柄小刀給打偏。

「先散開。」袞里斯這樣說著，自己就率先脫隊往前一蹬腳，很快就到達敵對搭馬的前面，幾柄小刀同時出現在他手上，距離極近地就往眼前的紅組射去。

注意到下方狀況不妙，穩住身體之後的千冬歲先是一刀揮向萊恩，在他避開之際瞬時挽弓搭箭，幾個破風聲響就把袞里斯給逼得後退，連武器都被打落。

抓住對方分心的機會，萊恩雙手一扣，剛剛的雙刀兵器同時回到他手上：「下去！」說著，一上一下地就往千冬歲身上揮去。

這種角度依照一般人來說一定很難避過。

近乎同時就反應過來的千冬歲在半秒之內收起大弓，一腳蹬了先砍來的下方刀面，接著翻身往上同時避開第二把刀。動作很像體操裡的翻身跳躍，整個看起來很優雅，沒有多餘的動作。下一秒，他在落下之際反身伸手要去抓萊恩頭上的帶子。

偏開頭，萊恩看也不看就往後跳開，就在大家以為他掉地掉定的時候，後面還在原地的袞里斯一把頂住他的腳往後拋，接著萊恩翻了一圈重新回到我們身上。

「你看你的搭檔對你也沒手下留情，就說你們兩個不怎麼適合，我看還是早早拆了換人比較好。」把剛剛那瞬間的衝突給收在眼裡，艾馬發出了不平之鳴。

萊恩低頭看了他一下：「反正我也沒留情，打到贏為止。」

……說得真好啊。

看來萊恩也完全繼承了學長的名言。

就在兩人交談瞬間，千冬歲已重新喚出幻武兵器，搭起了箭矢就往這邊射。

沒有繼續再和前面的人廢話下去，萊恩抽出長刀幾個聲響就將那些飛箭通通打落；同一時間裘里斯也回到了隊伍裡：「漾漾，開搶到處打！」

突然被他點到名，我嚇了一大跳，睜大眼睛看著那個比我還要矮小的娃娃臉同學。

「我們旁邊很多敵人，打一個是一個。」

被裘里斯這樣一說，我才注意到附近很多身穿紅隊衣服的人，四處亂跑和我們白隊相對峙。

說著，像是爲了示範給我看一樣，裘里斯掏出一柄短刀凌空拋了一圈之後就投射出去，剛好打在一支隊伍的騎者肩膀上，大概沒有想到會被暗算，那人發出了短短的叫聲之後就摔下去，同時馬上被評審工作人員給判了全隊退場。

……這位同學，你這種偷襲舉動會很快讓我們變成紅隊公敵的。

顯然不這樣想的裘里斯瞬間又偷襲了兩隊，而且前面的艾馬居然也幫忙偷襲，一時之間我們這一帶充滿了好幾個罵髒話跟摔出去的聲音。

說眞的，請原諒我無法做出這種舉動。

※

「你們可以先散開。」

這樣說完之後，萊恩再度將手上的刀給甩了出去，同樣是針對千冬歲，也同樣被打落。就在交替的時間裡，他將頭髮整個拉過去隨手綁起，瞬間從無存在感的流浪漢升級爲殺氣騰騰的白袍高手。

反手將刀給收回，這次換上了火焰色雙刀的萊恩重重踩了我的肩膀一下，接著往前一衝，瞬間回到千冬歲那邊的搭馬上：「迴旋焰。」他瞇起眼睛，握著的火艷色雙刀幾乎是在同時發出共鳴，接著一抹紅色火焰從刀尖迸出，遊走到整個刀面，就連有點距離的我都可以感覺到四周氣溫正不斷升高。

眨眼瞬間，染火的刀鋒往千冬歲身邊一劃，因爲這次刀面帶著烈火，千冬歲似乎沒辦法用剛剛的方式避過，只能原地跳高，在高空中同時朝地面射下瀑雨般的箭支。

倒楣的是在底下的搭馬同學，每個都發出慘叫，馬上就四散開來拍著身上被波及到的火焰。落下之後沒有踩上地，千冬歲就停在他剛剛射下來眾多且密集的箭尾上，穩穩地直著身體看著同樣插刀地面站在上頭的萊恩。「眞是，果然不認眞的話就打不起勁，來吧。」他半瞇起眼睛勾起一笑，手上的大弓迴旋了一圈，當場就重新搭箭往萊恩連發三次。

「騰火、湘水。」一手握著單柄的火焰長刀，萊恩喚出了另一把看起來比較精緻的單柄刀，兩柄同時一合，瞬間整片空氣爆出了大量水蒸氣把飛來的箭給擋沖開。

一看見那些高溫水蒸氣往自己這邊來，千冬歲立即又朝地上射出幾箭，翻身躲避換了新的位置。

將那把精緻的刀往前一投插在地面，萊恩也跟著跳過去：「湘水、熙睦。」他翻手，剛剛那把精緻的刀又出現了另一柄一模一樣的在他手上；而火焰色的那把變成一開始攻擊的那一把長刀。將兩把刀尾端扣在一起變成相當長的雙頭刀之後，萊恩直接把手上的雙刀像是回力標一樣往前投射。

這次和剛剛單純的攻擊不一樣，合併的雙刀捲起巨大氣流，吹動整個地面，像是小型龍捲風般往千冬歲攻擊而去。

瞬間愣了一下，不過立即反應過來的千冬歲一看用弓沒辦法有效對付襲來的雙刀，立即收起弓，用風符做成了新的長刀硬是擋下攻擊而來的雙刀風捲。

地面上的箭支被吹得劇烈搖晃，甚至有些扎得比較淺的箭整個被吹起往後飛開。

只來得及對抗風勢來不及擋下雙刀的千冬歲皺起眉偏開了頭，瞬間一抹血色就從他的面頰落下，追著氣流的雙刀轉了幾圈，在他身上又另外造成好幾道傷痕。

騰出另一隻手喚出新的長刀往地上一插，千冬歲穩好身體便揮動手上那把，不用幾秒就把正在作祟的雙刀給打下來。

抬頭，萊恩赫然就出現在他面前。

有那麼一瞬間，我看見千冬歲猛然瞠大眼，似乎沒料到萊恩會突然冒出來。

在他錯愕之際，萊恩已取得先機一把拽住千冬歲脖子，另手就往他頭上要把帶子給扯下來。

一個咬牙，千冬歲兩手抓住萊恩的手腕也不閃躲，猛然一個用力就是往前頭對頭用力一撞，把沒有準備的萊恩給撞偏開來，兩人額頭上馬上出現紅腫，完全可以猜得出來千冬歲的力道到底有多大。

被撞暈了有幾秒，萊恩按著額頭往後跳開，站回剛剛的刀上用力甩甩頭。

也沒好到哪去的千冬歲按著額，然後忍著痛和暈立即抓出爆符，一甩手變成了彎刀，依樣畫葫蘆地往萊恩所在之處一甩，很有回敬他剛剛動作的意味。

「地潤。」還在暈眩狀態的萊恩伸出手，他前面的地面突然發出某種奇怪的聲響，接著一柄造型看起來很奇怪、體積也很大的大刀從地上竄出來，速度非常快地往上衝出，活像堵牆一樣直接擋在萊恩前面。

飛來的彎刀直接撞在那把奇怪的大刀上，下一秒我看見一道閃光，彎刀當場產生巨大爆炸，不過被那柄怪刀擋下來，後面的萊恩幾乎完全沒有受傷。

我突然發現，從剛剛到現在，萊恩喚出的幻武兵器全都還插在地上，一個都沒有少。詭異的是我第一次看見一個人可以同時喚出這麼多兵器……伊多他們那種不算。而且兵器似乎很聽話，還可以做結合和隨時轉換的動作。

大致上，我已經開始理解萊恩爲什麼會被稱爲幻武高手的這個理由了。

※

千冬歲的攻擊一時之間無法奏效，不過看起來好像沒有很焦躁。

和夏碎學長對上學長時一樣，他們幾乎都不會對自家搭檔留情，反而是非常拚命地下重手，在打鬥時看起來也非常愉快，好像這樣對毆是件很有趣的事。

我有點無法理解。

就在我想過去和喵喵他們重新組合成搭馬時，某種奇怪的騷動迅速從另一邊傳來。

「給本大爺讓開一點！」

我第一次覺得，看騎馬打仗可以看到活像是恐龍出場場景也是滿奇妙的。

當騎者的五色雞頭張開兩邊大大的獸爪，跟著隊友一邊衝刺一邊到處亂打人，因爲來勢洶洶，好幾隊我們這邊的來不及反應就全部給打下去，很快地五色雞頭也累積了一定數量的帶子。

注意到那邊攻勢洶洶，原本看起來像是隨便玩玩的學長用很快的速度將四周擊倒之後就轉身往五色雞頭那邊過去。

看到強力對手出現，五色雞頭突然一整個興奮起來。

「眞是本大爺吉日，來來來，今天不拚個你死我活看誰高誰低就不准離開。」一腳踏在自家小組倒楣鬼的頭上，五色雞頭用很熱血的聲音喊著：「本大爺行走江湖一把刀，今日就拿下全武林第一人給你們看看！」

……你什麼時候變成武林一把刀了？

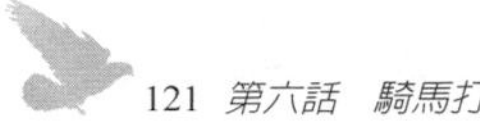

學長的表情很微妙，如果可以解讀的話，我覺得他臉上表情現在的意思好像是對上五色雞頭很丟臉的樣子，不過因爲阿斯利安和夏碎學長打得難分難解加上我們這邊的萊恩和千冬歲都沒有停手過，所以他只好倒楣地過來對上這個活在江湖上的武林一把刀。

「烽云凋戈。」甩出幻武兵器後，學長拍了一下搭著自己的同學，然後瞇起眼睛打算一舉打垮對面的敵人。

「面對強悍的敵人，就讓本大爺放出全部實力當作回應吧！」很樂的五色雞頭這樣說著，然後我看見的是，除了手之外，他的身體居然開始慢慢變大了。

這個畫面我很熟悉。

接著，是搭著五色雞頭那四人發出哀號。

……

我應該怎樣解釋這個畫面？

你有看過四支牙籤上面放著一隻大象嗎？

現在出現在我眼前的景色就是這樣。

完全不打招呼瞬間就變成巨大鷹獅的五色雞頭連示威性的吼聲都還沒傳出，他下面的四個隊友發出了很微妙的聲音，就這樣全都被壓扁在鷹獅底下。

整個場面上出現了一瞬間的安靜。

原本已經戒備到最高點準備攻擊的學長難得一見出現了錯愕的表情，非常顯然地，對手自殺性的舉動完全不在他的計算當中。

被鷹獅撐斷的紅隊帶子很悲傷地飄浮在空中。

「西瑞．羅耶伊亞！你這個白痴！」

千冬歲發出了怒吼聲。

※

「紅隊第六小組出局！」

播報員傳來報告聲響。

接著，正要大開殺戒的鷹獅被強制出局了。

我突然爲對上他的學長覺得有點悲哀，因爲有這種對手還算滿無言的。

就在我分心看學長那邊時，地面上突然傳來強烈的震動，就好像地震一樣，接著在我們四周冒出了很多像是石筍的東西，尖尖的，衝破地面不斷往上長。

「漾漾！快過來！」不遠處的喵喵對著我大喊。

這下子我才意識過來，也同時看見了有不同的隊伍正嘗試用基礎咒術攻擊我們。

和喵喵三人重新聚在一起後，裘里斯抽出了一張我沒看過、銀色的符紙：「渾蛋，敢對我動手，你們下地獄吧！」他原本很可愛的臉整個變成小惡魔一樣凶狠，接著把符紙往地上一按，突然滾出了很多銀色小球。

我原本以爲他只是想做絆倒人這種可愛的把戲，不過在幾秒之後我馬上推翻自己這種太天眞的想法。

那些銀色小球往四處亂滾，很顯然也和我有一樣想法的對手發出了很歡樂外加看不起的訕笑聲，然後一腳踩上去。

往往，悲劇都是在太過大意之下發生。

踩上那瞬間，小球突然整個炸開來，活像刺蝟一樣炸開成一朵大針花，接著踩住的人馬上變成肉串。可怕的事情還不在這邊，一看見其中一顆被踩，其他四散的小球馬上也跟著炸開來，追著那支隊伍跑，還不斷擠上去，不用多久，那支隊伍就這樣出局了。

我很害怕地看著袞里斯，深深認爲絕不能與他爲敵，也大概知道爲什麼艾馬不敢反駁他了。

經過一陣子對決之後，場上的隊伍已經少了很多，零零散散的，連歐蘿姐都不知道什麼時候已經在場外拿著大大的聖代悠悠哉哉地坐著邊吃邊觀賞了。

同時，我也把視線放回萊恩與千冬歲的身上，他們兩個打了不算短的時間，身上都各自有著血痕，看起來有點狼狽。

千冬歲的同伴剩下三個，有一個莫名消失了，大概是在其中被捲到受傷離場。我們這邊則是因爲剛剛四散開來，反而都還僥倖存活。

我們聚好之後，萊恩往後翻了個身跳回來休息一下。

趁著這個機會，喵喵立即幫他治療一些比較嚴重的傷勢，對面的千冬歲隊伍也做了一樣的事，兩邊都獲得短暫的片刻休息。

萊恩伏低身體，很小聲地靠在我們旁邊說話：「等等攻擊時，你們把下面那三個絆住，我會把千冬歲給拽下去。」

艾馬朝他比了一記拇指。

等等，這就是戰術嗎？

還來不及把話問出口，我感覺身上一輕，萊恩又突然消失在上面，眨眼後已經出現在千冬歲前面，紅色大刀配合他的動作俐落迅速地往千冬歲頸側擦去。

快速往旁邊一避，同時也攻擊回去的千冬歲往萊恩腹側狠狠一踹，整個人往後跳開到地上的箭支。

立即甩下雙刀，萊恩也追了上去。

「趁現在！」在兩人一前一後跳開的同時，艾馬突然抽出幻武兵器往前衝，接著是有段距離的袞里斯與近距離攻擊的喵喵同時出手。看他們沒有絲毫猶豫，我也硬著頭皮拿出了米納斯朝那三人狂轟，不過既然是千冬歲挑的人，當然也不可能隨隨便便就被打倒，一邊防禦居然還可以試圖回手攻擊我們。

一邊投擲短刀一邊往我這邊靠過來，袞里斯哼了幾聲：「裡面也有一個白袍，嘖，乖乖地倒下不就好了嗎。」

……你還抱怨別人！你也是白袍吧，我打賭對方現在一定也跟你想著同樣一件事。

同時間，停在刀上之後沒有多做休息，萊恩馬上衝往不遠處的千冬歲，瞬間就在腰邊抽出了不一樣的雙刀，一前一後往獵物方劈去。

往後翻身避開了攻擊，千冬歲再度從空中射出大量箭支，大部分都是用來招呼萊恩的，不過連半根也沒得逞，剩了幾根插在地上當作立足點。

「我短時間裡打不過你。」意外地，萊恩突然呼了一口氣，明明四周很吵雜，不過這句話格外清楚。

千冬歲愣了一下，有點訝異地看著他，可能是沒想到自家搭檔突然會這樣說，表情瞬間有點複雜起來。

「所以我要用壞招了。」聳了一下肩，萊恩突然一把扯掉自己綁好的髮尾。

「萊恩！」知道他要幹什麼後，千冬歲發出怨恨的吼聲，接著蹬了腳突然往我們這邊回衝。

時間好像在瞬間停下來一樣。

萊恩在原地消失不見，不知道往哪邊去，而地面上轟隆隆地冒出了剛剛那把大到很奇怪的刀阻擋了千冬歲回來的路。

下一秒，萊恩猛然出現在刀柄上，在千冬歲還來不及反應避開時，他已整個撲上去一手抓住千冬歲的脖子，另手要扯掉髮帶。

當然不可能這麼簡單被得逞的千冬歲瞇起眼，反手出現風符短刀直接插在萊恩肩膀上迫使他放手。

連閃都不閃，硬是捱下一刀的萊恩用力掐住對方的脖子，沒扯到的那手往外一甩，一把幻武大刀被射上天空，接著垂直落下。

幾個碰撞的聲響過後，兩人同時摔在地上。

灰塵散盡，我看見落下的刀插在千冬歲臉旁，紅色的血痕貼著刀鋒不斷往下滑出，一點一點掉到泥土裡。

不過他的手抓著萊恩的衣襬，所以萊恩摔在他旁邊，姿勢不是很好看，很明顯就是萊恩要往刀子上跳時被拽下來的，摔在地上的千冬歲直接拖著他同歸於盡。

仔細一看，紅組的頭帶已經出現在萊恩手上。

「紅組第八小隊、白組第九小隊！出局！」

第七話　最後一項競賽

地點：Atlantis
時間：下午兩點三十六分

「起來吧。」

先爬起來的萊恩朝地上的搭檔伸出手，仰躺在地上的千冬歲冷笑了聲，然後搭上他的手翻身站起。「萊恩．史凱爾，下次對決時你再給我用消失這招混過去，就等著清帳。」

說完，一邊用手背擦著臉上的血一邊被工作人員引導出場。

站在原地的萊恩表情疑惑地搔搔自己的臉，然後轉過來看我：「我明明就不會消失……」

不對，你消失了，而且是完全蒸發在空氣的那種消失。

工作人員引導我們往另外一邊退場，現在場上也差不多沒什麼組別了，看來應該很快就會分出勝負才對。

一出場後，喵喵立即幫萊恩治療肩膀上的傷口，艾馬站在旁邊繼續挑撥搭檔不應該下重手之類的話題。

裘里斯打著哈欠說了聲他要去找飲料之後就跑不見人影了。

無視於旁邊聽覺轟炸的萊恩自己扳著手指算給喵喵聽：「拿到頭帶是兩個分數，摔到下面倒扣一個，這樣我們還是有賺到。」

喵喵笑著跟他打了哈哈，不過手也沒停下來，很快就完全治好萊恩了。

同時，場上的比賽也終於結束，最後留在場上的是學長那個小組，其他隊伍通通被消滅了，我們這邊發出了歡呼。

因爲要計算分數，所以暫時有一點休息時間。

「褚，你可以來幫我一個忙嗎？」就在我想要去找然的時候，阿斯利安匆匆忙忙跑過來。

「怎麼了？」看著跑來的人，我有點疑惑。

找喵喵、找萊恩幫忙都是正常的，不過我第一次聽到有人要我幫忙，見鬼了，該不會他要找的是另外一個人吧？只是名字剛好跟我很像而已？

糟糕！那我不應該答的，要是眞的是要找別人不就很糗嗎！

出乎我意料外，阿斯利安眞的站在我面前，一副專程來找我的表情：「不是什麼大事，不用擔心。說是幫忙，其實是醫療班的九瀾突然有事要找你，你要不要現在馬上過去一下看看？」

戴眼鏡的仙人掌有事情找我？

我跟他應該是八竿子打不著關係吧？爲什麼他今天興致這麼好突然想到要找我？

而且如果我沒記錯，我早上去醫療班應該沒看到他，難不成他是直接從醫療班本部來的？

抱著一腦袋的疑問，我先向阿斯利安道過謝，然後趁著沒有人注意我的時候用了移動陣一下

子就轉到了今天第二次來的醫療班。

果然景色一變換後，我就看到戴眼鏡的仙人掌已經在保健室門口等我了，不過不是站著，而是蹲著。

他用很愉快的表情在檢視地上運動大會的犧牲者。

「不要給我偷學生的屍體！」甩開門對他吼，接著輔長馬上注意到我的存在：「漾漾，你來了啊，醫療班那邊有事情找你，派九瀾過來，你問他看看，順便幫我監視一下不要讓他帶走任何一片肉屑。」

我對著輔長點點頭，他才又抱怨了幾句，縮回去保健室。

這時候九瀾已經站起身，直接朝我走過來：「嗨，褚小朋友。」

「你好。」先禮貌地打過招呼，我抬起頭看著這個其實沒照面過幾次的人：「請問找我有事嗎？」

九瀾點了一下頭，用我根本看不出表情的表情很認真地開口：「我在檢驗某樣東西時發現了一件怪事，如果不介意，可不可以借你一根頭髮還是一片指甲用用？」

借頭髮？

我猜我的表情現在一定是滿滿的問號：「頭、頭髮就可以嗎？」

「你要整顆頭給我我也很歡迎。」九瀾馬上拔出一把寬面刀。

「不用了，請不要衝動，謝謝。」我馬上往後退開很大一段距離，非常害怕他下一秒會把那把刀直接往我脖子砍。

誰會整顆頭給啊！又不是要死了說！

看他好像沒有把刀收起來的意願，我又悄悄往後退了一小段距離，這樣就算要逃才能爭取一點時間。

「我給你頭髮。」快速拔了根頭髮給他，我另一手握著口袋裡還沒收起來的幻武兵器，有種背脊發冷的感覺。

「謝謝。」拿走頭髮之後，九瀾終於放棄了寬面刀，收起後才從口袋裡拿出一個小小的玻璃瓶子，接著把頭髮收進去。

「請問我的頭髮有什麼問題嗎？」看著他很慎重的動作，我也產生了懷疑。

九瀾轉過頭看我：「是有點，反正這件事沒有被禁令，所以這樣跟你說好了。」他頓了一下，重新開口：「當我在檢驗某樣東西時，發現那樣東西的顯微基因與我手上有的人類資料很像……公會的資料包含了這所學校與其他學校，所以很容易核對。」

其實我聽得有點模糊：「所以跟我有關係？」

「修正，其實和四個人有關係。」九瀾把瓶子收好，這樣告訴我：「不過因爲我檢驗的東西你們都曾靠近過，不知道到底是不是那時候掉的就是了。」

我皺起眉，看著他：「你在檢驗什麼？」他的話很怪，怪到讓人感覺些微不安。

看了我一下，九瀾緩慢地開口——

「湖之鎮起出的那具棺材，裡面的屍體被搶走後，我負責化驗所有殘存在裡頭的東西、所有東西，包括一小隻古代的細菌都要徹查。不過在這時候，我發現很有意思的事情。」拿下眼鏡，九瀾在衣襬上慢慢蹭著：「裡面殘留的物體居然與資料裡的四個人有部分的吻合，因爲一看是認識的人，所以我馬上就把剛出爐的資料和樣本銷毀了。你要知道，如果資料上呈，提到的人就會很麻煩。」

聽著戴眼鏡仙人掌的話，我隱約也知道他偷偷在庇護我們，幫了我們不知道算大還是小的一個忙：「謝謝，不好意思麻煩你了。」就算是在原來世界，竄改資料也是不好的事，我吞了吞口水，看著對方：「如果一個是我的話，剩下來的三個人是誰？」

我猜，光是我一個人，他應該不可能會做到這種地步，其他三個人一定有某方面的重要，重要到不能現在被影響。

「其他三個人當中有一個目前身分不能讓你知道，我剛剛先行告訴他之後，他要求的。另外兩個人，一個就是你之前的代導人、冰炎殿下。」

說眞的，聽見學長那瞬間我眞的錯愕了。我不知道爲什麼那具棺材會檢驗出與我們有相關的地方。

「另一個是七陵學院的白陵然，因爲你們三位都是大競技賽時的選手，所以不排除是接觸棺材那時掉的。但是，問題出在我拿出來檢驗的東西似乎已很久遠，不太可能是新物，所以才想要跟你們個別要個身上東西重新比對看看。」九瀾勾了一下唇角，沒什麼保留地大致講了狀況給我聽。

「呃……我大概知道狀況，那這樣就可以了嗎？」聽起來好像是我跟學長他們成爲某程度的嫌疑犯之類的東西，不過既然學長也有份，那再嚴重應該還是可以稍微跟他商量一下。

「是的，這樣就可以了，謝謝你的配合。」說完，九瀾像是趕時間一樣，立即就消失在我的面前。

突然有種眞夠倒楣的感覺，沒事好死不死被檢驗出來，其他兩個也夠倒楣了，不過就是參加一場大競技賽……

等等！

剛剛九瀾說了什麼？

我猛然回過神，意識到九瀾剛剛說了一件非常、非常重要的事情。

他剛剛說，我們三位都是大競技賽的選手？

正確來說，應該是選手的照理來說是我和學長兩個人才對。那多出來的那個……

白陵然也是大競技賽的選手？

※

「漾漾。」

就在我腦袋一片混亂之際，某個聲音就像早上一樣，出現在不遠處。

我轉過頭，看見然就站在我後面不遠的地方，位置也完全沒變，只是他手上少了食物盒子。

「九瀾跟你講多少？」他的表情有點怪異。

我看見然的時候，他向來都是帶著那種輕鬆的微笑，很難得看見他也有鐵青的表情。

稍稍倒退一步，我覺得然有點怪異：「剛剛九瀾只說查出來有我們四個的資料……你爲什麼沒說過你是大競技賽的選手？」我突然感覺，原來然瞞了我很多事，明明大競技賽時還差點變成對手，他卻一個字都沒提過。

然半瞇起眼睛，盯著我看了半晌才開口：「沒錯，我的確是七陵隊伍的代表之一，因爲有人拜託我們，所以韋天才會跟著參加這次比賽，一直沒說是覺得那時候敵對，說出來你會很介意，後來發生那麼多事情，也來不及告訴你。」

不曉得爲什麼，我直覺然就是避重就輕地回答我，甚至有點含糊不清，不想讓我知道更多。

「誰拜託你們？」

然搖搖頭，拒絕回答我這個問題：「我只能說他對你很好，因爲他的要求，所以只要是對上你們隊伍的，我們就會自動放棄不正面衝突。」

他這樣說著，讓我想起了七陵學院的確有讓人疑惑的棄權舉動，但是我沒想到是因爲這種原因，只感覺那時候他們很怪。

可是，有誰會要求這種事情？

我覺得腦袋有點暈，一整個無法相信的感覺。

快速地思考，我依舊不曉得誰會這樣大費周章地讓不參加比賽的七陵學院出手，幾個比較熟稔的名單閃過，但又一一被否決打回票。

我身邊的人根本沒必要這樣做才對。

站在旁邊看著我，然緩慢地開口：「為了即將發生的事情，我們必須讓你在最短的時間裡學會保護自己，最快的方式就是增加實戰經驗。Atlantis學院雖然有足夠的空間和任務讓你快速學習，但還是不夠，唯有加上大競技賽以及開眼你才可以勉強跟上。」

「即將發生什麼事情？」我覺得眼皮好像跳了好幾下，有種非常不祥的預感。

現在站在我面前的然是陌生的，就像不認識的路人一樣，說著我聽不懂的話，表情極度生疏，冰冷得難以靠近。

「我們長久以來極力避免的事情。」然看著天空半晌，然後轉過頭看著我：「我必須告訴你，不要恨你身邊的人，在最危險的時候他們依舊沒有拋棄過任何希望。」

他說的話越來越奇怪，甚至有瞬間我覺得他根本不是在對我講。

我不懂然想告訴我什麼。

講完那些話之後，他突然沉默下來，大概過了一小段時間，才再度開口：「我必須回去了，既然九瀾已經注意到這件事，代表時間很快就會到來。漾漾，你自己待在這裡要小心一點，很快地，我將必須幫你做第二次的開眼，請你千萬要好好調整身體；另外不要自己一個人落單有被下

手的機會，好嗎？」

他看著我的目光很誠懇，雖然我幾乎完全不知道他想表達什麼，但我還是點了頭。

類似的話扇董事也曾說過，他說我和學長都不能落單，但我也不明白是爲什麼。

然彈了一下手指，地面上出現了移送陣的陣型，他朝我點了一下頭：「那就，下次見了。」

還來不及跟他道別，人已經完全消失。

我看著那塊空地，突然有點不知所措起來。

然和九瀾今天都非常奇怪，奇怪到讓我有點瑟縮想顫抖的地步。

「褚？」

猛然回頭，我意外地看見了阿斯利安就站在不遠處，我無法確定他有沒有聽見我們的談話。

一臉疑惑地看著我，然後阿斯利安慢慢踏著規律的步伐走過來：「最後一次比賽項目要開始了，你還要留在這裡嗎？」

我立即搖了頭：「沒事……」實際上我也不知道這算發生什麼事。

阿斯利安點了一下頭，沒有追問，「我們現在馬上回去吧。」

「嗯……對了，阿利。」我抬頭看著比我高出幾公分的C部學長：「白陵然有參加大競技賽，你知道嗎？」管他們是不是認識，我幾乎下意識就問出這個問題。

像是沒料到我會突然殺出這一句，阿斯利安先愣了幾秒，之後才點頭：「我知道，大競技賽中的確有一名叫作白陵然的選手，七陵學院因爲是自然學院，所以不喜歡代表生命一部分的名字被公開，除了隊長之外，其餘的人都是使用代號，但是在公會名單上的確有這個人。」他停了一下，用很奇怪的表情看著我：「我也曉得你們認識，這樣有什麼問題嗎？」

我立即快速搖了頭。

「沒事，我們回操場吧。」

❀

「讓各位久等了！在剛剛精采的騎馬打仗完畢之後，即將進行的是我們今日最後一項競賽、也是最壓軸的一項比賽。本次比賽完全開放其他學院、甚至是參觀者們的參加，請大家踴躍加入活動，非高中部者不予以計分，但是會有獎品贈與，名額有限，要玩要快喔！」

一回到場上，露西雅強而有力的播報聲馬上傳進我耳朵裡，或許是因爲最後一個項目也或許眞的是壓軸，四周歡呼聲比前面幾場還要大，像是大家最期待的事情來臨一般。

「最後一場比賽──扮裝易容任務，遊戲規則是請大家各自往工作人員那邊抽出一張紙籤，籤上會有您的指定易容角色，請絕對要完美地將你的外型改變成那個樣子，因爲本次難度較高所以不善變化的同學也請不要擔心，我們有工作人員會協助您幫您打扮。變換完之後請按照上面的任務極力完成，完成任務者會有一個分數。另外運動會學生們的身上也會有號碼牌，識破敵隊僞裝拿下牌子也會得到一個分數。非高中部完成任務的朋友則會得到一份禮物，請大家加油喔！」

剛回來就聽見這種比賽規則，那瞬間我的腦袋只有一個「暈」字。

「漾漾，你剛剛跑到哪邊去了啊。」喵喵從我身後整個冒出來，還推著我的肩膀往隊伍旁邊走：「我們一起去抽籤喔，很多人已經抽完了。」

被她這樣一說，我才注意到的確已經很多人手上有著號碼牌跟籤紙了。

抽籤的地方沒有很遠，走沒幾步就到了。

那裡是個大大的玻璃瓶，裡面有個成人般高的老鼠滾輪，更可怕的是輪子上面竟然還有老鼠在跑，那隻根本不是一般可愛的小老鼠，而是狼犬一樣大的巨鼠。

我看到一隻巨鼠在跑滾輪！

巨大的老鼠跑動時，下面有很多小吸管跟著飛起來，一看到吸管，喵喵馬上跑去拔了兩根出來，遞了其中一支給我：「籤在裡面喔。」她露出大大的笑容這樣告訴我，接著像是要讓我更容易懂，她很快地就從吸管裡抓出了一張捲起來很像菸的東西。

如法炮製，我也從我手上的吸管裡拉出紙籤。

籤被完全抽出來的那一秒還有個號碼牌也跟著滾出來。我把號碼牌隨手塞在口袋裡，然後翻開了那張紙條，看清楚那張紙條之後我一瞬間整個人都傻掉了——

請打扮成可愛的兔子，拿著你的藥棒，看到嫦娥走過來時給她致命一擊即可獲得一個分數。

……

這是什麼見鬼的任務！

我顫抖著手拿著紙條，有種會不會是我眼抽筋看錯的想法。

其實這根本就是惡作劇放進去的假籤吧，一切都嚇不倒我的，這種任務根本是不可能發生的事情，結果只是要亂開玩笑吧！

「漾漾抽到怎樣的任務啊？」喵喵可愛的臉往我這邊湊過來：「喵喵抽到的是『請打扮成白雪公主，當巫婆來向你推銷蘋果時，不要猶豫把毒蘋果往她嘴巴塞，巫婆翻白眼倒下之後即可獲得一個分數』，很有趣吧。」

看著喵喵燦爛的笑臉，我沉默了。

我無言了！

我整個無言了行不行！

該死的今天整天的比賽行程到底都是誰排出來的啊！哪個腦袋抽筋的渾蛋這麼有空亂想這些東西！

抓著紙條，我有種其實天空是黑暗的錯覺。

就在我決定放棄比賽去尋找我人生光明之際，不遠處突然傳來很大的騷動。

旁邊的喵喵突然用力推了我一把，我也跟著她的視線看過去。然後，我看見的是一個穿著白色發亮宮廷禮服的超級大美女，有著漂亮的藍色眼珠與金色長鬈髮，一整個美到讓人驚歎，她旁

邊圍了很多人，騷動就是這樣來的。

我看著這個大美女，突然覺得很熟悉，很像某種童話故事；於是視線往下看過去……果然我看見她的腳上有著一雙玻璃鞋。

灰姑娘？

就在我認出來這是童話角色時，終於有人上前去問那個大美女眞正是怎樣子、可不可以跟她交往之類的話。

那個灰姑娘用很冷、非常冷的眼神看著眼前的人五秒。短短五秒後，我聽見了痛入心肺的哀號。

直接把玻璃鞋踹在那個人臉上，整個鞋跟都插一半進去的灰姑娘一腳把那個人往後踢，那個人噴出血柱把鞋底染紅之後就倒在地上開始抽搐。而那個下手的人完全不在意曝光地撩著厚重的裙襬往對方身上踩過去：「敢再不長眼睛亂問，我就把你種在這裡！」

……

現在好了，除了我認出是灰姑娘之外，我連裡面那個是誰都認出來了。

學長啊！玻璃鞋不是穿來這樣用的啊！

那雙跟染血的玻璃鞋在我面前停下來，接著藍色的眼睛用非常冰冷可怕的視線往我這邊瞪過來：「褚，信不信我會用這雙玻璃鞋敲破你的腦。」

我捂著頭，馬上逃走了。

有生之年，我完全不會想要被高跟鞋砸破腦袋啊！

不過話說回來啊學長，灰姑娘真的有適合到你。

「褚！」

在玻璃鞋飛過來之前，我立即逃逸到扮裝處尋找工作人員的庇護。

※

不得不承認，果然學校是有錢的鬼。

大概十幾分鐘之後，我頂著一身毛茸茸的毛皮離開工作人員幫忙打扮區。活像是真的變形一樣，我的外面整個變成了兔子的樣子，站在鏡子前左右轉動，看起來就是隻靈異得會站起來走動的兔子，一點也不像是假兔子。

工作人員還真的給了我一根藥杵，不過我看了半天，並沒有看見嫦娥那種東西出現。

如果可以，我還眞想要去找個草叢就躲進去不要出來了，因爲既然我的任務上寫著要殺嫦娥，那就一定會有別人的任務上寫著要殺兔子，爲了自身安全起見，我很努力地左右張望，但是就是沒有看見草叢那種東西。

剛剛還在修理人的學長已經不知道消失到哪裡去了。

大概是因爲也經過一小段時間了，我現在看見的正常人已經越來越少，整個場地出現了很多謎之扮裝物。而且最後易容比賽還開放給所有人參加，一下子，整個操場已經擠得滿滿都是人了，和早上的感覺差了十萬八千里。

「滾開滾開！不要擋本大爺的路！」某種很囂張的女生聲音傳來，我幾乎不用回頭就可以知道是誰走過來了。

一轉過頭，我差點眼睛往下掉出來。

穿著美少女水手服卻有著五彩顏色包包頭的月光仙子用很不雅的姿勢一邊走路一邊把旁邊站著的人都給擠開：「那個燕尾服的馬上給本大爺滾出來！本大爺要殺你了！」

如果是我，我絕對不會出來的。

不過話說回來，那個燕尾服男主角是誰啊？因為他太倒楣對上西瑞，讓我有點想幫他默哀。

一邊這樣想著，我突然看見不知道該不該笑的事情了。

那個一邊找人一邊踢人的月光仙子走過了兩塊招牌（應該也是假扮的）旁邊，完全無視於站在招牌旁全身穿著燕尾服的人，就這樣離開了。

……我想我已經知道那個燕尾服是誰了。

大概又過了十幾分鐘之後，工作人員開始撤走。

很快地，露西雅馬上宣布比賽開始。

可能是因為這次都是易容打扮，每個人還可以斂去自己的氣息，整個看過去就是花花彩彩的一片，完全不知道誰是誰，所以比賽一開始，四周幾乎完全沒有半個人動手，有可能也是害怕誤傷了同伴。

大概在五分鐘之後，第一個犧牲者終於出現了。

遠遠地，我看見了黃藥師突然打掛滅絕師太，就像開戰信號一樣，幾乎所有人都開始動手。

「給我滾出來！你這個縮頭縮尾的死燕尾服！」依然沒有找到獵物的五彩月光仙子暴怒著又一邊吼一邊跑回來，然後又再一次忽略了其實就站在他旁邊對他招手的燕尾服男角。

笑了一下，燕尾服聳聳肩，非常怡然自得地找了個位置就坐下來，用非常清爽舒適的表情觀看著他世界外面的大混鬥。

因為拿到號碼牌也有分數，有人已經完全不想管任務了，看到打扮亂七八糟的東西就先殺再說。

我左右張望，還是沒看見嫦娥，於是小心翼翼地偷偷跑到了操場不太顯眼的地方，開始觀察一大群扮裝人們。

裡面幾乎什麼都有，我居然還看見了孔子跟他的七十二門生在打群架，最可怕的是孔子居然還有打贏的跡象。

我打賭裡面絕對是個黑袍！

過沒多久，大概巡迴一圈的灰姑娘重新出現在我眼前，那雙很顯眼的玻璃鞋晃過去，然後站定：「褚，你在這裡偷懶什麼！」口氣不是很好，聽起來還有點火氣。

抬起頭，我果然看見那雙很漂亮的藍色眼睛在瞪我。

「呃……努力不被殺到。」我哪知道要殺我的是后羿嫦娥還是吳剛啊，總之先躲遠一點就對了。「學長你的任務是什麼啊？」

灰姑娘突然露出冰冷的一笑：「去把她的繼母跟姊妹的腳剁下來。」

……當我沒有問好了。

「咦？學長爲什麼你的目標比較多？」三個？

「嗤，因爲有調整過，袍級的目標物比較多，而且都是對袍級不然就是對一堆無袍級。」灰姑娘往旁邊看過去，我果然看見圓桌武士在追殺一個王。

原來如此。

我突然有點慶幸還好我不是有袍級了，這樣來說嫦娥應該也是一般人才對。

話說回來，有三個目標物的學長你現在跟我一起在這邊偷懶可以嗎！

「你以爲我是你嗎，我剛剛就已經把目標全都解決掉了。」用很不屑的目光掃了我一下，灰姑娘甩了一下血淋淋的裙襬。

好吧，我失言。

「我去多打幾個分數。」懶得再跟我抬槓，灰姑娘很爽快地跑去追打路過的七個小矮人了。

整個場面上滿滿都是人在找人，我又偷偷往更不起眼的地方移動，然後親眼看見有個麥●勞叔叔從前面走過去時，一個放在地上的大紅招牌直接倒下來把他給壓扁。

場面上充滿了歡樂的追殺人遊戲。

「那個燕尾服的快滾出來！有本事不要藏頭縮尾的，給本大爺出來決一死戰！」再度從目標物前面經過的五彩月光仙子吼著往旁邊跑掉了。

眞是個和平的比賽。

※

我的和平大概不到幾分鐘就沒了。

一開始先感覺到的是冰冷的風，幾乎是下意識整個人往前趴，摔在地上反過身之後我才看見不知道什麼時候我後面站了一個雄壯威武的大漢，他手上還拿著斧頭，因爲角色關聯性，我馬上就猜出來這個是誰了。

可是吳剛和兔子是不同一個故事啊！

還來不及爬起來，那個人突然衝過來一腳踩在我的白色肚子上：「雖然不知道你是誰，不過你乖乖給我砍頭吧。」

一聽到砍頭兩個字我就直接嚇呆了。

吳剛砍兔子頭幹什麼啊！

我又不是樹！

那柄大斧頭重新被他舉起來，我馬上感覺到阿嬤就在斧頭的另外一端等我……沒道理我在學院祭每天都要死一次啊！

「米納斯！」快速地抓出我的掌心雷，因為兔子的掌太難抓東西了，小槍差點掉下去，不過幸好我有緊緊抓住，看見斧頭快掉下來時我想也不想就直接給對方一槍。

某種很奇怪的金屬聲響碰撞之後，踩住我肚子的那隻腳已經不見了。

我立即半摔半爬地從地上爬起。去他的兔子裝，在逃命時很難逃，而且開槍還很難開要用短短的指尖去搆，打死我下輩子都不想變成一隻兔子。

不知道槍打到吳剛的哪邊，我抓住了掉在地上的藥杵連看也沒看沒命地就開逃。

「站住！」顯然沒被打到要害的吳剛追上來了。

完全不想去看他追到哪邊，我卯起來往在大混戰的人群裡面衝進去，裡面因為比我預計的還要混亂，幾乎沒跑幾步就要閃一次兵器。

我知道了！其實這是八百公尺障礙賽吧！

「不要擋路！」就在我想穿過某個疑似●●●五色戰隊時，正在和怪物打架的戰隊把我往後一推，我整個人重心不穩往後跌倒。

跌倒之後還不能躺在原地，一個大佛像的腳底板差點沒有把我的臉給踩爛。

我馬上整個人縮起來先閃過那一腳，接著爬起身準備繼續我悲傷的逃亡之路。還沒跨出第一步，某個巨大的拉力突然扯住我的兔子耳，又把我整個人摔回原地。

一看清楚是誰拉我之後，我突然有種很想哀號的衝動。

同樣一隻腳踩在我的兔子肚皮上：「你給我乖乖去死吧。」滿場追我追得很喘的吳剛舉起手上的大斧頭，尖銳的邊緣折射了冰冷的光芒。

難不成我今天眞的要命喪斧下了嗎？

原來當一隻兔子這麼可憐，連被殺都是用這種東西，這樣剁下去還不知道會怎樣。等等，該不會其實他的任務是拿兔子去煮湯之類的吧？

我死也不想被煮湯啊！

為了不被煮湯這麼淒慘，我拚命抓住米納斯再給他一槍，不過兔子的短巴掌眞的很難握住，掌心雷在我手上滾來滾去，就是扣不到扳機。

「放心吧，我會很完整地把你的皮全剝下來的。」露出可怕笑容的吳剛給了我一句比煮湯更可怕的話。

剝皮？

我不要！

斧頭落下的那一秒，我用力閉上眼睛。反正先被砍死的話，不用看到自己被剝皮……也好。

巨大的聲響傳出來。

不過奇異的是我沒有感覺到任何東西劈上來，甚至整個肚皮一輕，踩在我上面的大腳突然離開了；幾個碰撞聲和哀號罵人讓我知道出現狀況了。

立刻睜開眼睛，我看見吳剛已經整個飛出去撞倒一堆人，那好幾個人全都撞成一團，看起來非常狼狽。

「要殺野生動物，先問過我，我要代替兔子懲罰你。」不知道什麼時候出現的燕尾服用很帥氣的姿勢站著，然後說出了應該是五色雞頭才會說的話。

那個吳剛好像被重創得不小，一下子居然爬不起來。

我朝他伸出毛茸茸的兔爪，然後被一把拉起來：「謝啦。」

會自動消失的燕尾服半彎下身朝我伸出手：「爬得起來嗎？」他很友善地發問。

鬆開手，燕尾服聳聳肩，瞄了一下我的掌心雷。

就像我知道他是誰，他大概也知道我是誰了：「你目標是什麼啊？吳剛？后羿，還是嫦娥？」

「嫦娥。」我很無力地這樣告訴他。

「嫦娥的話我剛剛看見她去攻擊后羿，不過好像沒成功，被射死了。」燕尾服告訴我這個不幸的消息。

「那后羿原本在幹嘛？」

「攻擊十個太陽。」

「……」

萊恩同學，你看見的還真多。

我突然很羨慕他會消失的絕技，這樣就不用這麼倒楣被追殺，還可以很愉快地觀賞整場了。

「那我的任務已經不存在了要怎麼辦？」看著燕尾服，我很悲傷地詢問。

他聳聳肩：「任務消失的話你可以看要自動放棄退場，或者是去收集別人的號碼牌。」

「我退場！」

不用半秒，我馬上這樣告訴他。

※

五分鐘之後，我已經穿著兔子裝在場外了。

場內人數非常多，相較起來場外幾乎沒什麼人，很顯然地大家都很歡樂地往最後一項比賽裡面衝去。

「褚先生？」

聽到有人在叫我，我馬上回過頭，果然看見落單的尼羅就站在不遠處對我禮貌地打招呼：「你怎麼知道是我？」我兔子裝還在身上啊！

「狼人的嗅覺很靈敏。」告訴我最基本不過的答案，尼羅走過來。

我左右看了一下，沒有看到他家的伯爵大人。

「在賽場裡。」看出來我在找什麼，尼羅很簡單地這樣告訴我，順便指了一個方向，我跟著看過去，看見了一個人在打一大團人，因為有點距離只能看得出來是古裝，故事是什麼看不清楚，反正人數不少。

吞了吞口水，我覺得還好我已經先行退場了，不然不知道等等還會被什麼東西給追殺。不過聽說自己主動退場會被扣一個分數，希望不會因爲這樣被學長給算帳。

「明日舞會我們也將出席，請問褚先生要一同過去嗎？」很禮貌性地詢問著，尼羅收回視線看著我的兔子裝。

「呃，我沒有參加過舞會，可是聽說好像要穿得很正式……」一邊這樣講一邊聲音變小，我突然想到我好像沒有正式的衣服可以參加舞會。

我帶來的衣服裡除了平常穿的T恤牛仔褲之外就是學校的制服，想來想去也沒有半件正式服裝，而且後來因爲忙碌也沒有去商店街找，這樣想想我還是覺得不要去參加會比較好。

尼羅安靜地站在旁邊看我，大概過了一下子之後才開口：「您是擔心服裝上的問題嗎？」

我點點頭，不知道爲什麼跟尼羅在一起還算是滿放心的，他給人感覺很穩重，像是什麼都可以說一樣。「我沒有舞會用的衣服，還是算了。」想到可能還有像艾馬一樣對我有敵意的人，這樣隨便穿去會很丟臉，還是不要比較好。

微微思考了下，尼羅才開口：「如果您不介意衣服曾使用過的話，或許我可以替您找到合適的舞會正式服裝。」

我愣了一下，沒想到他會這樣說：「欸？這樣可以嗎？」

尼羅點點頭，勾出一個很淡很淡、不太像是笑容的笑：「沒關係的，這樣的衣服我有仔細收存很多，您的尺寸比較小號，主人已經穿不下了，所以只須詢問過就可以借用。」

我猜他說的應該是蘭德爾以前穿過的衣服要借我，雖然我和他們沒有常常打交道，不過當尼羅這樣問我時，我還是有點感動。

「如果可以的話，就拜託你了。」我沒有看過正式舞會是怎樣子的，說眞的我原本有點期待，但沒有衣服所以想放棄，既然尼羅說可以借，我也不太客氣地借用了。

「沒關係。」尼羅點了點頭，態度依舊不急不徐：「舞會是在明日晚上開始，在中午之前我會到您的房間裡幫您試穿衣服，請問您何時方便呢？」

「呃，都可以。」我打賭我一定會肌肉痠痛、回去睡到死掉。

「那我在午飯之前的時間過去好了，您還需不需要其他的物品呢？」

「不用了。」借到衣服我已經夠高興了，不敢再隨便要求別的東西。

「好的，那麼就這樣先約好了，如果您要變更時間也可以隨時告訴我。」注意到他家的主人已經打完往這邊走過來，尼羅先和我打過招呼，然後要上去迎接。

「那個、尼羅。」我連忙喊住他，對方回過頭來看著我。

我知道我應該跟他說什麼。

「謝謝你。」

尼羅勾起笑容，雖然依舊很淡，不過卻明顯許多：「不用客氣，希望能確實幫上您的忙。」

然後，他才離開。

看著尼羅的背影，我突然心情整個輕鬆起來。

其實，世界上好人還是很多的嘛。

隨著時間逐漸變晚，穿著燕尾服的萊恩與喵喵的白雪公主一邊對著我揮手一邊跑過來。然後喵喵很興奮地告訴我她連我的那一份號碼牌都收集了之類的事情。

直到露西雅公告比賽結束，場上的混戰才停止下來。

所有場內的人不約而同倒在地上，姿勢難看好看都無所謂了，接著就有人開始笑出來。

於是，大運動會，正式結束。

第八話　稍早的準備

地點：Atlantis
時間：上午十點零五分

學院祭的最後一日早上沒有任何活動，而是將類似閉幕的舞會放在晚上。所以在那之前，學生幾乎都是自由活動。

一早就醒來，我瞄了一下手機顯示時間，不早了，但是我不太想起床。

我想，我果然肌肉痠痛了。

經歷過昨天一整天跑跳逃命之後，一覺醒來，我全身除了痠痛之外還是痠痛，整個人好像被蒼蠅拍拍死的蒼蠅一樣癱在床上沒辦法移動。

不過一想到和尼羅有約，我還是認命地慢慢移動身體往床旁邊滾過去。

大概把東西整理一下我走出房門，發現學長房間的鑰匙就插在我門板上……不知道是怎麼插進去的、超強。費了一堆力氣之後才把鑰匙拔下來。看來學長應該是已經不在房間了所以才把鑰匙放在我看得到的地方。

我應該感謝你嗎，學長？多謝你還記得有個要跟你借浴室的人的存在啊……

不過看來安因應該也還沒回來，因爲通常學長不在時都不會留鑰匙，會讓我自己去找其他住戶借用。

用那把鑰匙開了學長房門之後，裡面果然沒有人；快速梳洗完畢之後重新打開房門，我看見尼羅已經拿了個盒子站在我房外，可能有稍微等了一下。

意外的是，我居然看見他的主人，蘭德爾伯爵大人也站在旁邊，不知道是跟來幹什麼的。

「呃、不好意思，我剛剛去借浴室……」要命，我居然讓一個會吸人血的伯爵站在門口，還好剛剛盥洗時沒用很久。

「沒關係。」在我有點困窘之前，尼羅已先彎起了溫和的笑容打破尷尬，然後抬了一下手上的盒子：「我替您選了幾件您應該用得上的衣服，請試穿看看，若尺寸不合也能夠立即調整。」

「好，謝謝你們。」我連忙開了門，請他們進去。

「漾漾，你現在幾歲啊？」搭著自家總管的肩膀悠悠哉哉晃進我的房間，蘭德爾突然殺出一句風馬牛不相干的話。

「啊？」我幾歲？

「人類高一的話是十六歲吧。」也疑惑著自家主人突來的問句，尼羅先代替我回答了。

「十六歲怎麼還這麼小隻？」轉過頭來，蘭德爾用一種讓我很想一拳打在他鼻子上的語氣說話：「你知道尼羅他找我幾歲的衣服嗎……他昨天居然在翻我十三、四歲那時候的衣服，我還以爲是要借給國中部的。」

……眞是不好意思我又瘦又小隻，還借到你十三、四歲的衣服啊。

不過稍微比較一下，屬於西方人的蘭德爾的確是高壯很多，和雅多他們差不多，不過跟學長、夏碎學長他們站在一起時，學長他們又明顯比較小一圈。

果然東方人和西方人多少有點先天上的差異。

進到房間之後，尼羅把我的客廳桌面上給稍微整理了一下，接著把盒子放在桌上打開，裡面是幾套整理好、看起來幾乎和新的沒兩樣的正式西裝。

看起來感覺就是很貴啊！

我開始猶豫眞的要跟他們借衣服嗎？依照我個人很衰的體質，該不會才穿這麼一次之後就要買下來了吧？

把我房間轉了一圈之後，非常自動自發的伯爵大人一屁股坐在學校配的電腦前開了機上網：「你們慢慢試穿啊，我去公會網站上繞一下。」

……你好歹也先問過我吧，要是電腦裡有不可告人的東西我就完蛋了。

等等，我剛剛聽到什麼？

「公會有網站？」太先進了吧？我還以爲那種地方應該是像奇幻小說一樣有個●●神祕入口，然後要本人到才能進入之類的集會中心。

蘭德爾用很奇怪的表情看了我一眼才開口：「當然會有，不然你以爲袍級在外面只靠一支手機就夠了嗎？」

事實上，我是覺得你們好像連手機都不用，你們手機只是爲了僞裝成人類才會帶著的吧。

沒有再和我多講什麼，蘭德爾拿出了一個自備的讀卡機連接上我的電腦，然後取出了學長經常在用的萬用付帳卡放進去，連按鍵也不用，沒過多久網頁就自動跳到一個畫面，整個都是黑色的，上面有著公會黑袍的印記。

一邊讓尼羅比對衣服，我分心地不斷往電腦頁面看。

在黑色的入口之後，蘭德爾大概是做了類似身分認證之類的程序，幾個我看不懂文字的畫面跳過之後，就轉爲很多選項的頁面。因爲我站的地方有點距離，大概可以知道是選項，不過實際操作就看不見了。

說眞的，我覺得我現在看的畫面非常奇怪。

一個吸血鬼伯爵正在用我的電腦上網，這個畫面怎樣都說不過去吧？

「衣服會太寬鬆或太緊嗎？」被尼羅一問我才回過神來，他不知道什麼時候已經幫我大致著裝完畢了，正在詢問我衣服的事情。

我連忙轉回視線，在我身上有著一套黑色的正式西服，可以感覺到尼羅眞的整理得很仔細，連燙線都一點不缺，讓我有點不太敢亂做大動作，怕把衣服弄髒了。

「呃、應該是剛好吧。」左右看了一下，沒太大也沒太小，尼羅目測得還滿仔細的。

「那即是不用做大修改了。」盡責的管家這樣告訴我，然後把另外幾套放在旁邊：「黑色適合各種場合，如果您不想太過拘謹的話，我建議您可以更換成灰色、或者是米白色的服裝，您需要哪一種呢？」

說眞的，我還眞是沒概念耶，「隨便都可以……我沒穿過這種衣服，不然就黑色的好了。」除了國中的學校西裝外套以外，這還是第一次穿這種類型的衣服。

尼羅看了我一下，然後點點頭：「那我替您搭配其他的配件，如果有不滿意的地方請再告訴我爲您更換。」

我怎麼可能不滿意呢！

光是這樣被別人的管家服侍我就已經滿意到爆了，果然上流社會的人就是不一樣啊。

就在我這樣想的時候，那個沉默著在看網路頁面的原主人蘭德爾伯爵突然發出聲音：「尼羅，你過來幫我把這些東西看過一遍。」

「好的。」快速把配件整理完畢放在盒子旁邊之後，尼羅走過去接替他主人的位置，聚精會神地注視網路頁面。

趁這個空檔，蘭德爾爬起來，往我這邊看了一下：「喔，你穿起來還滿有樣子的，下回如果我們那邊有舉辦舞會，願意過來看看嗎？」

你們那邊……是夜行人的聚會是吧！

我連忙搖頭：「不用了，謝謝！」我還年輕、我還要命，我不想去吸血鬼的聚會裡面變成別人的大餐啊！

聳聳肩，蘭德爾也沒多說什麼。

※

「對了，學長今天去出任務嗎？」

在伯爵偷閒休息時，我拿出了冰箱的飲料幫大家都倒了一杯，突然開口詢問。一問之後我自己也嚇了一跳，蘭德爾應該不可能知道學長在幹什麼吧，這樣問有點唐突。

果然用奇怪的表情看了我一下，蘭德爾動作優雅地先喝了口飲料，然後才開口：「聽說接了一個探查的任務，大清早時和夏碎、戴洛兄弟一起出去了。」

和阿斯利安他們出去了？

一個用到兩名黑袍跟兩名紫袍的任務？

隱隱約約我感覺好像是個滿嚴重的任務，因爲很少聽見學長和其他黑袍一起執行任務——重大的不算，可是探查的任務可以困難到什麼地步？

我對這方面不了解，不過今天晚上就是舞會了，希望他們都可以趕得回來參加。

「如果不介意的話，你今天晚上的舞會可以和我們一起出席，我會幫你介紹漂亮的女孩們當舞伴。」勾起某種好像別有意味的笑，蘭德爾這樣告訴我。

「免了，謝謝。」我只想去當觀眾外加免費飽餐一頓。

蘭德爾聳聳肩，顯然對我自己放棄這種提議感覺到可惜：「那好吧，不過你今天出去和別人

有約嗎？這兩天外校人士比較多，結伴而行會比較好喔。」

結伴？

我總覺得蘭德爾好像是在叫我出入要找人一起的樣子，這和扇董事講的話也有點相近，不過扇董事是說有別的問題，所以要我們出入小心……不曉得蘭德爾是不是也有這層顧慮。

不過不曉得爲什麼，我怎麼感覺今天蘭德爾有點怪怪的，他平常根本不進我房間，更別說自動拿電腦來用，怎麼只是借個衣服而已就主動跑來了？

有點不明白。

「好了。」在我們隨意聊了幾分鐘之後，坐在電腦前快速將資料都記下來的尼羅站起身，還非常自動地把網路和卡片也給退了出來，光看他的動作我就知道他不是第一次這樣幫他的伯爵主人記事情了。

是說公會的黑袍網頁眞的可以這樣讓別人隨意觀看使用嗎？

就在我這樣想著的時候，越過主僕客人組的後面陽台外突然傳來一陣奇怪的騷動，而且這陣騷動還夾雜著我很不想承認、但又很該死的熟悉聲音。

「漾~你還在睡喔！」

超級大嗓門從一樓外傳來，不用看我也知道是哪個傢伙會這樣叫我。跑出陽台往下一看，果然是那個完全感覺不到何謂大運動會後有所疲勞的五色雞頭。

一看見我從陽台上冒出來，站在下面的五色雞頭立即用力揮手，很不妙的是我看見旁邊有另外一團人，是喵喵他們。

怎麼每次他們要來找我都會碰巧遇到啊？

「你的同伴來了，要不要先去找他們？」不知道什麼時候從我旁邊冒出來的伯爵涼涼地說著，然後完全沒有閃人的意思：「放心，電腦借用完之後我們會乖乖離開的。」

我也知道你們會乖乖離開，不然你還打算在我房間裡面做什麼事情嗎！

「漾漾～下來玩喔！」顯然不想被五色雞頭搶得先機，接下來連喵喵都喊了，旁邊的千冬歲則是一直在瞪那隻不期而遇的雞，而萊恩則是完全像是圈外人一樣消他的失。

這樣連三被催促，我也不好意思拖延下去，再這樣繼續，大概全黑館的人都會認識我了。

「那麻煩你們要離開時記得幫我鎖一下房門。」雖然我不覺得黑館裡會遭小偷，而其他的黑袍應該也沒興趣到此一遊，不過鎖著我還是比較放心一點，至少不會有什麼怪東西跑進來的感覺。

「沒問題。」蘭德爾靠在陽台旁邊，心情依舊很愉快地朝我點了點頭。

跑回屋裡把衣服換好之後，我看見尼羅已經站在門邊拿著我的小包包……像是早知道我會帶那個東西，讓我連找都不用找就已經準備好了。

管家眞是太可怕了！

道過謝接了背包之後我開了門就往外跑，雖然知道五色雞頭不至於殺到裡面來，不過晚一點下去他一定會很多話。

才剛用全速跑下不到兩層樓，我看見有個黑色的東西走上來。

那是一個黑袍打扮的人，沒有完全看仔細，那秒我下意識以為應該是學長還是出任務回來的安因，不過在對方又往上踏兩步之後，我才發現那是一個陌生人。

對方在發現我的時候也停住了，因為他在下面，所以是抬起頭在看我。

有那麼一瞬間我不知道應該怎樣形容我看見的黑袍，外表年紀比伯爵大了一些，看起來應該也是在二、三十歲上下，第一感覺是很沉穩，然後——

看起來很像是個武林高手。

不是我在亂講，是真的有這種感覺，我眼前的黑袍穿的袍級衣服與學長的有些不太一樣，有一些奇怪的飾品。比較引人注目的是他身上還有著旅行用的背包，背後還揹著看起來絕對是某種上古神器的武器匣，匣子上有謎樣的中國結。

眼前的黑袍是個東方人，臉長得很好看，不過左眼是閉著的、上面有條刀疤，很標準就是江湖人的樣子；另一隻眼睛是黑色的。他的頭髮是黑的，不過裡面夾著挑染的灰白，整個紮起來的在後面綁成長長的辮子，感覺很神祕。

我馬上倒退兩步貼在樓梯牆壁邊，很怕他等等突然有個掌風什麼的出現。

往上踏了幾步之後就站在我眼前，不認識的黑袍稍微瞇起一隻眼睛盯著我看了有一會兒，直到我開始冒冷汗之後他才往後退了一步降低壓迫感，接著開口：「你就是情報上說的那個破例學生。」

「呃……初次見面……」好像每個這邊的住戶遇上都會先講這句話喔……該不會破例進來住

的就只有我一個人吧？

「我的名字是洛特爾．海恩，大學部的特殊課程指導老師，之前在外出長期任務，接下來應該會有段時間經常碰面，請多多指教。」武林高手向我伸出手，我嚇了一跳之後連忙回握，他收回手之後微微對我勾了個笑：「你可以叫我洛爾或洛安，學生都是這樣喊的。」

「你、你好。」用力地點點頭，我很崇敬地看著眼前的武林高手，覺得他人也很好。

洛安又笑了一下，然後提了手上的行李：「不好意思，先失陪了。」說完，他才又繼續往樓梯上走，直到上一層之後才轉進走廊，剛好就住在我樓下。

黑館裡眞的很多能人異士耶！

一邊這樣想著，我一邊往樓下跑，然後進入大廳之後我完全傻眼了。

大廳裡或站或坐著好幾個我完全沒看過的黑袍，旁邊幾乎都有行李，好像大家都是剛出完任務、挑在同一天回來的那種感覺。

說眞的，那麼多黑袍聚在大廳裡眞的很壯觀，然後這也讓我想起來，這裡原本就是黑袍住所的這個事實。

不過大廳裡這些人看起來好像才剛進門沒多久，有的還在打手機不知道和對方商量什麼，有的在翻本子，我根本不敢隨便打擾他們，偷偷摸摸地順著牆壁往大門外溜出去。

我打賭他們一定有注意到我，大概也不知道我在幹什麼就沒有攔住人。

不過幸好他們沒有攔住我，該怎麼說呢……

一想到要跟這麼多厲害的人打交道，我就開始有點寒毛直豎了。

※

出了黑館大門後，果然看見剛剛那幾個人就在外面。

「漾～你的動作未免也太慢了吧，如果這時候敵人來襲的話，你也不用出來了，乾脆就被打死在裡面還比較容易找到屍體收拾。」五色雞頭一看見我出來，首先賞我這樣一句話。

……雖然之前曾發生過，但是黑館應該不可能一天到晚敵人來襲吧！

是說你最近不會是在看什麼什麼戰爭老片吧，怎麼這些話我感覺很耳熟，好像在阿爸那種年代的某些片子裡常常出現過。

「漾漾，我們來找你去左商店街買點東西。」無視於五色雞頭，喵喵迎了上來一把拉住我的手臂，可愛的臉衝著我猛笑：「今天晚上要去舞會喔，喵喵要去找花。」

「花？」帶鮮花去舞會嗎？

「這是布蘭妖精的習俗。」站在旁邊的千冬歲立即幫我解答了，他推了一下眼鏡，繼續開口：「傳說布蘭妖精很喜歡舞會，在舞會上如果攜帶花朵與朋友交換，喜愛舞會的女神會保佑朋友們的友誼長存。」

你們又是去哪邊聽來這種奇怪的習俗啊？

「我們學校也很多人在舞會時會遵照這個習俗交換花朵喔，所以喵喵也要跟漾漾換，希望大家可以當永遠的好朋友。」漾著大大的笑靨，喵喵很愉快地這樣說著：「當然還有萊恩跟千冬歲、庚庚，所以今天要買很多漂亮的花。」

「嘖，女孩子的小遊戲。」站在旁邊的五色雞頭用很鄙棄的口氣說話。

為了避免等等他們為了一朵花打起來，我連忙截斷五色雞頭要繼續往下講的話：「那、西瑞，你找我幹嘛？」我打賭他絕對不是來找我去買花的。

「喔哈，本大爺是來找你做轟轟烈烈的事情！」一被我問到，五色雞頭馬上丟開剛剛的事，整個人變得異常興奮。

「……我去商店街好了。」他所謂的轟轟烈烈百分之九千九百九十九絕對不是什麼好事情，我個人心臟不強，不太能隨便冒險。

「喂喂！本大爺的事情會輸給一朵花嗎！」五色雞頭完全不爽地抗議起來。

「不會輸啊。」所以我才不想去。

「那就不要去買那個啥鬼花食人花的。」一隻雞開始排斥起花。

「喵喵的花比較重要！」一聽五色雞頭的發言，喵喵馬上用力抓住我的手臂反駁：「你就是因為這樣都不給花才沒有朋友！」

一針見血。

「妳信不信本大爺現在就送妳一朵花，從妳的血管裡面開出來的。」五色雞頭開始磨爪子準備殺人。

「你連女孩子都要欺負嗎。」很早以前就看他不順眼的千冬歲直接站在喵喵前面，語氣非常不善地說著。

「哈，來兩個本大爺殺一雙！」

我眼前的情況開始混亂，事發地點還是在黑館前，我完全可以預料到他們如果這樣繼續吵下去，等等一定會有黑袍出來圍觀。所以，我決定嘗試調停看看：「那個，我們可不可以去找點東西吃，我起床到現在還沒吃東西……」因爲起來之後就去試衣服了，頂多才喝一點飲料，實際上不算說謊。

被這樣一打岔，兩邊本來快吵起來的人突然全停下來看我。

「也差不多要中午了，喵喵知道最近左商店街有新開的店家東西很好吃喔，那我們先去吃完飯再找花。」說完，不分由說地直接把我拖了就跑。

「喂喂！給本大爺站住！」五色雞頭居然跟上來了。

然後在兩方僵持不下之際，我們就這樣一前一後吵吵鬧鬧地抵達了左商店街。

左商店街裡一如往常般相當熱鬧，除了學校學生外，還有很多不像學生的其他地方住民。

一踏進去之後立即就可以感覺到人潮的喧鬧，商店街特賣報導不斷放送，馬上就可以知道哪家店又在大拍賣或是哪家店有新貨色，如同之前我們來逛的時候一樣，完全沒有變化。

但是不知道爲什麼，進到左商店街後，我突然感覺這裡的氣氛好像有點微妙，說是跟平常一樣……也沒什麼不對，每個人都如常做著自己的事，可是隱約感覺到好像哪邊怪怪的，說不出來，而且其他人看起來好像沒有這種問題。

「漾漾，怎麼了？」不知道什麼時候走在我後面的萊恩突然開口說話，嚇了我一大跳。

用力瞪了前面的喵喵等人一眼，他們還很開心地在聊天，剛剛我還有個錯覺就是萊恩應該是跟他們走在一起才對，怎麼一下子變成在我後面？

驚嚇過後，我也沒忘記回答：「沒有……你應該沒有感覺到奇怪的地方吧？」我在想大概是我自己本身神經過敏，萊恩他們如果有感覺到怪氣氛，應該早就反應了吧。

轉過來看了我一會兒，就在我以爲萊恩應該會搖頭時，他居然緩緩地、點頭了。

「空氣裡有雜質。」左右看了一下，他告訴我這樣莫名其妙的話。

雜質？

意思是今日有沙塵暴之類的東西嗎？

「千冬歲。」喊住了走在前面的搭檔，萊恩與他互看一眼，接著兩人同時點了一下頭。

「漾漾，我們先到旁邊避一下。」突然轉回過頭的喵喵拉著我的手臂，另外一手推著五色雞頭就往旁邊賣雜貨的店舖跑去。

「怎、怎麼回事？」她一邊拉著我，我同時也注意到左商店街裡的人開始紛紛往最靠近的店家裡走去，和我們一樣，像是在避開什麼東西。

大量的人全進了店家後，外面只留下很少數的人，像是千冬歲和一些看起來有武裝的學生、路人。

在那些人裡，我看見了一群更奇怪的人。

他們穿著黑色的大衣，臉上沒有表情，面色死白，讓我感覺到可怕的熟悉是……他們都有著灰色的眼瞳。

這種眼睛我只在一種東西身上看過，伴隨著不知哪來的聲音，我完全確定了那些奇怪人的身分——

「有鬼族混入左商店街！」

※

四周的聲音突然在一瞬間靜止了。

「喂喂！鬼族出現本大爺當然殺第一，把本大爺一起推進來幹嘛！」那隻充滿戰意的雞發出抗議的聲音。

「那小朋友你加油吧。」伴隨著這樣的聲音，我居然看見賣雜貨的店家把他給踹出去。

老闆可以這樣做的嗎！

五色雞頭被踹出去之後，我站在這邊看見很多店家做了一樣的動作，就是手指環扣吟唱出一段咒語，接著所有店面像是聯合一樣，每家門前都出現了銀藍色的法陣結界，一整個與外面道路隔絕開來。

在店家做完防護之後，留在外面的其他人不約而同地抽出了自己的兵器；那些鬼族一看情況不對，整張臉猙獰了起來，完全不再假裝路人的模樣。

曝光後，鬼族數量也突然增加，整條街到處都出現，看起來好像不是十幾個這麼簡單。

這種畫面我覺得好眼熟啊……某次我在原世界也是被這麼多圍堵，雖說已經稍微可以抵抗，不過現在看著還是覺得有點可怕。

站在離我們不遠處的萊恩和千冬歲同時拿出成對的幻武兵器，如同其他人一樣，連開口詢問都不用，直接就往最靠近的鬼族攻擊。

被攻擊當然會有反擊，短短時間裡整條左商店街亂成一團。但在這群人發狠暴打鬼族時我注意到一件事，就是那些鬼族居然一邊被打一邊往同個方向移動，不過沒移動多遠就被追擊倒在地上，大部分斃命後就在原地變成灰塵消失，到處都是黑黑的死亡痕跡，看起來有點噁心。

他們移動的方向是……？

「他們要去三王泰府的店？」對左商店街很熟的喵喵也注意到鬼族正在前進的方向，接著臉色一變：「糟糕了。」

我不知道為什麼會糟糕，但是看喵喵的表情也知道事情不對。

動作很快，喵喵的腳下直接出現移動陣法，一看就知道是要去三王泰府的店家，我連想也不

用想馬上跟著跳進去。

「呀！漾漾危險啦！」喵喵還來不及對我抗議完，整個陣法瞬間開始傳送。

四周景色只在一瞬間變化。

還來不及等到新的景色成型，我與喵喵便聽到一個強烈的爆炸聲，接著是一大片灰塵和碎片往我們臉上、身上飛翻過來，某種巨大的力量挾著灼熱的空氣差點把我們也一起撞飛。

動作很快的喵喵一把拉住我，兩人互相支撐之後才沒眞的摔出去。

爆炸的聲音不用幾秒就停了，接著是一道黑影像堵牆般擋在我們前面，仔細一看，是個完全不認識的男人，很高、可是臉上絲毫沒有表情，額頭上有個奇怪的圖騰印子。

「式神？」

喵喵馬上知道那男人是什麼東西了，拉著我往後退了兩步左右張望。

整家店已經被砸毀，我們要找的那個三王泰府的老先生在店的另外一頭，拚命做著手勢要我們小心。

「褚、米可蕥，小心一點。」在那個式神之前，出現了聽說一大早就和學長他們出去的夏碎學長，他的臉上還戴著面具，很明顯完全就是任務中。

接著我看見很戲劇性的一面，被砸毀的店鋪另外一邊出現了異常熟悉的面孔。

那個東西從一灘像是沼澤一樣的地方站起來，身高非常高，連夏碎學長都矮她一大截，灰白色的髮全都沾在有鱗片的身體上，濁黃色的一隻眼睛裡有兩個瞳孔。

我知道她是誰。

「深水貴族……」瞪大眼看著那曾被學長打退的鬼王手下，我發現自己開始發抖。

曾對上學長但是沒有被殺死透的邪鬼貴族就站在我們的前面，四周全部都是那些喪屍手下，數量比剛剛在街上看到的還多，整家店的結界已被衝破，外面還傳來打鬥聲，很顯然也有人想要靠近過來幫忙，但是因爲東西太多了，一下子沒有辦法接近。

爲什麼夏碎學長會出現在這邊？

「三王泰府殿下，請您立即迴避回地界中。」直視著深水貴族，夏碎學長這樣說著，然後右手抽出了一張白色紙符，抖落之後再度出現一個和剛剛式神一樣的東西，不過是個穿著和服的女性，手上有著長柄刀。

那個老先生搖了頭，語氣沒有害怕之類的，與我第一次遇到他時一樣沉穩堅定：「不行，這些東西敢來左商店街搗亂除了針對我之外，必定還有其他因素，紫袍先生請您務必小心。」

夏碎學長點了一下頭，確定保護的人沒有意願離開之後，他指使那名女性式神保護老先生，那個男的式神就在我們附近沒有離開。「褚、米可蕥，請小心四周。」說著，他抽出了幻武兵器，盯著眼前的鬼王手下。

被他這樣一說，我和喵喵才注意到四周還有很多鬼族，就不知道剛剛那個爆炸是怎樣弄出來的。

「這是怎麼回事？」喵喵叫了起來，看來她今天的買花之旅已經整個破滅。

「等等再和你們解釋。」沒時間跟我們多浪費，夏碎學長猛地揮動了鐵鞭，那個深水貴族好像還在發呆，不過一感覺有東西飛過來，用很快的速度抓住鐵鞭，同時也把頭轉回來，四隻瞳孔全往攻擊者那邊看過去。

「你們將結界物藏在哪邊？」如同我記憶裡那種聲音響起，讓人渾身發毛。

他們說話時，四周的鬼族又變更多了，連我都得掏出米納斯頻頻往四周開槍，然後那個男的式神抽出了與女式神一樣的長柄刀，試圖把衝過來的鬼族砍成兩段，一時之間場面變得更混亂。

「深水貴族瀨琳，這裡不是妳應該出現的地方，再不返回，就別怪我們對妳下殺手。」說出了與學長之前一樣的話，夏碎學長一個收力，被抓住的鐵鞭甩開了鬼族的手回到他的臂上，像是有生命一樣自動服貼好。

「哈……該死的會是你們……」

這次交涉馬上破裂，瀨琳發出了詭異的笑，接著整個地面震動了起來，出現了很多凹洞，很快地就有泥水從洞裡冒出來將整個窪都給填滿。

雖然我之前曾見過一次這個鬼王高手，但卻對她的屬性不太了解，只知道她一堆小孩都是喪屍而已。不過現在想想，既然她是深水貴族，按照其他幾個出現的方式與能力來看，她一定也有特殊攻擊方式，只是上次還沒動手就被學長先砍頭而已。

像是要證明我所想的，地上的泥漿水位開始往上增高，很快地已經蔓延到我們腳底。喵喵叫了一聲，推著我往旁邊的桌子上爬；另一邊的女式神也在周圍布下結界，泥水一點都碰不到老先生的邊，在他們四周繞開一個圓圈。

我想想，上次學長好像是用爆符先解決喪屍……可是這種東西我根本不敢亂用啊！

上次那邊很空曠就算了，要是這邊再用個炸彈爆炸，那就不是賠一座公園的修理費可以了事的了！

「小朋友們，請過來這邊。」

這個時候，老先生對我們招手了。

第九話　三王泰府

地點：Atlantis
時間：上午十一點四十八分

喵喵第一個衝過去。

「唉呀，讓兩位看到這種場面。」老先生這樣告訴我們：「沒想到開店開到一半就有鬼族衝進來，已經很久沒發生過這種事情了。」

難不成你們這裡以前常常發生嗎？

我突然對左商店街的維安管理有點懷疑。

「爲什麼鬼族的目標是這邊？」我看著眼前的老先生，問出了最直接的疑惑。想想嘛，左商店街裡的店家起碼上百間，可是爲什麼偏偏選上這家店？

看了我一眼，喵喵才開口：「因爲三王泰府的店是左商店街的一半結界，商店街的魔法基石有一半藏在這邊喔。」

我懂了，原來如此。

「那另外一半……」

我話還沒問完，老先生已經指了一個方向。

那個地方是百年老店的所在位置。

轟然一聲，那邊也傳來巨大的破壞聲音，接著無數鬼族被打飛上天。

「冰炎已經前往那邊制止另外一個鬼王高手了，結界石不會遭到破壞，請安心。」與瀨琳對峙的夏碎學長聽見我們說話的聲音，這樣告訴我們。

接下來，大家也沒有心情再聊天了。

地上的泥水目測已經淹過腳踝，然後突然像是有人在下面開了瓦斯爐一樣整個開始沸騰，因爲剛剛爆炸掉在地上的破碎神像被推出水面不斷轉動著，接著又沉下去，整個看起來相當詭異。

「把結界物交出來……」伸展著長長的四肢，瀨琳用著像是在做運動一般的伸展姿勢說著，而在說話的同時，她的手臂也越來越長，似乎正不斷收縮般的鱗片整個賁起，看起來相當噁心。

「請立即退回。」瞇起眼，注意到鐵鞭不太能對這類型的東西發揮效果，夏碎學長馬上就把幻武兵器收起來，接著抽出了紅色的紙符往前一豎：「否則也不要怪我們對妳不客氣。」語畢，那張紅色的符馬上轉爲武士刀的樣子，整個刀面是深紅色的帶著些微的火焰，看起來有點驚人。

那張符我知道，是火符，因爲跟爆符的類型很像，平常比較少看見有人使用。

幾乎同時，不等兵器成型的瀨琳兩隻很長的手臂猛然竄出，直接往夏碎學長的肩膀上抓不閃不避，連半公分距離都沒有移動，夏碎學長轉動了手腕，手上的刀劃開了一個紅色的半圓直接擋下那兩隻長手，刀面發出了奇異的悶響，接著上面飄浮著的小火焰猛然燃燒起來，捲住

了那隻豎滿鱗片的手。

瀨琳發出了某種怨毒的低吼，兩隻手往上一甩，整個身體衝了過來，底下的泥水不斷翻騰，居然開始冒出陣陣白煙。

就在白煙冒出來的同時，我看見原本在上面翻滾的神像居然發出了奇怪的聲音，接著從下面開始融化下沉，連一點碎片都不剩了。

瀨琳原來是個硫酸人？

我現在突然覺得還好之前學長動作快，不然那時候瀨琳如果弄出一樣的東西，那座公園應該就會變得很精采。

看著下面不斷往自己湧來的硫酸泥漿，夏碎學長手上的武士刀變得更加火紅，逼近的泥漿在碰上他之前就已經整個被蒸發。他揮動刀面，直接格下了衝來的鬼王高手；因爲衝力太大，他整個人被往後撞開了好一段距離。

撲人同樣也被撞開的瀨琳咧開了嘴，出現我看過的那一整排尖銳牙齒。

面具後的眼睛半瞇起來，一樣沒等她咧完的夏碎學長立即出手，瞬間就將武士刀整支插進瀨琳的尖牙嘴裡。

那瞬間，我看見一個張著大嘴的鬼王高手嘴巴噴火。

側翻開身，夏碎學長一腳踹中了瀨琳的肚子，把她整個踢出店家摔在外面。

看見瀨琳整個摔在外頭之後，店裡的鬼族突然騷動凶猛了起來，每個眼睛都往外凸出，惡狠狠地看到人就撲上來。站在我們面前保護的兩名式神一時應付不了這麼多，卯足了力氣砍向衝過來不要命的東西。我和喵喵也拚命地想幫忙多打掉幾個，不過才打沒多少，地上的泥沼又爬出來一堆，像是永無止盡。

「這裡面有個鬼門。」沒有加入戰鬥，老先生左右看了一下，注視著地上的硫酸泥水然後這樣告訴我們。

「在哪邊？」站在店門口的夏碎學長飛快地重新布下結界，外面已經爬起的鬼王高手慢了一步，衝過來時整個人撞在已經做好的結界陣上，發出巨大聲響，被彈開了一段距離，闖不進來。

「這裡前面。」老先生指了一個方向，距離我們沒有幾步遠，所以我也沒有猶豫，拿著米納斯就朝那個地方開了好幾槍。

第一槍打在泥漿上時沼澤像是被丟了魚雷一樣整個爆開。一掀開，我們果然在下面看見了血色的陣法，後面幾槍就全打在那個東西上。

不知道是不是我眞的有進步，那幾槍打上去之後，沼澤下的陣法眞的停止轉動，然後變淺開始消退，一下子泥漿又覆蓋上去。

夏碎學長朝我比了個大拇指，這讓我有點高興，不過這種高興維持不到三秒鐘。他的身後突然傳來很大的爆炸聲響，就和我們剛剛來的時候聽見的一樣，是門口結界被毀掉的聲音；不過這次有式神幫我們建立起結界，所以就算爆炸也沒有什麼影響。

左右的鬼族被炸開，撞到牆壁上去。

破碎的大門結界後果然出現了打不死的瀨琳，她的臉看起來很憤怒，有一大半被燒焦了，武士刀也不見了，本來被插著的嘴巴已經破了一個大洞，黑色的血從裡面不斷冒出來。

反應很快地回過身，夏碎學長用迅雷不及掩耳的速度抽出了鐵鞭甩在她頭上。被攻擊的鬼王高手應聲偏了頭，半個腦袋都被打爛了，可是居然沒有倒下，一隻手伸了出來抓住鞭子，而那半個頭竟然已經重新再生了。

「瀨琳是沼水之鬼，任何攻擊都無法有效將之消滅。」看著快速再生的鬼族，老先生的聲音多了一點憂慮。

夏碎學長做了一個與當初學長一樣的決定。

「那唯有將她直接遣返獄界。」

「等等，請讓我試看看吧。」

就在夏碎學長好像想要有大動作時，老先生突然出聲打斷他的行動。我和喵喵轉過頭，看見老先生毫不猶豫地踏出了式神們的結界，很奇妙地平空踏在泥水上，那些有著硫酸般效力的沼澤水一點也碰不上他的鞋底。「畢竟是我的店家，不好好教訓狂妄之徒收點費用，也實在是讓人有點不太高興。」

看了老先生一眼，夏碎學長稍微退開了。

走出了幾步後，老先生的身體好像大了一倍，他走路速度很慢，以至於到了門口已經整個人大到快要頂到天花板了。原本看起來好像只是健朗的身體整個爆出了大塊肌肉，連慈祥的臉部都出現了青筋糾結的猙獰感。

我覺得我好像看見某種卡通裡的鬼王還是牛魔王再現了。

已經快把天花板撐破的老先生巨大的手掌直接卡住瀨琳的身體，一巴就把重生的鬼族搧出店外，順道還踩死了不少在下面狂奔的鬼族。

「你們以為左商店街是你們愛來就來的地方嗎！」猙獰的巨大面孔發出很大的聲音，然後走出了店面，整條街道都是那種類似怒吼的轟轟聲響，已經開始將鬼族淨空的街道路人都轉頭過來看這邊，一看到是老先生也沒有特別害怕的反應。

喵喵拉著我跑出店外，早一步的夏碎學長幾個踩空往上翻到屋頂，快速把上面殘餘的鬼族也給清除乾淨。

被拍出去的瀨琳結實地撞在街上另外一邊，整個貼上牆，有一半的身體被拍爛了，冒出氣泡像剛剛一樣正在重新組織。

看著巨大的老先生，我突然想起來我好像並不知道老先生是什麼種族，怎麼左看右看都有點像魔王那種感覺，巨大的壓迫感讓人覺得害怕。

垂下了手指抵在瀨琳另外一半的身體上，老先生開始唸一種奇怪的咒語，接著瀨琳的身後出現了一個法陣。

雖然有點不太一樣，但是我看過那個法陣，之前曾被陸續用過，是把異物遣送回去的法陣。

果然在幾秒之後，瀨琳整個往後陷入法陣裡，什麼都來不及做就這樣消失了。一看見瀨琳被強制送走，剩下的稀少鬼族也四處逃竄，很快就被消滅乾淨。

確定左商店街的威脅消失之後，老先生整個人像被放了氣一樣，馬上恢復成原本的大小，那些肌肉什麼的也全都沒了。

我在想……如果最早那些在他店裡鬧事的亞里斯學生被拍上這樣一掌，應該很快就可以解決了吧……

上面的夏碎學長跳下來，將兵器收起來之後才走到老先生前面微微一彎身：「非常抱歉，驚擾您了。」頓了一下，他往我和喵喵看了一眼才把視線收回去，「我與我的同伴在追查鬼王下落時無意間看見了兩名鬼王手下即將對左商店街不利才尾隨跟來，協助過慢讓他們先行出手，希望並沒有對您造成太大的損害。」

幾句話馬上解釋了爲什麼夏碎學長會出現在這邊的因由。

不過我還是覺得很奇怪，鬼族怎麼會突然想對我們學校外的商店街出手？

該不會因爲民生物資缺乏，決定攻佔作爲後備糧倉嗎？

聽完解釋之後，老先生呵呵地笑了聲：「不礙事，這些鬼東西對商店街的結界基石垂涎很久了，這種攻擊也不是第一次。紫袍先生不用太過緊張，我的店裡都是些普通的東西，重新補上就有。再說，我剛剛也替自己出氣了，那個鬼王手下短時間內應該不會恢復太快，足夠讓他們好好反省了。」

夏碎學長抬起頭拿下面具，對著老先生抱歉一笑：「關於這件事我們已經回報公會，很快就會有公會的人來協助整理。」

老先生拍拍他的肩膀，說了聲沒什麼大問題之後就轉向我們，「兩位小朋友，讓你們擔心了，剛剛有沒有受傷？」

一聽見他在問我們，我跟喵喵同時搖了頭。

那對男女式神在確定沒有危險之後就消失了，只剩下兩張紙被夏碎學長收回去。

「沒幫上忙……」喵喵絞著手，聲音很細小。

「呵呵，有這個心意我就很高興了。」老先生拍拍喵喵的頭，好像剛剛出現的巨大猙獰是種假象，現在的他看起來又跟平常沒有兩樣了。「為了答謝兩位小朋友，我只好將這個送給你們了。」說著，他將放在背後的手拿到前面來，剛剛什麼都沒有的手上出現了一束透明的花朵，看不出品種，整個都是透明的大約七、八朵上下，非常漂亮。

喵喵睜大眼睛，臉整個亮了起來：「謝謝三王泰府殿下。」說完，撲上去就是一個大大的擁抱。

老先生還是很愉快地笑著。

四周氣氛整個放鬆下來了，原本封閉起來的店家也紛紛解開結界，街道上的人開始變多了，到處都傳來討論鬼族的聲音。

我轉過頭，看見應該也要放鬆下來的夏碎學長表情不是很好看。

突然注意到我的視線，夏碎學長轉過來衝著我微微一笑，很快地收走了那種很像在擔心什麼的情緒。

我不知道他和學長的任務出了什麼問題，但是他給我的感覺很沉重，好像這個任務發生了什麼不好的事一樣。

正想上前去做多事的詢問，夏碎學長旁突然出現一個法陣，下一秒學長就從那裡冒出來。

「百年老店那邊的也解決了。」

我聽見的，是這樣的話。

※

街上的騷動很快就讓來援的公會處理完了，過了沒多久，又恢復成原本的熱鬧樣子，好像鬼族突襲的事完全沒發生過一樣。

因爲三王泰府的店被砸得很嚴重，又有鬼門的殘留痕跡，所以學長領著我們一票人暫時先離開那個地方讓公會的人清理。

「嘖，在這裡開這麼久的店，居然會有人不知道敬老尊賢還來砸店。」一樣被鬼族襲擊的老張用他那張與實際年齡完全不符合的小臉和老人聲提出抱怨。

「哈，你那間百年黑店會被砸是理所當然的啦！」稍後與我們會合、現在跟我們在點心屋的

五色雞頭用一種很挑釁的語氣說道。

放下手上的茶杯，老張微微瞇起眼睛勾起詭異的笑容：「該回娘胎的不討喜小孩，我老早就說過不是漂亮的美人和可愛的小朋友就不會打折，你愛來不來，買原價活該。」

眞是好理由。

我拿著點心盤往旁邊移了移，怕等等被波及到。

「你這個黑心商店的渾蛋老頭，被砸店根本是天下所有蒼生的心願吧！」已經從這個世界跳脫到另外一個境界的五色雞頭也不甘示弱地回敬。

「好說，就是有人眼紅本店專出別家沒有的貨，買不到便宜才在那邊聚眾滋事，本店很明白這種長得不可愛也不漂亮的人的醋酸心理。」剛剛才被砸完店的老張很顯然也槓上了五色雞頭，毫不客氣地繼續奉陪。

一邊聽他們對槓，我一邊偷偷瞄了坐在另端的學長，這才發現他們根本無視五色雞頭和老張，幾個人已經開始討論今天被鬼族襲擊的事情了。

「兩位認爲鬼族突然襲擊是爲什麼呢？」剛剛才經歷過被砸店的三王泰府一副店不是他家的、被砸也不關他的事的悠哉態度拿著茶杯問道。

學長與夏碎學長對看了一眼，前者有點猶豫，所以是由夏碎學長開口：「應該是爲了最近的事情做準備，我想三王泰府殿下應該也收到消息了。」

「這點我知道，時間交際的主人們也開始注意這件事情，不過一直未找到在外面遊蕩的白川主，所以暫時沒有動作。」三王泰府放下杯子，一臉很無奈地說著。

白川主？

好耳熟……啊，對了，之前聽學長他們說過好像是時間交際的什麼東西，逃跑到沒人找到。

坐在旁邊的學長突然轉過來看我一眼，我整個反射要摀頭，意外的是他居然沒揍我又轉頭回去接續話題：「白川主找不到的話另外一位就不會有動作，目前冥府的府君們大部分都已經回歸了，三王泰府殿下有打算返回嗎？」

「三王泰府是冥府的人？」全部人轉過來看我之後，我才發現自己要摀住嘴巴但已經來不及了，問題太突兀，連五色雞頭他們都轉過來看。

喵喵咧著大大的笑容，然後抱著老先生的一邊手臂，看起來還頗像阿公和孫女的感覺：「三王泰府殿下是冥府的七王主君之一，底下還有十二殿王，七王並沒有在管事的，是屬於決策的長老群。」

意思就是吃乾薪然後混吃等死的那種職位嗎？

砰地一聲，學長果然直接一拳砸在我頭上。

在我抱著頭痛到說不出話時，他們已經不管我又轉回去繼續說了，坐在另外一邊的萊恩突然從空氣裡浮出來很好心地拍拍我的肩膀。

你真是個好人，不過你沒有加入話題是因爲被忽略了嗎這位同學？

萊恩拍完之後就繼續回去吃他的飯糰了，完全沒有自己被忽視的感覺，反而還滿愉快地在挑

桌上整盤的飯糰。

重新聽到他們討論鬼族時，話題也差不多要告一段落了。我聽見學長說了些冥府啊鬼族最近都會有問題之類的話，所以公會短時間會到左商店街駐守，就這樣當完結。

「對了，今天晚上舞會兩位學長都會去嗎？」正經的話題說完之後，喵喵便開始閒聊：「剛剛三王泰府殿下也說他會去喔。」

與自家搭檔對看了一眼，夏碎學長點了下頭：「我們的任務也告一段落了，所以今晚沒意外的話應該也會出席。」

喵喵發出歡呼聲。

※

在點心屋那邊暫時先向學長他們道別之後，我與喵喵等人已經沒有繼續逛商店街的慾望了，看了一下時間就往學校方向回去。

「那麼舞會是在傍晚五點開始入場，喵喵要先回去準備了喔。」抱著那一大堆花朵，心情很好的喵喵和其他人在黑館前一同解散。

我轉過頭，看見某個應該解散到現在還不解散的人站在原地。

「……西瑞，你不用回去準備嗎？」難不成你想就這樣穿著花襯衫去舞會嗎！

這樣想著，我突然有種毛骨悚然的感覺。

他如果這樣穿過去，我可不可以假裝不認識他啊？

「本大爺早就準備好了。」五色雞頭發出非常不屑的話。

「我可以請問你準備什麼衣服嗎？」其實我非常不想知道，總覺得他會準備很可怕的東西。

「龍袍！」

……

我後悔了，我不應該問他的。

這是舞會啊你準備龍袍幹什麼！又不是尾牙的變裝活動餐會，一般人應該都是要穿正式衣服不是扮裝的衣服吧！

「西瑞，你不覺得穿西裝會比較好看嗎？」一邊這樣說著，我一邊往黑館裡走去。

理所當然跟上來的五色雞頭瞥了我一眼：「那種凡夫俗子的東西本大爺才不想穿咧，我還有備用的，如果你想要穿我也可以借你啊。」

「不用了、謝謝。」我沒思考馬上就拒絕。

開玩笑，你的衣服我怎麼敢穿！

踏進黑館後，稍早看見的那堆黑袍已經不見了，大廳裡連一個人都沒有，靜悄悄的感覺有點詭異。

已經不是第一次進來的五色雞頭左右看了一下，沒什麼特別興趣。

因為這次有五色雞頭跟進來，所以上樓梯我也沒有奔跑，難得可以好好地走上去。

一邊往上走，把視線收回來的五色雞頭用一種很奇怪的視線看我：「上次進來沒注意到，漾～你不覺得這裡很難住嗎？」

你上次是從窗戶進來的當然沒注意到……

等等，他剛剛說什麼？

「為什麼會很難住？」被他這樣一講，我整個一頭霧水。

這裡是詭異了一點沒錯，可是基本上只要不出房間都還不會危及到生命和精神，大致上來講還算可以。

「那個東西、還有那個……」隨便指了幾樣擺設給我看，五色雞頭這樣說著：「都有奇怪的氣息，感覺很討厭。」

看著他指的東西，我下定決心以後上下樓還是用跑的會比較好。

「其實只要不要亂看，這裡環境還不錯啦。」被幾種東西嚇過之後，我有著深深的體悟。

「哈，本大爺才不想住這種鬼地方。」五色雞頭一講完，旁邊的一個小型雕像就開始騷動，不過被他瞪了一眼之後就又停止。

看來黑館裡的「?東西」很會欺善怕惡，要是平常早整我了吧！

其實到我房間的路沒有很長，聊沒幾句就到房門口，我一邊猜蘭德爾他們應該早回去了一邊打開房間。

果然沒錯，裡面靜悄悄的，進去之後只看見尼羅幫我準備好的衣服與配飾安安靜靜地放在桌上，另外有個應該是他後來帶來的整籃點心，被借用的電腦什麼的也都收好了，很明顯他還順便幫我收拾了一下房間，變得乾淨整齊很多。

傳說中的管家果然名不虛傳。

「漾～你要穿這個喔？」打開盒子把借來的衣服翻看了一下，五色雞頭表現出很沒有興趣的樣子。

「一般都要穿這樣吧。」穿龍袍才是不正常的吧！

「穿這種衣服有什麼好看的。」

我也不覺得穿龍袍好看啊。

把盒子蓋回去，我突然注意到房間裡好像有不太一樣的地方，說不上來，不知道是不是因爲被整理過，感覺變比較清爽。

自動自發把我房間逛完一圈之後，五色雞頭很爽快地又自動吃起點心：「漾～你最近好像跟B部的人走很近喔？」

被他這樣一講，我差點整個人嚇到。

我跟莉莉亞走很近應該沒人知道吧！

「你大概是看錯了吧。」稍微想了一下，我馬上否認，雖然不曉得五色雞頭是什麼時候注意到的，不過這種時候先否認就對了。

「喔？本大爺對自己的眼力很有把握，尤其是要暗殺時。」五色雞頭咬著點心瞇起了眼，很懷疑地盯著我看。

被他看到快發毛了，我連忙假裝在整理今天晚上要穿的衣服配件：「不然就是剛好我們遇到在打招呼而已，你想太多了。」

「是這樣嗎？」吞完食物，大概也懶得逼問我的五色雞頭聳聳肩：「好吧，你說怎樣就怎樣，反正跟本大爺也沒關係。」

我突然覺得好險問我的不是千冬歲，不然我大概就逃不過這一劫了。

「那本大爺要回去拿衣服了，晚上見。」很隨性地來觀光順便吃完東西的五色雞頭拍了拍我的肩膀，直接往陽台外走，還來不及讓我阻止就跳下去了。

有門這種東西好不好啊！

那瞬間，我想起來之前學長有說隨便跳下去會被攔腰砍斷的事情。

雖然五色雞頭應該不至於被砍斷，不過我還是衝到陽台邊想確定一下他的安危……我之後想一想，其實這動作有點多餘，而且讓我非常後悔。

早知道會看見有那種東西，我寧願一輩子不要知道黑館的窗外有什麼。

黑館的陽台下，我看見一個風乾橘子皮般的半骷髏老太婆嘿嘿嘿地拿著鐮刀與一堆鼬鼠踏著牆壁走過去。

然後我往後退回房間，摔上了陽台窗。

這一切都是夢。

你們嚇不倒我的！

第十話　敵意

地點：Atlantis
時間：下午四點五十分

大致整理一下，我在四點五十分出了黑館大門。

接近會場時已感覺到那邊很喧鬧了，舞會會場很大，因爲也開放給高中部以外的人參加，所以遠遠就看見門口有很多不認識的人在聊天，會場裡也是黑壓壓一片，看起來好像整間學校的人都往這邊擠過來了。

因爲沒有和喵喵他們約實際地點也沒另外打電話給他們，所以我就直接進會場裡到處晃蕩。

幸好尼羅和蘭德爾有借我衣服，會場裡的人看起來都穿得很正式，就算是沒有穿西裝的，也大部分都穿了正裝。

不過比起一大堆一大堆我不認識的人，在會場裡已經準備好的自助餐才讓我流口水……沒想到學校這麼用心，連自取的食物都那麼精緻，我還看見整隻大烤豬，以前只有在電視上看過，不知道吃起來怎麼樣……

「褚學弟。」突然有人拍了一下我的肩膀，讓我整個人從一堆食物裡嚇回神。

一轉頭，我看見了那個傳說中今天和學長他們一起出任務的阿斯利安。

「呃……好巧。」我往後退了退，看著也換上正式服裝的阿斯利安學長，他不是穿西裝，與其說是西裝倒不如說是那種黑色正式軍裝，看起來很適合他：「我以爲你還在出任務……」

笑了下，阿斯利安聳聳肩告訴我：「戴洛說什麼今天是學校活動最後一天，因爲我們的任務是長期的，他和我換班，要我回來參加舞會。」

「原來是這樣喔……」

「聽說今天你也被捲進左商店街的騷動了，應該沒有受傷吧？」很客氣地這樣詢問我，在我搖頭之後，阿斯利安才繼續往下講：「最近情勢比較不好，外出時如果狀況不對，我建議立即轉移回學校，這樣學校的安全警衛才能立即保護你們。」

我點點頭，不過我一想到安全警衛是惡魔那種東西就有點喪失信心。

似乎還想說點什麼的阿斯利安突然中止話題，然後轉頭往旁看去。我也跟著看過去，看見了熟到不能再熟的人走過來。

「兩位，晚上好。」一樣的微笑，賽塔分別打過招呼之後也和幾個經過、但我不認識的人點了下頭。

不曉得是不是我的錯覺，我總覺得賽塔今天晚上看起來好像有點怪怪的，說不出來，樣子好像不是很高興，雖然他還是在微笑。

略過我，賽塔看了一下阿斯利安。

在他還沒開口之前，大概知道他要問什麼的阿斯利安已經先說話了：「抱歉，到目前爲止我們都還沒收到新的消息。」

然後我看見賽塔好像有點失望，不過只有一瞬間，不用半秒他又變回之前那個溫和微笑的樣子，好像一點情緒起伏都沒有：「我明白了，謝謝您告訴我這個消息，也祝兩位今晚能夠有愉快的一夜。」說完，就先行離開了。

我整個人有種充滿問號的感覺，可是也不好意思隨便問，看他們的樣子這件事情應該是某種機密，所以還是假裝不曉得比較好。

阿斯利安轉回過頭，朝我笑了下：「對了，學弟你今晚有舞伴嗎？」

話題一秒離題，我愣了半晌才知道他在說什麼：「呃……吃的算嗎？」我今天是抱著決心來吃到撐的。

「如果你會介意跟糖人塊跳舞的話，我建議你最好快點去找個舞伴。」馬上知道我在講什麼，阿斯利安笑得有點詭異：「學校舞會有個不成文的規定，就是進來的人一定要跳一次舞才可以離開大門，如果沒有舞伴，就會有限定的東西出來陪你跳，去年聖誕舞會時就有人被薑餅人抓著跳舞，那個畫面眞可愛啊……不過也有很多女生是故意和食物跳舞的，畢竟有些食物看起來很可愛。」

我只是隨便說說啊！

等等，我剛剛好像聽到什麼不幸的消息……

「沒有跳舞的不能離開會場大門？」我只是來吃飯的路人甲而已啊！

「是的，離開的話會發生有趣的事情，不過這是就旁觀者而言。」

也就是說事主本身一點都不有趣就是了吧？

我有種好像被騙進來參加邪惡舞會的錯覺。

爲什麼一開始沒有人告訴我這件事情啊！

如果知道，我打死也不會來。

「因爲你沒有問。」

冰冷的聲音從我腦後砸來，一回過頭果然看見那個每天都很忙的學長站在後方不遠處瞪我，旁邊還跟著穿著黑色正式禮服的夏碎學長。

我偷偷往阿斯利安那邊靠了一點，很怕學長又砸我頭，中午那一下眞痛，讓我懷疑搞不好都有腫包了。

不過看過去……嘖嘖，沒想到學長居然有參加舞會的正式服裝，我還以爲他眞的就是隨便穿、不然就是會穿黑袍直接過來參加……雖然他現在的衣服也是黑的沒錯。

「褚，你欠揍嗎？」臉色很不好的人用非常惡意的語氣對我這樣說。

我馬上搖頭。

「你們肚子餓嗎？我想去拿點東西吃，聽說舞會的食物是所有餐廳聯合製作的，很難得喔。」適時打斷了學長暴行，夏碎學長在非常恰好的時間卡了進來，態度非常良好地詢問，自然

到像是他剛剛根本沒聽見他家搭檔要揍人的話。

「我要。」有點感動地跟著夏碎學長，我開始慶幸還好不用被扁。

「我也一起過去吧。」阿斯利安也報名了食物隊伍。

臉色很臭的學長沒跟過來，因爲他被不知名的陌生人叫住了，所以走到另外一邊去打招呼。

這讓我有點鬆了口氣，總覺得今天好像因爲鬼族的事情大家都很緊繃的樣子。

希望今天舞會可以讓他們愉快一點。

※

「漾漾～～」

就在我和夏碎學長他們拿了自助餐的盤子之後，突然從後面有個東西蹦出來直接一把抱住我的背，很龐大、而且可以感覺布料非常之多，一整團往我背後撞來，把我撞開了幾步的距離，差點沒一頭撞上前方的巧克力塔。

我突然很慶幸還好我不是學長他們那種終極高手，不然依照劇情，我現在應該會先給他來個反射性的過肩摔才對。

聽到聲音時我就知道是喵喵了，被撲之後我很艱難地轉過頭去，終於知道那堆布料是怎麼回事。

喵喵穿了一整套禮服，白色的綴著細緻蕾絲和緞帶，還有綠色的裝飾花朵，是短裙款，不過後面的下襬有拉長，看起來非常可愛。

她的頭髮不像平常一樣是綁兩邊的，而是整個放下來重新紮成公主頭……現在她看起來真的完全就像小公主了。

「很好看對吧，這是庚庚做給我的喔。」從我背後退下來，喵喵很高興地轉了一圈給我看，我甚至看見她背後是縷空緞帶綁著的樣式。

會場裡已經好幾個人在偷看喵喵了，我打賭等等應該會有不少人來邀她跳舞。

「漾漾今天要不要跟喵喵跳一支舞呢？」

我往後一看，果然看見了庚學姊，她身上穿的是跟喵喵很類似顏色的服飾，不過樣式很成熟，如果說喵喵是可愛的小公主，我想她應該就是穩重的大公主了。

「那個……我不會跳舞，不好意思。」搔搔頭，我拿著盤子先離開自助餐的桌子旁以免遭到別人的怨恨。

「沒關係啊，喵喵會教你。」撲過來一把抱著我的手臂，喵喵眨著大眼愉快地說。

我有點想把手抽回來，平常被這樣抓是很習慣，可是今天喵喵打扮得很漂亮，被這樣抓感覺就很奇怪。

「你可以和米可蕥學妹一起跳支舞。」不知道什麼時候繞過來的阿斯利安拍了拍我的肩膀：「如果沒有人的話，就真的得跟食物跳了。」

他提醒了我不想去想的事情。

話說回來，跟喵喵跳的確好過被薑餅人抓著跳……不一定是薑餅人啦，有可能是別種東西。

再次考慮了下，我覺得採用阿斯利安的建議比較好：「那、那喵喵，就拜託妳了。」我吞了吞口水點點頭。

喵喵露出大大的笑容。

一旁的庚上下打量了阿斯利安一下，「這位學弟，你有舞伴了嗎？」

我看他們兩個好像不認識的樣子，都對彼此有點陌生，我還以為庚學姊像學長一樣誰都認識耶……

阿斯利安露出微笑，然後微微一躬身：「與其讓女性開口，不如請先讓我詢問。因為是突然參加舞會的還沒有找到舞伴，請問我有榮幸在今晚的時間中請小姐跳一支舞嗎？」

「當然有。」庚回了禮，兩人同時解決舞伴的問題。

就在一切氣氛完全良好之際，才打算回去拿自助餐的我聽見了某種騷動從大門方向傳來。

下意識跟著聲音轉過去看，我覺得我大概整張臉都黑了。

有那麼幾秒，我真的覺得我這輩子不應該認識這個人才對……因為還滿丟臉的，當他發現我在看他時，居然還大聲叫我名字朝我揮手。

有部分的人把視線轉向我們這邊，帶著很奇異的目光，還竊竊私語。

我真的很想假裝我不認識他或者挖個地洞直接鑽下去。

那個叫作西瑞．羅耶伊亞的人眞的把他閃亮亮的龍袍給穿來了。

※

「漾～」

那個拖著顯眼龍袍的人跑過來了。

說實話，其實那件並不是想像中連續劇的那種龍袍，而且那種東西穿起來眞的會穿死人吧，他身上的是改良式西服款式……但也改良得太離譜了吧！

那種金黃色閃亮底加上龍的立體繡花是什麼鬼！

「褚，你的朋友。」像是約好一樣，夏碎學長和阿斯利安馬上轉開，就連剛剛本來還很熱情的喵喵也馬上放開我的手低頭假裝去挾自助餐。

喂喂，你們這群人有沒有點同情心啊？

我用了三秒鐘考慮我要不要假裝不認識他，然後轉頭逃走。

三秒後這個機會也錯失了，因爲那個很閃亮的龍袍雞已經衝到我面前來，帶著眾多看神經病的目光，很閃亮地在我面前轉了一圈，在那個大金色加上龍繡花的襯托下，他的頭比平常還要鮮艷亮麗……不是錯覺，眞的變鮮艷亮麗了。

你該不會來之前還跑去給頭髮加色吧！

「漾～本大爺打你手機你居然沒接！」五色雞頭一站到我面前馬上發出抱怨。

「我手機？」我摸了一下摸出那支手機，果然有通電話沒接到，「呃……大概是沒注意到。」該死的手機絕對是沒響！它總是在不該響的時候亂響，該響的時候就不響。

「算了，反正本大爺也只是要找你一起過來而已。」

啊……原來我的手機早就預料到會有這種事情，所以自動斷絕來電聲響。我突然很感謝我的手機，要是眞的跟他一起過來，我覺得我還沒到就死了，丟臉丟死的。光看那些號稱是朋友現在一個閃得比一個遠我就知道。

很顯然對於別人目光不怎麼在意的五色雞頭一臉很熱絡地搭著我的肩膀：「漾～你決定舞伴了嗎？」

「呃……我跟喵喵一起，你咧？」基於還算是朋友的份上，我硬著頭皮跟他聊上了。

「哈，本大爺從來不用舞伴。」

也是，我覺得就算是食物也會覺得很丟臉吧……

就在我們兩個有一搭沒一搭聊天聊到一半時，不曉得爲什麼，我突然覺得背後整個很森冷。打個比方說好了，那種感覺就好像是有人拿著冰在冷凍庫裡的劍山在磨蹭你的背一樣，除了冰冷之外還有刺痛，接著是滿懷惡意的目光。

我立即轉過頭。

有個人就站在我背後不到幾步的距離，其實應該說是三個人，另外兩個就在他的左右，看起來很像是護衛還是手下之類的；三人全都是黑色正式服裝的打扮，不過他們穿的衣服我沒看過，應該是這個世界的貴族之類的，除了布料看起來不錯之外，配件似乎也很值錢。

糟糕，我到這裡之後居然經常在想變賣別人身上東西會有多少錢！

「你是啥東西啊？」同樣跟我注意到那人來意不善，五色雞頭皺起眉，釋放了同等不善的態度。

有著藍色眼睛、銀灰短髮的人用一種居高臨下的仰角看著我們兩個。

……原來這種角度眞的可以看到鼻孔，不過首要條件是眼前這個人也夠高，不然他仰起來應該看見的是鼻尖之類的。

「沒想到會在這種地方看見羅耶伊亞家的人。」這個用鼻子看人的傢伙語氣很冰冷，彷彿沒什麼感情似地，加上他本身看起來嚴肅冰冷，給人一種難以親近的感覺。

重點是，他的口氣十足十地瞧不起人。

五色雞頭幾乎當場就發難了：「沒想到灰溜溜的妖精也知道羅耶伊亞家族大名，你愛慕我們家很久了是吧，欸，就算你私下注意本大爺的家族很久，殺人還是不打折的。」

「你敢這樣對我們少主說話！」站在左右的兩人馬上衝著五色雞頭來了。

「爲啥不敢，本大爺跟你們家又沒淵源，倒是你們要小心一點，千萬別亂得罪別人，不然有天被割頭領錢都不知道。」講話也很嗆的五色雞頭完全不管對方是什麼來頭，馬上對衝回去。

四周已經有人注意這邊了，我看見剛剛還閃很遠的夏碎學長和阿斯利安一前一後走來。

「休狄，你要在這場舞會上掀起騷動嗎？」夏碎學長準確無誤地喊出來人的名字，馬上讓正在叫囂的兩個左右手安靜下來。

轉過頭看著兩個學長，被叫作休狄的人冷冷一哼，又轉過頭看了我一眼：「高貴的家族已經和低賤無名的人族打起交道了嗎？」他的語氣依舊很討人厭。

奇怪了，我沒有印象最近惹到這種人，他感覺好像不是針對五色雞頭就是針對我，不然全場應該不止我是人類吧？

「即使是高貴的王族，若是沒有尋常人襯出地位，也只是無意義的靈魂。」夏碎學長拍了下五色雞頭的肩膀讓他往後，然後這樣告訴那個人。

「哼……血緣代表一切，就算這些無名的人都不在，尊貴的血統依舊尊貴，不會因爲多一個人少一個人而改變！」不怎麼給夏碎學長面子，他瞇起眼，完全不屑。

不過他這番話好像激怒了不少人，我看見已經有些人從原本看好戲的表情轉成瞪視了。

是說……我怎麼覺得我好像在哪邊聽過類似的話啊？

「尊貴的血緣不會因爲瞧不起他人而更加尊貴的。」阿斯利安很立即地反駁他的話。

看不起人的休狄冷冷盯著阿斯利安半晌，突然一手扯住他臉邊的頭髮，迫使他的頭往前一低：「我不想聽到高貴的狩人一族、尤其是你幫低下種族對我說教。」

「你……」

啪地一聲，休狄的手被人一巴掌打開了。

而且打他的人，就是我。

※

我深深覺得，自從我進了學院之後，除了力量之外勇氣好像也一直在增加。打妖怪、跑墳墓、被鬼追、打鬼族，跟學長頂嘴……我以爲這是我用最大勇氣做的事，沒想到現在還一巴掌打開應該是某種貴族的手，果然人生啊到處都充滿了第一次。

糟糕，我不會因爲這樣得罪了某某權貴然後怎樣死的都不知道吧？

休狄看著自己被我打開的手，原本結冰的表情又結霜，看起來很抓狂的樣子。

我在來舞會之前應該先買保險的。

「你這個低下種族居然敢碰我們奇歐一族的王子！」那兩個左右手比他更憤怒，一左一右挾住我。

照一般電視劇來說，我接下來應該會被毆打吧，打到連我阿母都認不出我來之類的。

我居然打了一個王子，好妙啊，這輩子我做過的大事就是打王子吧。

有種很難形容的感覺，沒想到有天我居然跟王子扯上邊啊，而且還是不好的那種邊。

就在我有種這樣被扁也很值回票價的想法時，阿斯利安和夏碎學長已經一人一邊各自料理掉一個人，當場把那兩個挾著我的左右手打昏在地。

「休狄王子，請管教好你的手下。」阿斯利安瞥了地上那兩人一眼，冷哼了聲：「如果你不想在這邊丟盡王族顏面的話。」

「……你每次用這種態度叫我王子，我都很想當場殺了你。」發出驚人之語的休狄用一種很像在看仇人的表情盯著阿斯利安，一邊觀察他們我一邊偷偷摸著米納斯，很怕這個人突然動手。

阿斯利安皺起眉，似乎想反駁什麼。

然後，救星通常會在這時候出現。

「你們在這裡吵什麼？」剛剛還在和別人說事情的學長遠遠走來，立時打斷了緊繃的氣氛：「休狄，你在這場舞會上對我的朋友們有什麼不滿嗎？」他的語氣也很冷，甚至有高過對方的傾向。

果然冰塊的對手要有千年寒冰才能克制。

「褚！你腦子給我安靜一點！」轉過身直接在我頭上揮了一巴的學長不用半秒又轉回去，完全不管我抱著頭要痛死還是痛活。

冷盯著學長的高貴王族突然很奇怪地笑了一聲：「我當然對冰炎殿下的友人沒有什麼意見，只是想奉勸您不要太常跟這種人走近，不然您高貴的血統也會爲您而哭泣。」

「我的事你少管！」學長非常不客氣地給他六個字。

碰了釘子的王族聳聳肩，也沒有興趣繼續交涉下去，他踢了踢昏在地上的兩個人，直到把他們踢到轉醒了才逕自轉頭離開。

那兩個手下連唉也不敢唉一聲馬上跟了上去。

一場衝突就這樣莫名其妙結束了。

學長轉回來看了我一眼，然後才看著正在撥自己頭髮的阿斯利安：「來找你的？」

「怎麼可能，是剛剛休狄找緒學弟他們麻煩，我跟夏碎才過來看看。」微微挑起眉，阿斯利安表明不是他的問題：「不過這麼久沒見，他的態度一樣這麼衝。」

「嗯……」學長表情像是在思考什麼，過半晌才來回盯著我和五色雞頭：「那個人是奇歐妖精的王子，也是下任繼承人，你們不要跟他直接扯上關係。」

五色雞頭撇開頭，一臉不爽。

我打賭他剛剛一定在心中想著要怎樣去蓋人布袋報仇。

「阿利跟那個人認識？」比起蓋布袋的問題，我注意到那個王子對阿斯利安的態度更不友善，活像阿利殺了他家阿公阿嬤還外加殺他全家上下和養在狗屋裡一條狗的樣子。

「嗯，先前曾當過短時間的搭檔。」沒有避諱，阿斯利安勾了淡笑爲我們解釋：「大概半年左右，因爲家族有來往所以我從小就認識他，原本我的搭檔就是戴洛，不過他以任務需要要求戴洛先找別的臨時搭檔，戴洛同意了。但是我跟他個性無法配合，半年之後就拆夥了，也因爲戴洛的搭檔出了意外永遠離開，所以就這樣終止了搭檔關係。」

跟那種人相處半年……

我突然覺得阿斯利安是個強者，如果換成是我，半小時就掛了。

「休狄這個人不太能夠相處，所以如果可以的話，兩位學弟盡量不要再和他正面衝突會比較好。」這樣認眞地告誡我和五色雞頭，阿斯利安拍拍我們的肩膀：「好吧，既然舞會開始了，大家也忘記不愉快放鬆在音樂之中吧，這美麗的夜晚用來討論這種事情也太可惜了。」

被他這樣一提醒，我才發現在衝突告一段落之後，會場已經開始響起輕鬆且悠揚的音樂，剛剛看戲的人也散了一大堆，剩我們幾個還在閒話家常而已。

走得有點遠的庚和喵喵小跑步過來，才想說點什麼學長已經先對她們搖了一下頭，於是兩人也沒多加追問。

「那我與這位美麗的小姐先去跳舞吧。」顯然也不太想多談剛剛事，阿斯利安向庚學姊做了邀請的動作，兩人愉愉快快地併步先走入會場。

「漾漾，你要先去跳舞嗎？」喵喵眨著大眼，用那張超級可愛的臉看我。

「呃……我先吃點東西。」剛剛那些人一走，我馬上飢餓起來。

「好啊，那喵喵先去找萊恩他們了喔。」說完，喵喵很優雅地拉著裙襬又往另一邊跑開。

臭著一張臉的五色雞頭一臉陰暗往旁邊踏開。

「西瑞，你要去哪裡？」我有一種非常不好的預感。

「蓋那個王子垃圾桶好好修理他一頓。」果然是打這種主意的五色雞頭用一種非常邪惡的表情看著我，「不然他不知道老大是誰，還有本大爺的手會很癢。」

你確定你眞的打得到他嗎？

還有他是王子耶！

我馬上轉頭看還留著的學長和夏碎學長，他們一定也聽到了，應該說點什麼勸阻吧！

「西瑞，如果不先讓那兩個隨側因事離去，很容易失手的。」夏碎學長看了學長一眼，咳了聲。

不是吧……我有沒有聽錯？

「本大爺知道！」說完，五色雞頭風風火火地離開了。

我倒退了兩步，看著那一位到現在還笑得很溫和的夏碎學長。

正常人應該要勸阻吧！

「還沒跳舞之前，我們去吃點東西吧。」還是很和藹可親微笑著的夏碎學長推了推學長，心情很好地先轉往食物自助區了。

學長看了震驚的我一眼，突然露出了某種程度邪惡的微笑：「反正要打，就要不被察覺地打，自己不曉得對方是誰的人也有錯。」

說完之後，他就尾隨夏碎學長去拿盤子了。

這是教壞小孩的牽拖說法吧！

好孩子千萬不要亂學！

※

剛剛的插曲之後，大部分人注意力都被轉到跳舞場去了，所以食物區反而少人。

不曉得這裡的人是都吃過才來還是食物自己會增生，到我拿的時候桌上居然還滿滿的，都是看了會很滿足的那種菜色，除了精緻的正餐之外還有很多點心跟飲料，吃到撐死都沒問題。

我被食物吸引到拿完之後已經過了一段時間，一回過頭學長他們跑得連鬼影都沒有，整個食物區只剩我一個，沒有半個認識的人。

左右看了一下，不去舞區的話附近還有供給的桌椅，人也不算很多，我就移到那邊去吃了。

這場舞會辦得很大，我連國小生那種年紀的小孩都有看見，應該差不多整間學校的學生都往這邊來了，舞區塞得滿滿的，到處都有人圍成一團在聊天。

反正我在這邊的熟人也不多，不用聊天交際也讓我稍微鬆口氣。

抓到千冬歲的喵喵現在兩人一起在舞池中心跳舞，萊恩則不曉得又消失到哪邊去了，我認識的人大概都可以在附近找到。

因爲沒人打擾，所以我算是吃得滿愉快的，直到被某個人不識相地打擾——

「漾漾！」某個和喵喵一樣的多布東西直接撞到我背後，差點把正在喝飲料的我給一口全都撞吐出來。

我一回頭，滿臉黑線都掉下來了。

那個說要回去結果根本沒有回去不知道還留在這裡幹什麼的扇董事目前正嵌在我背後，很愉

快地一把勾住我的脖子：「漾漾小朋友，聽說今天早上很精采啊。」

連忙把她從後面推開，我很害怕地轉過頭：「扇董……」

才說了兩個字，扇董事馬上用扇子敲在我頭上，「老話一句，你是想害我今天不用玩嗎？」

「不好意思……忘記了。」乾笑著看她在我旁邊坐下，還是穿著那一身和服，在一堆西服裡看起來很特別。

「聽說剛剛你和奇歐妖精的王子差點槓上啊？」一邊拿著我的點心一邊很自動地食用，扇董事用隨和的語氣問道。

「好像是。」其實那一切都是誤會。

「小朋友你膽子也滿大的，奇歐的王子是黑袍喔。」

「噗——」我一口飲料還沒喝下去馬上就噴出來，「咳咳咳——」

像是老早就預料到會這樣的扇董事往後一靠，避開了那口茶，繼續悠悠哉哉地吃她的點心還順便拿出一塊手帕給我，「唉，又不跟你搶飲料，你慢慢喝會死嗎。」

我接過她的手帕又咳了兩聲，然後放下杯子錯愕地看她：「妳剛剛說那個妖精王子是黑袍？」要死了！早知道他是黑袍我死也不敢跟他有關係，我剛才聽的時候還以爲頂多是紫袍或白袍之類的，沒想到居然和學長是同一級。

「嗯啊，跟伯爵是同年紀考上的喔，雖然目前沒人可以破我家臭小子的紀錄，不過也已經很了不起了。」扇董事很快樂地看著我錯愕的臉，然後把最後一口點心吞下去，「奇歐妖精是目前妖精族中屬一屬二的望族喔，就跟你們班那個班長一樣，有著很崇高的地位。」

我有種腦袋整個空白的感覺。

和班長是一樣的大族……也就是說我應該是惹到很可怕的一族了。

想來想去，我覺得我還是應該去買個保險才對，不然要是有天不明不白地在校外被暗算就虧大了。

不過話說回來，爲什麼奇歐的妖精王子要找我或者是五色雞頭的麻煩？

那位仁兄應該不認識我們吧，看五色雞頭的反應我也不覺得他們有什麼交集。

扇董事盯著我看了半晌，然後突然勾出了個詭異的微笑：「漾漾小朋友，其實呢我剛剛在來這邊路上，看見有個小女娃跟那個奇歐王子在附近的花園裡。」

「啊？」他們在花園裡面干我啥事？

「然後那個小女娃好像被打了一巴掌，現在在花園裡哭的樣子。」甩開了扇子，扇董事搖了搖，瞇起眼睛看我。

「喔……」希望她沒有受傷。

「那身爲一個未來的男子漢，你不覺得你在知道這件事之後該過去好好安慰那小女娃嗎？」

「咦？」這干我啥事？

基本上我應該不會認識扇董事說的那個女孩子吧？

「你怎麼說呢？褚冥漾小朋友？」一手靠在我肩上，扇董事用闔起來的扇子戳著我的肩膀。

「呃……我是很想去啊，可是阿利說沒跳完舞之前不能離開會場。」其實我根本不想去啊，因爲我又不認識那個王子的誰。

「你覺得這個會場比較大還是我比較大？」收回扇子，扇董事笑得好像很天眞。

「……妳比較大。」

也就是說我可以離開會場是嗎？

「那還不快去！」

❀

被驅逐出舞會之後，我一頭霧水地在附近的花園找人。

基本上我完全不知道爲什麼我要在這裡，不過扇董事說的還眞的沒錯，出會場時完全沒有任何東西來阻擋，很順利就離開了。

在附近幾座大小花園繞了繞還是沒看到有誰，不曉得是不是那個女孩子自己離開了。我決定再往遠點的花園找一下，眞的沒有的話回去也好跟扇董事有個交代。

「你在找什麼？」

「哇啊！」

就在我正打算鑽遠一點花園去找時，冷不防有個聲音突然從我背後傳出，差點沒把我嚇死。

「萊恩，麻煩你下次可不可以從我前面出現？」我這樣被嚇遲早有天心臟會被嚇到從嘴巴裡面噴出來。

「我剛剛有從你前面走過去。」萊恩這樣告訴我。

喔，所以沒看到應該是我的錯才對是嗎。

「咦？你怎麼在外面？」我還以爲萊恩會跟千冬歲一起在會場裡才對。

「……我進去幹嘛？」

這是個非常好的問題，說實在話我也不知道萊恩進去幹嘛，他會消失，應該沒有一個人希望跳舞跳到一半舞伴就這樣蒸發在空氣中吧。

「有提供飯糰嗎？」顯然飯糰比舞會的吸引還要大，萊恩開口就是問他的民生問題。

「……沒有看到耶，你要不要去問廚師。」我印象中好像沒看見那玩意。

「嘖。」一臉可惜的萊恩偏過頭，「那我不進舞會了。」

「咦？喵喵跟千冬歲都在裡面耶。」而且我看你也換好衣服了。

「飯糰不在裡面。」

不然你是覺得飯糰的重要性大過朋友嗎？

「你剛剛在找什麼？」將他對飯糰的愛意說完之後，萊恩問回了一開始的話題。

「喔，我在找個女同學。」說眞的我連那個人是圓是扁都不曉得，「剛剛有人跟我說應該是在花園這一帶，可是我在附近找了一陣子都沒看到，萊恩你知道嗎？」

其實我只是抱著隨便問問的心態問他，沒想到萊恩居然點頭了。

他往後指，我記得如果沒錯那邊是水池花園的方向，就是黑館附近、我和五色雞頭第一次被安因砍的地方，「在那邊。」

「喔，謝啦。」怕那個人離開，我馬上就往那方向跑，一邊跑還一邊回頭喊：「對了，聽說等等還會上菜，你要不要再去看看有沒有飯糰？」

站在原地的萊恩緩緩點頭，然後就這樣不見了。

說眞的，要不是他是我同學兼朋友，我還眞覺得他跟阿飄是一國的。

第十一話　氣氛

地點：Atlantis
時間：晚上七點十四分

我在水池花園找到扇董事說的那個人了。

其實遠遠就看見了。

坐在椅子上的不是陌生人，是穿著黑色小禮服的莉莉亞，顯然她今天應該也有打算去舞會，整個長髮都放下來綁成公主頭的樣式。不過現在她在花園裡一邊擦眼睛，然後一邊咬著手上的……飯糰？

我打賭我絕對沒看錯，莉莉亞真的在咬飯糰，而且還是三角的那種，桌子上擺著竹編的盒子，是萊恩經常裝午飯的那一款。

扇董事說的人是莉莉亞？

對了，我曾聽她講過她哥哥是奇歐妖精王子……靠，沒有這麼巧的吧！

難怪我從剛剛開始就一直覺得那兩個字很耳熟，原來前一天她就跟我講了。不過話說回來，爲什麼她哥要打她？

「誰在那邊！」

在我還猶豫要不要出聲之際，莉莉亞已經察覺到聲響馬上轉過來。

「呃、是我。」乖乖地從樹叢裡冒出來，我有點尷尬地說。雖然花園這邊滿暗的，不過這種距離還是可以看見莉莉亞眼眶和臉頰都有點紅紅的：「那個……」我突然噤聲了，這種時候問人家被賞一巴掌有沒有事情好像會很奇怪，何況我並沒有當場看見，也不好這樣問。

「幹嘛！」莉莉亞皺起眉，把飯糰塞一塞整個人站起來。

「沒有，我路過。」假裝才剛要去舞會，我把視線給轉開：「妳不去會場在這裡幹什麼？」

「不去了，我要回宿舍看書。」語氣不是很好，莉莉亞把被人摑紅的臉轉開，因爲花園裡沒有照明，她整個人幾乎有一大半都陷在黑色的空氣中，看起來非常纖弱。

一時間我不曉得應該跟她講什麼。

見鬼的扇董事幹嘛叫我來這裡尷尬，誰知道怎樣安慰平常很凶悍的女孩子啊！

「那個……」

「褚冥漾，後天這時間這地點，我會帶黑袍的黑史過來，你不要失約了！」不給我說話的機會，莉莉亞撂下這些話之後捲了那個竹盒子，一溜煙就跑開了。

黑袍的黑史？

她借到了？

跟那個欠扁的奇歐王子？

我有種很訝異外加不敢相信的感覺，那種人居然肯把書從黑袍圖書館裡借出來給莉莉亞。

……等等，她該不會是因爲這樣被打的吧？

看著那片黑暗，我突然對她感覺到很抱歉。如果她是爲了借書被她哥哥打了那一巴掌，怎樣說我都必須做點什麼。

舞會會場的吵雜聲很遙遠，遠得好像某種收音機被轉小聲的感覺。

我盯著花園水池看，有那麼一瞬間覺得很奇怪。

人概半年前我還是個普通人，那時候還爲了考試入學而煩惱。

那時候的我不會想到有鬼族、有妖精、有學院甚至有學長這種人的存在。我只是一個普通人，普通到在路上招牌掉下來會打死一大把的那種人……好吧，只有衰運這點不普通。

然後我入學、被嚇、學習，就這樣很快地過了大半年。

這段時間我認識多少人？

這裡每天都有事發生，時間緊湊到我已經想不起半年前我的普通學生生活是怎樣一回事了。

或許，我比我想像中還要融入這種生活。

但是好或不好，我現在還不曉得。

※

「褚同學。」

正在我做難得一見腦部正常活動時，今晚不知道第幾次有人從我身後冒出來，不過這次的比較好，沒有衝上撞也沒有像鬼一樣突然出現。

我轉過頭，看見已經換回平常衣物的賽塔與我早上在黑館裡看見的那個武林高手，我記得他好像叫洛安，是大學部的老師。

「你們好。」馬上從神遊回過神，我向他們打了招呼。

「我以為學生都比較喜歡舞會。」洛安朝我微微一笑，然後走了過來，把他手上提著的盒子放在桌上，裡面放著一壺飲料和幾樣點心，很明顯他們是來這邊賞景聊天的。

「啊哈哈……我只是出來找人一下，打擾了。」左看右看，我想找條路馬上退開。

「如果不介意的話，要不要坐下來聊聊？」這樣說著，洛安看了一下同樣已經坐下的賽塔，朝著我笑：「難得學院中的精靈會有心情不好的時候，或許聊聊天有助於放鬆。」

他都這樣說了，我還能怎樣。

「抱歉，失禮了。」賽塔苦笑了下，樣子看起來有點沮喪：「在主神的關愛下，連黑夜精靈都如此溫柔，希望我的失常不會影響到兩位。」

洛安為我們倒上了一杯飲料。

我正要拿那杯東西掩飾尷尬時，突然發現有隻小小的手從我旁邊的桌底下伸出來，我一低頭馬上就看見某張應該不會出現在這邊而是要巴著她主人在會場裡大吃特吃的臉：「小亭？」

被當場抓包的黑蛇小妹妹從桌子底下鑽出來，咧了大大的笑容，乾脆爬到我和洛安中間的椅子上坐好。

「夏碎學長呢？」怎麼會放這個危險的鬼東西在外面跑！要是她吃掉別人怎麼辦！

小亭搔搔臉然後靠在桌子旁，眨著眼看我，「主人說怕你被那個王子找麻煩……要小亭跟出來，如果有人要打你，就可以吃。」然後她摸摸肚子，很委屈地左右看了一眼，最後視線放在桌上的點心：「可是都沒人打你，肚子餓。」

我是活該要被打嗎？

不過沒想到夏碎學長有注意到我出來，還眞是感謝他給我安排幫手……幫嘴啊。

「桌上的東西妳都可以吃。」沒有問小亭來歷，洛安對點心似乎沒有那麼執著。

「呀！小亭要吃了！」一得到許可，小亭馬上去抓桌上的點心，倒沒有整盤拿起來塞，算是給足面子了。

我抬起頭，意外地看見賽塔好像在放空，不是在看小亭也不是在看我們，應該是在想事情，整個人盯著杯子。

洛安也沒催促，一邊撫著小亭的頭，順便遞了茶水給她，「褚同學這陣子在學校還習慣嗎？」

沒想到他會開口跟我聊天，我嚇了一跳馬上把杯子放下：「應該習慣了，學校……都還可以。」只要不要出現攔路砍人的東西，基本上都很習慣，我連教室和花園會逃走都已經習慣了。

「我差不多在外面執行任務有半年了，一回來就看見很多新面孔，這段時間看來也不少新學生再度加入學院。」感覺上很像是以教師訪問的方式講話，洛安看著我：「雖然你還有段時間才可能會是我的學生，但是也請多指教了。」

「請多多指教。」我一頭冷汗地應答。

「聽說你身上有著時鐘的數字。」他一講就講到被我完全忘記在房間某個角落、還時常會陣陣抽動的東西，「逆轉時間是一種時間的守護之物，既然它已經交給你，我想你帶在身上會對自己或者別人有所幫助。」

那個蟲數字？

我想起那個砍人時鐘給我的蟲字，吞了吞口水：「我、我會帶著。」我會把它用膠帶纏好然後帶著。

洛安微笑地點了一下頭。

談話稍做段落後，我看賽塔好像還是沒有講話的意願，大概是我在這邊他也不太方便講，畢竟我只是個學生，某種比較隱私的話題可能不好直接說明。

「那個、我跟人約好了要跳舞，所以先離開好了。」看小亭也差不多把桌上的東西都吃完了，我直接一把撈起她很倉促地這樣說著：「謝謝你們的點心。」

說完，我急急忙忙就跑了。

今天晚上一直遇到我不會處理的場面，感覺很怪異。

一離開水池花園，舞會的聲音又變大了很多，踏回步道上可以看見要去參加的其他學生。

「小亭要用走的啦～」被撈著出花園之後，小亭開始掙扎。我把她放回地上之後，她抹了一下嘴巴仰起頭看我：「要回舞會嗎？」

「嗯。」伸出手，我看著舞會的方向：「一起走吧。」

點點頭，正要把手搭上來的小亭突然停下動作，她的手離我的只有幾公分，整個人像是僵住一樣，小小的頭顱很像發條娃娃般往旁邊轉動。

被她怪異的樣子嚇到，我也跟著看過去。

那個方向什麼都沒有，但是在黑色的夜晚中隱約好像有點微弱的紅色光芒。

其實在校園中看見那種光不是什麼稀奇的事，因爲校園裡有很多幻獸和亂七八糟的昆蟲，不要說紅色，就算七彩的我都看過。

但是不曉得爲什麼小亭似乎對那個光有所反應。

她愣愣地看著那邊一小段時間，久到讓我有點害怕，想著要不要打電話給夏碎學長時，她又突然恢復正常轉回過頭。

「小亭？」

眨巴著眼睛，好像剛剛當機的黑蛇小妹妹用一種疑惑的表情看我：「不是要去舞會嗎？」

「對、對啊。」可是妳剛剛是怎麼回事？

「那快走吧。」似乎不曉得自己剛剛呈現怪異狀態的小亭一巴抓住我的手搖了搖，催促。

「喔、好。」

看來我得和夏碎學長講一下了。

※

回到會場時，扇董事已經不見了。

場內依舊有很多人，舞曲也換了，不曉得已是第幾首，跳累的人換了一輪新到的人上場，舞池仍然滿滿。

「褚！」一進場沒多久夏碎學長就跑過來了。

「主人～」還沒說話，小亭已經整隻先巴上去。

「我沒有事情，謝謝。」感謝你的拔嘴相助，雖然我不太想看到有人要打我時突然被怪嘴吃掉。

「那就好，西瑞似乎沒有得手，奇歐王子在舞會舉行到一半時就離開了。」用很可惜的語氣微笑著告訴我這個消息，夏碎學長拍著小亭的腦袋。

「那個……」我想跟他講小亭剛剛的異狀。

「主人～我要吃東西～」看見滿會場食物，小亭已經開始扯她家主人的手了。

夏碎學長對我露出抱歉的笑容被黑蛇小妹妹拖走：「不好意思，我先帶她去吃點東西。」

我看還是用手機傳簡訊給他好了。

說眞的，這場舞會對我來說有點無聊，因爲我本身就是不參加這種活動的人，除了食物之外就沒什麼興趣……糟糕！我幹嘛還自己跑回來！

這次扇董事不在，我不可能還可以安然離場吧！

有沒有牆壁，我想去撞一下……

「你就算撞再多次也不會變得比較聰明。」很冰冷的聲音從我旁邊傳來，一抬頭果然看見學長拿著一個透明的杯子站在不遠處：「撞劍山吧，會痛比較久。」

學長，我相信撞劍山應該不是會痛比較久這問題，而是直接腦袋穿洞被送醫療班啊！

「嗤。」冷笑了聲，學長把視線放回舞池。

音樂變得比較激烈且快速。

我看見阿斯利安在一群人起鬨下與另外一個我不認識的學姊表演類似鬥牛舞般的舞蹈，有點對決般的氣氛，又像是樂在其中。

那名學姊的紅色裙襬在空氣中畫出大圓，非常美麗。

四周的人包圍成一個圈，替他們打著拍子鼓著掌，很快地又圍繞更多人，氣氛整個火熱到最高點。

舞很短，不到幾分鐘就結束了。

在那一大群人當中，喵喵很迅速地竄了出來，一下子就到我面前：「漾漾，剛剛找你找很久喔，要不要去跳舞了？」她露出大大的笑容說著，臉上紅紅的，看起來應該是從我出去之後到現在都還沒休息。

「喔，好啊。」剛好音樂也停止要換下一首了，現在不跳還什麼時候跳啊。

「嘿嘿，不會很難的啦。」喵喵拉住我的手，用一種過來人的語氣講話。

就在這時，樂隊突然開始奏音樂，然後是奏那種跟舞會完全不協調的詭異音樂。重點是，那個音樂我覺得該死地耳熟，一開始那個雄壯威武的鼓聲是怎樣！

拉著我手的喵喵突然停下來，表情變得十分怪異。

我打賭那個絕對不是跳舞用的曲子。

那是「男兒當自強」的前奏樂啊！

整座舞池的人都停下來，每個人都用莫名其妙外加驚訝的表情看著剛剛還很正常的樂隊。

基本上我對於這些樂器可以奏出國樂感到由衷佩服，果然這個世界的神祕不是一般人可以猜測得到的！

但是問題來了，樂隊幹嘛突然換成這種音樂。

「果然還是這種音樂才能代表男子漢的心聲啊。」那個根本是來破壞舞會的五色雞頭就蹲在樂隊旁，很感動地如此發表自己的言論。

重點不是這個音樂可不可以代表你的心聲吧！

「西瑞，你在幹什麼啊！」全場錯愕後，喵喵先開口指著那個不知是不是存心來搞破壞的人

喊。

「請他們演奏點好聽的音樂。」五色雞頭用很理所當然的語氣這樣說。問題是我看那些樂隊的表情每個都是青色外加黑線，應該不是自願要奏這種音樂的吧。

「這哪裡好聽啊！」

被喵喵喊完之後，原本震驚的其他人紛紛回過神來，有人要樂隊停下，不過可能曾被脅迫還怎樣，樂隊居然不敢停。

「唉，平凡人就是不懂這一點，這麼高深的音樂充滿了奧妙和氣概，最適合本大爺的就是這首了。」站起身擺出了勿忘影中人的姿勢，五色雞頭把全場要殺他的目光當作霓虹光，完全沒自覺現場有眾多高手存在這個事實。

我說……你該不會是因爲沒打到人所以神經抽筋了吧？

「不良少年，你是因爲你的關係輸太淒慘所以在那邊用音樂懺悔嗎？」很快地，不知道從哪邊冒出來的千冬歲與他槓上。

「哈，就算輸掉了也不是本大爺的錯，是你們太弱！」五色雞頭不用半秒槓回去。

輸掉？

「你不知道昨天的運動會是我們贏嗎？」

我馬上轉頭看學長：「我們贏喔？」昨天到最後打成那樣子亂七八糟地收尾，我連誰輸誰贏都沒聽到，因爲其他人也都沒講，害我以爲是五色雞頭他們贏。

「七千八百六十八分比七千七百一十三分，當然是我們贏。」瞥了我一眼，學長冷哼地說。

原來如此，不過那個誇張的分數是怎麼計算的啊？正常計分的人應該會算到腦抽筋吧我想。

「所以勝利隊伍的獎品最近幾天就會送到住所了。」學長補上這一句。

對喔，我都忘記有獎品這回事，希望不要是奇怪或者可怕或者詭異這類東西就好了，認識扇董事之後，我就對學校的東西完全不感到期待，難怪學校會這麼可怕，原來就是有那種人在背後作祟。

在我和學長講話期間，五色雞頭已經跳下舞池和千冬歲正面衝突起來。

原本對音樂改變感到不滿的其他同學外加參觀者和老師，把整座舞池讓開了很大的範圍繞出個圈，很明顯現在兩人對決比跳舞有趣很多，甚至還有人發出了打啊打啊之類的起鬨聲。

「雪野家的四眼小子，今日事今日畢，本大爺已經看你不順眼很久了，今天沒把你解決掉本大爺就枉費人稱江湖獨行刀！」根本是在遷怒他沒打到王子的五色雞頭把爪子甩了出來，陰森森地打量眼前的死敵。

「如你所願，我也看你刺眼很久了。」一把拿起眼鏡，千冬歲完全不客氣地抽出了紅色的三角紙符，咻地一甩弄出把單刀。

看著他們好像眞的有動手的打算，我馬上看著旁邊還在看好戲的學長：「不用阻止他們嗎！」畢竟這是舞會，不是格鬥場吧！

學長看了我一眼，然後把手上的杯子遞給路過的侍者，完全沒有制止的打算，「每次舞會到後來一定會有類似的事情上演，習慣就好。」

這不是習不習慣的問題吧！

等等，你剛剛說什麼？每次舞會都會這樣？

「不打不熱鬧啊。」呼了口氣，學長拉拉領子，很好心地再給我這句附帶的。

我以後肯定不參加舞會了。

※

鏘然一聲，五色雞頭與千冬歲正式宣告開打。

因爲考量到場地大小，所有人都再往後退開了一段距離，讓了很大的位置出來，連樂隊都已經閃很遠了。

「四眼書呆，本大爺這次沒把你打成一坨爛泥不罷休！」轉動著獸爪，五色雞頭整個腳跟浮了起來，像是隨時會往前衝的野獸。

「好說，我也想把你打成廚餘很久了。」擺出使刀的架式，千冬歲反倒沉穩不動，像是連身邊的空氣都安靜下來。

「哈，去死吧！」

話不投機半句多完全就是這兩個人的最佳寫照，五色雞頭腳步一蹬飛也似地往前衝去，幾乎快得讓人來不及眨眼，瞬間獸爪就往橫向拍去。

不遑多讓的千冬歲輕巧地轉動了手腕，立即擋住了旁邊來的攻擊，接著立即甩開他的手，一刀順著圓弧斜下往上削。

當然不可能被他削到的五色雞頭往後翻開，同時甩開了另一隻手抓住那把刀，一被觸碰的刀面突然炸開了熊熊金紅色火焰，差點沒燒到獸爪的主人。

一樣被火焰嚇了一跳，五色雞頭馬上收手踹了刀面一下退開好一段距離：「你這個邪惡的四眼書呆，居然想燒掉本大爺珍藏多年的龍袍！」

「那種衣服就算燒掉也不浪費！」歧視龍袍很久的千冬歲用完全不屑的語氣表示他的鄙視。

是說我比較好奇的是五色雞頭他說的那句話，該不會其實這件衣服是從他國小還國中開始收藏的吧？

我真有點爲他的家人感覺到悲哀。

「漾漾？」

突然聽見有點熟悉又有點陌生的聲音，我跟著往旁邊看去，這一看差點讓我嚇一跳，連旁邊的學長都走過來了。

「帝？」

從入口處走來的是據說眼睛全盲的校舍管理人，他的銀紫色長髮在身後紮成一束，穿著正式禮服，旁邊還有著同款哥德禮服打扮的后。

「你們也出席舞會嗎？」向后打過招呼，學長皺眉看著眼前的管理人。

「帝說難得熱鬧，要來看看的。」挽著同伴的手臂，后用很無奈的語氣這樣告訴我們：「明明早上時人不舒服說。」

勾起微笑，帝拍拍同是管理人的手，那雙很漂亮可是飄忽的眼睛沒有看著我們，依舊像是看透空氣更深一層的感覺：「到下午時已經沒事了，雖然這裡並不是我們管理的範圍，但是這麼愉快的夜晚，一同感染愉快的氣氛不是很好嗎。」

「你該不會打算下去跳舞吧？」看著現在打得火熱的場內，學長用完全不贊同的口氣詢問。

「當然不會，畢竟臣也回來了，我不敢這樣做。」露出有點頑皮的神情，帝像是感覺到有點可惜，隨後又補上：「如果可以的話，我也希望能。」

「不行啊！你來之前說過什麼都不做的！」后一聽到這句話馬上整個人都跳了起來。

「所以我才說希望能。」

「最好是不要能。」學長擺明跟后是站在同一陣線。

「唉呀，真是令人失望……」

他們講話完全沒有我插嘴的餘地，一邊聽著，我偷偷把注意力放回格鬥場上。

然後我整個人又被嚇到了。

纏鬥中的千冬歲像昨天萊恩一樣，對著五色雞頭把紅刀給甩出去，照理說應該要被砍的五色雞頭居然沒有被砍而是硬生生把刀給踹開，好死不死的是他隨便哪邊都不踹，偏偏把刀給踹往我們這個方向來。

我看見的是，那把紅刀往背對著舞池的帝腦後劈。

通常這時候如果沒人擋住的話就會看見有人當場腦袋開花了。

不過因爲被擋下來了，所以沒看見。

從帝後面像鬼一樣無聲無息冒出來、順勢接住那把刀的不是學長、當然更不可能會是我。

跳起來接住那把刀的，是個完全陌生的男孩。

※

整個會場安靜了下來。

那個千鈞一髮將刀子攔截下來的男孩站直了身體，先是冷淡地掃了千冬歲和五色雞頭一眼，然後輕巧地動了動手指，那把刀居然在他手上整個粉碎掉了，輕鬆的感覺就好像那其實不是刀子而是某種黏土紙類般的東西。

「下次不要把刀隨便亂丟。」這樣說完後，男孩轉回過頭看著后：「不是說過了不要到人多的地方嗎？」

「明明是帝自己要來的……」后小聲地抗議著。

「我向各位介紹一下吧。」完全無視於似乎不太高興的男孩，帝按著他的肩膀轉過來面向我

們：「應該有幾位都見過了，這位是臣，也是我們校舍管理人中的其中一員。」

騙人！

那個男孩子看起來還比我矮耶！

「身高跟能力是沒有相關的。」學長一巴拍在我的頭頂，用力壓下去，完全不管這個動作會不會把我的頸椎給折斷：「臣，好久不見。」

男孩點點頭，看了我們一眼：「晚上好。」

「你、你好。」看著還比我矮幾公分的男孩，我突然有種他的氣勢比我還強的感覺。

嗯了聲，大概也沒什麼話要跟我們講的臣推了帝往出口處走：「我們要回去了，下回見。」

「唉呀，我才剛來耶。」有點想抗議的帝嘟囔了幾句之後，還是被推走了。

「那我也先走了。」看見兩個同伴離開後，覺得也沒必要留在這邊的后跟著快速跑走。

看著那群很快出現很快又消失的人，我突然有種這邊的人果然都是來去如風的感覺。

因爲剛剛鬧了這麼一下，千冬歲與五色雞頭大概也不好意思再鬧下去了，左右被人群拉走之後就消失在舞會人堆當中。

「漾漾，那我們去跳舞吧。」看見障礙物全消失後，還一直記得這件事的喵喵朝我伸出手，她的手掌握著一朵花，是早上拿到的那一些：「以布蘭妖精的友誼女神之名，希望大家永遠都是好朋友。」

不曉得爲什麼，我覺得這個畫面好像應該倒過來……一般獻花的不是女孩子才對……

伸出手接過那朵花，我才發現這朵花有點涼，但給人很舒服的感覺，然後我和喵喵手握手，讓她領著我走到舞池裡。

重新再奏出音樂之後，現場一反剛剛的氣氛，整個溫和輕鬆了下來。

其實混在人群裡，就算是再不一樣的人都不會知道誰是誰。

領著我跳舞的喵喵動作很慢，我也跟著她慢慢地踏動腳步。

其實偶爾這樣好像也挺不錯的。

於是就這樣的，舞會在似乎平安無事的一晚當中，慢慢地落幕了。

第十二話　最初始的故事

地點：Atlantis
時間：上午七點十八分

學院祭之後的隔天很多人仍處於很興奮的討論狀態中。

我是到後來才知道這次學院祭有販賣所謂的紀念品之類的東西，因爲那個很喜歡到處蒐集東西的喵喵那幾天都抓著運動會限定的娃娃到處亂跑。

早知道就應該弄點回來當紀念了！

抱著送去左商店街清洗回來的舞會衣服，我一大早連忙跑去蘭德爾的房間敲門順便歸還，不曉得爲什麼，尼羅打開房間的瞬間我好像聞到某種血腥的味道，他還很有禮貌地邀請我進去吃早餐，不過被我拒絕了。

我還不想一大早對著屍體吃早餐。

「同學！快點借過一下！」就在我還完衣服往外要跑下樓梯時，我聽到有個很大聲的叫聲從我後面傳出，本能性往走廊邊一閃，一個黑色一整團的東西一下子從我頭頂上翻過，動作非常輕巧就像隻貓，他凌空單手搭住了樓梯扶手站穩，順著扶手像是搭溜滑梯一樣瞬間滑到最下面去。

高手！

這招應該學起來！這樣以後下樓梯一定比衝的還要省時間。

不過因爲那個黑色一團的人跑太快了，我反而沒注意到剛剛跑下去的是什麼東西，不過既然是黑色的又在黑館裡，我猜應該是哪個黑袍吧……

「借過！」那個人開溜不久後，我後面又衝出來一個人，這次這個殺氣騰騰，轟轟的沉重腳步聲響往下跑：「渾蛋！你給我站住！」

這次衝出來的這人我認得了，我第一天來黑館時就見過他，他是門上那堆人臉的主人，還被學長海罵過。

「不站～」樓下遠遠傳來聲音，那人肯定已經跑出黑館外：「同學！那是給你的見面禮！」

「給我站住！」一堆臉的主人砰砰砰地踩著樓梯衝下去追人。

黑館也熱鬧起來了啊……

等等，他剛剛說什麼見面禮物？

錯愕過後，我突然發現不曉得什麼時候有個陌生的小袋子塞在我的小背包旁邊，居然完全沒有發現。

那個小紙袋是白色的，只有在折下來的封口上貼著一個像是翅膀一樣的圖印貼紙，打開之後裡面是幾個小點心，樣子很樸實不過有著很濃郁的香氣。

眞是奇怪的人。

想著下次如果遇到再道謝，我跑下樓梯走出黑館，還看見剛剛那個追人的黑袍氣沖沖地在四處找人，不過完全找不到的樣子。

還是不要隨便介入好……這是黑袍們的戰爭和我沒關係……

「你給我滾出來！」

就在我決定要假裝啥都沒看見快速溜走時，後面突然傳來很巨大、疑似正在破壞周邊環境的聲音，接著是某住戶從樓上窗戶開罵的聲音。

「查拉！給我安靜一點！」某個只穿蕾絲黑色內衣褲的惡魔拿了一盆不知道是熱水還是啥鬼的東西從樓上窗台潑下來，接著不用半秒我就聽到很淒厲的哀號聲。

……妳是潑硫酸不成！

奴勒麗罵了一句我聽不懂的話，一邊揉著太陽穴一邊丟掉水盆走回房間去，黑色的尾巴還是晃著晃著跟了進去。

嗯，黑袍們的戰爭我還是不要隨便介入比較好。

「漾漾！我們一起去吃飯吧。」

出黑館後，喵喵和千冬歲他們依舊在外面、像是每天的慣例一樣找我一起去吃早餐。

我的生活就這樣，好像開始平靜下來了。

至少在後來的事情之前，我是這樣認爲的。

※

學院祭結束的第二天，也就是莉莉亞和我約好的那一天。

傍晚時候我早早就推拒了其他人找我一起吃飯的約會，匆匆忙忙地找到了我們約好的地方。

就像前一次看書本一樣，莉莉亞已經坐在位子上等我了，桌上還有一個竹籃，上面蓋著餐巾、明顯是準備好的餐點。

「你眞慢耶！」

看起來已恢復精神的莉莉亞沒好氣地衝著我講，然後把餐巾拿下：「這是晚餐，先吃吧。」

我看了一下，和之前一樣都是些三明治和肉排生菜什麼的，外加一壺茶，幸好這次我學乖了沒有先吃飽再來。

謝過莉莉亞之後，我在對面坐下來，與她一起開動吃飯。

我還是不太敢詢問有關休狄那件事，因爲我覺得隨便問人家這種事太突兀了，如果莉莉亞本人不想說，這樣詢問好像會讓她很難堪。

「你看什麼看！」正在咬三明治的人突然一眼瞪過來，我才發現自己不知不覺盯著她在發呆想事情。

「不好意思。」馬上把頭低下來，我假裝很認眞地吃飯。

說眞的，莉莉亞帶來的餐點還滿好吃的，感覺不太像是從餐廳帶來的，因爲餐廳的食器上會有餐廳的記號，這應該是外面帶回的。

我們用很快的速度解決晚餐，整個桌面都清理乾淨之後，莉莉亞從她的背包裡拿出一本用黑色布料包著的厚重長方形物體。

吞了吞口水，我知道那是什麼。

黑布看起來很高級，上面繡著黑袍的專屬圖騰。

像是害怕太大力會將裡面的書本弄壞，莉莉亞小心翼翼地將布料一層一層打開，直到我夢中出現過的書封暴露在空氣中，一種沉重的氣息也隨之傳出。

其實到現在我還不曉得看這本書對不對，但是某種奇妙的感覺驅使我一定要來看。

黑色的書本看起來有著極爲古老的歷史，久遠的氣息與曾經歷過時間的破敗在上面全都可以看見，它並不像夢中那般看起來那麼嶄新。

莉莉亞的手指撫過了封面的燙金，接著翻開第一頁。

那一秒，我的心臟好像也跟著跳動了一下。

封面後，是一張已經黃得快要看不清原本顏色的羊皮紙張，上面畫著一幅戰爭般的場景，有著許多人、許多血。

不知道是莉莉亞用法術的關係還是被這本書給吸引，四周突然出現了很多亮亮的銀色光點，把本來有點幽暗的亭子照得亮了起來。

稍微看了下圖頁之後，莉莉亞翻開了第二頁，依舊是泛黃得厲害的紙張，我不由自主地靠過去她旁邊看，不過上面的字體我完全看不懂。

「九門盾甲。」皺起眉，莉莉亞取出了幻武兵器放在旁邊：「這是古代精靈語言，我也看不懂，用九門盾甲可以勉強解析出三分的意思。」

「嗯。」我點點頭，書本裡的字跡很漂亮，漂亮到幾乎可以想像是個精靈寫上去的，黑色的墨水還隱隱約約有著一層銀色的淡淡光芒。

把兵器放置好之後，莉莉亞按著上面的字開始解讀：「寫在最前面、也是最後寫上的言語，敬致我愛的同伴、我愛的世界所擁有的人們，此所記錄的是不應該流傳的眞實……但是希望看見的人……能夠永遠記得。我、風神的侍者愛默伊西爾，爲見證者，也是此場戰爭的記錄者，僅此傳唱眞實。」

其實這頁的字還滿多的，不過因爲莉莉亞也不太懂，所以跳開很多。

「眞實是從冰牙精靈一族開始……祝福的季節降臨，邀請函在每個種族當中流傳開來，那是慶祝三殿下出生而傳唱的禱歌。」頓了頓，莉莉亞又皺眉翻了下一頁：「當時，殿下邀請我留下爲冰牙新生的小殿下撰寫故事，我毫無猶豫地答應。就如同所有精靈詠唱的一般，三殿下成長得比他的任何一位兄長還要美麗、聰穎，甚至有著不畏懼的勇氣。」

突然中斷，莉莉亞快速翻了幾頁，然後抬頭看我：「這本前面幾頁好像都是在講三王子一些成長的事情，你要繼續聽嗎？都是那種他很聰明做了很多好事之類的？」

「啊？」

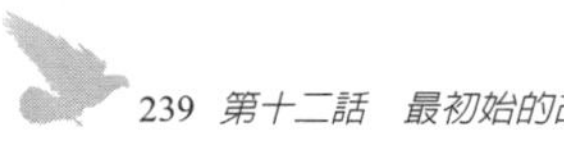

被她這樣一打斷，有那麼三秒我突然銜接不起來，過了半晌我才搞清楚她在講什麼：「呃，不然這個先跳過吧？在戰爭之前有發生什麼事情嗎？」看那本好像滿厚的，整個聽完大概都天亮了，所以我決定挑重點聽比較快。

「等我一下。」單手轉動著旁邊的九門盾甲，莉莉亞很認眞地研讀著上面的文字，一頁頁應該都是讚頌的文章被翻過去，時間也跟著開始緩緩流逝。

就在等待的空檔，我似乎看見花園附近有幾個透明透明的東西飄過去，與上次在白園時看見的那些有點像，不過似乎不是同一批。他們也在附近探頭探腦的，可是大概忌憚兵器的樣子，所以沒有靠太近，遠遠觀望著，過一下子又離開。

我趁莉莉亞不注意之際打了個哈欠，不曉得爲什麼，總覺得今天這一帶好像很安靜的樣子，靜悄悄的除了翻書的聲響外就連一點其他聲音也沒有。

這種氣氛很詭異，感覺不像會發生好事情的樣子。

「欸！有了。」停下翻書的動作，莉莉亞指著大概十多頁之後上面的字體：「這邊開始有記錄一些怪事，他說：『我們的王子有了兩名祕密的友人，他日常作息如同尋常，但是夜晚會與他的友人離開族中，到各地遠望。』」

頓了一下，莉莉亞與我對看了一眼，我們好像都可以體會到那個記錄者的疑惑，因爲他的字跡有點猶豫，接著又繼續往下撰寫。

「就這樣過了很長一段時間，無論誰詢問都無法得知那神祕的友人，但是我曉得。我的王子曾經悄悄地告訴我，因爲他希望記錄者能爲他記錄眞實，那兩位友人……」

莉莉亞停止了。

「那兩個人是什麼人？」她就卡在這裡，我有點緊張，總覺得關鍵點好像在這邊。

「我看不懂。」皺起眉，顯然也很困窘的莉莉亞無奈地攤了手：「他用很艱深的辭彙形容那兩個人，九門盾甲譯不出來。」

看著後面那一段長長的字彙，我有點喪氣了。

難不成眞的要請學長來翻譯才有辦法嗎？

可是我總覺得學長一定會發飆……

「我先繼續下去吧，之後再找看看有沒有人懂古代精靈語可以翻譯的。」莉莉亞拍了一下我的肩膀，語氣也比較軟化，於是她跳過那一段繼續往下：「我與王子共同守住這個祕密，風神也願意相信王子的眼光無誤。但是時間總是無法長存，就如同青澀的果實總會腐敗，我們無法預料到一個生命體會有怎樣的轉化。冬天到來之際，王子再也沒有去尋找他的友人，爲快樂而歌唱的銀翅鳥也沉默，我知道、他的友人已經不在。」

「記錄者無法替他做些什麼，王子不說話，我也僅能替他記錄下這段安靜的空氣、緘默。我們看著冬天的雪精在陽光下死去，融去的雪將她的屍體一併融回大地，等到下一個冬天到來之際，她會再度復甦。」

接著又是一堆有的沒的景色啊、風花雪月的，莉莉亞用很快的速度帶過，又翻過好幾頁。

我突然覺得精靈好像都滿會碎碎唸的，一講就要講一大串，就連賽塔都有這樣的傾向。不過聽起來讓人感覺還挺舒服就是了。

停下翻頁的動作，莉莉亞示意我過來看書。

從她停下來的頁面開始，突然多了很多畫，有的是原本連在紙上的，有的是夾進去的，幾乎都出自不同人的筆下，每張圖的風格都不太一樣；而相同地，就是這些都是在繪畫戰爭的場景。

圖的數量很多，莉莉亞告訴我這個時期開始發生的事情一定很重大，所以吟遊者與記錄者才會爭相畫下這麼巨量的圖卷。

又，圖的大小剛好可以夾在書中、或者更小，就代表那時候繪畫的地點動盪不安沒有辦法攜帶大型圖紙；而要用小圖快速地打稿，則是表明了那個地方隨時都會有致命的事情發生要隨時逃跑。而且事件動態也改變很快，需要用很多小圖來連續表示。

被她這樣一講，我也注意到了，大多數古老的圖有著不同的背景。有的是在樹林裡，有的是在類似宮殿的地方，或者是街道等等……

畫上的主角非常明顯，半數都是精靈。

就跟賽塔一樣，圖上的精靈雖然在打仗，可是肢體動作還是美得像在舞蹈，而且畫家還爲他們身體上了一層淡淡的光。

這些圖是依照書中的時間排好，每頁夾的都是相同內容場景的繪圖。

可以逐漸看到最開始的圖大部分都是精靈，接著慢慢加上了其他種族。最明顯的應該是獸王族，動物的特徵很容易就分辨出來了。

他們的共同敵人，是鬼族。

爲了突顯鬼族的邪惡與殘忍殺戮，只要不是寫實的繪圖上都用大量的黑色畫出扭曲的形體，或者是醜陋的面孔與身體，讓人一看就覺得渾身不舒服。

只看這些圖，甚至不用看內容，我就知道接下來要講的是什麼了。

精靈對鬼族的最大聯軍戰爭。

※

在把圖稍微翻過之後，莉莉亞重新開始被停下的翻譯。

「我的故鄉，風之深淵繼任後的第二年，也就是王子逐漸開始重拾笑容而讓我們稍感釋懷的隔年，當秋天的金葉鋪滿美麗道路的時候，一個可怕而令人震驚的消息被帶著血氣的風捎來。」

「那是一名逃出的西方兄弟，風之精靈護衛他到此時，他幾乎已經要進入了主神的懷抱當中。可憐的西方兄弟無法撐到雪精的到來就逝去了，而他的消息令所有種族群起恐慌。」

「與所有世界爲敵的鬼族打破了時間禁忌來到我們美麗的土地上，他邪惡的氣息沾染了西之丘的原野，那兒再也長不出任何草芽。」

「被精靈們嚮往的西之丘原本爲安歇之地，能撫慰疲憊身心的美麗之地。但是從今而後，那兒只剩下了死亡，不再有人隨著風歌唱，那赤足的安妲也無法踏上這個地方。」

「我們的王指示著讓我們做好封鎖冰之地的準備，但是在冬季來臨時，雪精哀傷的眼淚將她珍愛的冰雪給融去。北之雪的領地傳來了邊境有我們的兄弟被鬼族給擄走屠殺，大氣精靈不再歌唱，風之精靈也凝止了不再流動。」

接下來的事情我幾乎都知道了，我記得在鬼王塚時也看過類似的記錄。

在那之後，精靈三王子與精靈王父親有著不同的意見，他聯合了精靈貴族組成精靈的軍隊，接著往西之丘、也就是現在的鬼王塚發動戰爭。

知道我也曉得這段的莉莉亞乾脆就跳過了。

反正這些表面的故事大致上都差不多，王子組成聯軍之後在各地有鬼族的地方開始逼退他們，一點一點地將鬼族逼回了最開始的地方。

「奇怪了……」翻了幾頁之後，莉莉亞突然疑惑地瞇起眼睛，接著又翻找了一下那些圖。

「怎麼了？」我湊過去看，不知道她在翻什麼。

「照理來說一定會有人幫王子畫肖像，我想說先給你看看那時候精靈王子的樣子，不過很奇怪……這裡連一張都沒有。可是沒道理啊，那時候王子身邊的幾名輔助都有圖像，你看。」指著隨便一張人像畫，我馬上就認出來了。

說巧不巧，這張圖上的精靈我見過。

那時候在鬼王塚，那個螢之森的精靈武士。

「這種的都有，應該要有王子的才對。」莉莉亞不死心地翻找著。

我也覺得很奇怪，既然是主要的中心領軍，應該會有人幫他畫才對，除非那個王子是透明人……不過這樣應該也要素描個空氣人形吧？

還是其實那個王子長得有點像路人甲被我們當作小兵忽略掉了？

找了一小段時間，我們兩個把整本都翻完了就是沒看到王子的肖像，不要說肖像，連有他影子的圖也是一張都沒有。

「不知道是不是被狂熱者偷走了……」莉莉亞看起來好像很遺憾，又有點氣呼呼地翻到最後一頁。

「等一下！」我看到最後一頁那一秒突然拉住她的手。

最後一頁夾著個硬紙板……有可能是好幾層很厚的紙啦，紙上貼著張精靈的肖像畫。

「這不是賽塔先生嗎？」跟我一樣認出是誰的莉莉亞把那塊巴掌大的紙板拿起來，上面畫著的是我們兩個都認識的人……甚至全校應該都認識，是我們宿舍的管理人。

這樣看來他起碼有一千多歲了吧！

好可怕！

圖上的賽塔與現在其實差不了多少，感覺比較年輕一點，頭髮整個紮在後頭，露出了溫和的微笑，圖旁邊有標示當時替他繪畫的人名，估計不知道是哪個精靈畫者。

我接過莉莉亞手上的紙板，因為年代久遠，圖的右下角稍微有點翹起來。

人嘛，看到這種要翹不翹的一定都會手賤想要去摳看看，我是人，當然我也會這樣想。

「喂！不要亂弄！」莉莉亞往我的手背用力一拍。

「好痛！」妳的手是鐵鎚啊，「我看一下而已啦，放這麼久不知道有沒有蛀蟲，看看可不可以再黏回去……」

「少來！給我放回去！」

我指甲摳著那個小角，很尷尬地要放不放。

算了……還是不要隨便破壞比較好，這東西一看就是古董。

「你們在這裡幹什麼！」

就在我放棄之際，不屬於我、也不是莉莉亞的聲音突然傳來。

當時的我嚇了一大跳，所以那個東西……

就被我整張撕下來了。

「褚冥漾！」

莉莉亞差點尖叫出來，我打賭她一定也差點沒昏過去。

可是我們都聽到有第三者的聲音，我急忙把那張撕下來的圖摺起來塞到口袋裡，莉莉亞則是把板子塞回去，把整本書闔起來塞進背包。

我們的動作快到連我自己都覺得很神奇。

那個突然出來的冒失鬼幾乎是下一秒就出現在我們眼前：「漾漾？莉莉亞？」

「安因先生？」

看到對方之後，我們兩邊都很驚訝。

站在我們面前的，是身爲黑袍的天使。

「安因先生你不是去出任務了嗎？」我看著眼前的天使，意外他會突然出現在這邊。該不會是這幾天黑館裡原住民回巢期到了，所有人都開始返家了吧？

「嗯……今天結束了。」如同往常一樣，安因仍然笑得和藹可親，「不過現在時間不早了，你們怎麼還在校園裡？我記得兩位沒有夜間的課程才對。」

「啊、那個，其實我們只是在聊天……不是啦！我要找他決鬥！」很崇拜黑袍的莉莉亞突然有點結巴起來，說話開始吞吞吐吐。

「我們只是剛好遇到在聊天。」我連忙同意她前一句話。

安因來回看了我們一下，突然露出某種很瞭然的笑容：「我明白了，這是很美妙的事情，不管哪一個種族都會被祝福……」

「不是啦！」莉莉亞馬上大喊切斷他的話，「您誤會了！本小姐跟這個人類才不可能有啥美妙的事情！」

眞對不起跟我在一起都讓妳感覺不好。

「我們眞的只是在單純地聊天而已。」被誤會事情就大條了，我也急忙向安因解釋：「因爲這幾天學院祭啊，很多事情好聊的。對了，安因你沒有去參加眞可惜，舞會時候很多人喔。」拉開話題拉開話題，爲了以後不被莉莉亞遷怒甚至遭到屠殺，我用力地拉開話題。

「那倒是。」安因笑了笑，同意我的話：「那你願不願意現在陪我去喝點咖啡或吃些點心，聊些舞會時候的事情？」

「咦？」

我愣了一下，沒想到安因會在這邊主動約我，還以爲他應該會去找其他人、或者是回黑館再說的。

而且他說話方式有點怪怪的……

「你們剛剛在看什麼？」

還來不及思考，安因已經走往莉莉亞放著背包的地方，我們兩個同時轉往那邊，莉莉亞表情立刻變成大事不妙的樣子，我則是開始冒冷汗。

因爲太過匆忙，黑史的書本一角露出背包外。

應該是注意到那本是什麼書，安因一點也不猶豫地抽了出來，然後看著燙金的封面好長一段時間。

長到我有點考慮叫莉莉亞跟我一起馬上開溜。

他看著那本書，瞇起眼睛。

有那麼一瞬間，我突然心臟怦咚地震動了一下。

安因給我的感覺……很不善，讓我完全不想靠近。

而且這種感覺我之前也有過一次。

「這本書是人家借我的……」莉莉亞吞了吞口水，走過去想要向他解釋。

「莉莉亞！他不是安因！」

我想起來了，那種感覺在郵輪上我也體驗過一次，有個人曾經給我一模一樣不妙的預感。

站在我門口的那個人，叫作阿希斯！

阿希斯、安地爾。

※

安因抬起頭。

往前跑了兩步，我一把將踏出去的莉莉亞拉扯回來，握著她肩膀的手全是冷汗，而且正在發抖。

我無法想像……

如果這個人不是安因，那安因在哪裡？

「他不是安因先生？」莉莉亞疑惑地看了我一眼，然後表情整個凝重起來。她甩開我的手，將九門盾甲安在手上：「你是誰！擅闖學院假扮成黑袍人員有什麼用意！」

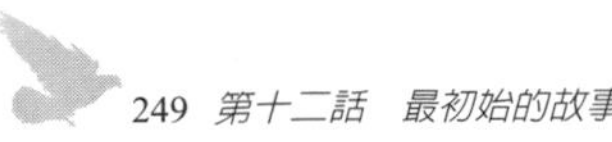

意外地，莉莉亞居然選擇相信我。

短短的時間裡，「安因」突然笑了起來，熟悉的聲音，但是不熟悉的動作。我們的安因不會像他一樣用囂張的方式大笑，好像他眼前都是微不足道的垃圾一樣。

莉莉亞一手護著我，將我往後推了一點：「快跑。」

「我幫……」

「跑！他不是普通人！」厲聲地對我一喝，臉頰滑落冷汗的莉莉亞一把把我推往出口：「九門盾甲，攻擊之變！」

我被她推得踉蹌了好幾步，根本來不及反應，只看到九門盾甲整個泛出了不祥的紅光，像是血一樣的顏色。

停下笑聲之後，「安因」完全不躲不閃，無趣地看了往自己撲來的莉莉亞一眼：「原來妳就是重啓鬼門的那個小姑娘。」

時間幾乎暫停了，下一秒，我聽到巨大的聲響，根本沒看見他做了什麼動作，原本朝他衝過去的莉莉亞整個人被打飛開來，牢牢實實地撞上我旁邊的支柱，力道大得把柱子從中間給撞斷開來發出了可怕的巨響。

整個人摔出跌在石礫裡，莉莉亞掙扎著要爬起來，可是卻爬不起來，她全身都是碎石與灰塵，然後吐出了一大口血，沾在白色的衣服上看起來怵目驚心。

「莉莉亞！」我連忙跑出去，想把她拉起來，可是又不敢亂拉，因爲她好像也骨折了，整個左手都腫起來。

似乎沒打算下一步攻擊，「安因」就站在原地盯著我們兩個的一舉一動。

「離開這裡……」用力抓住我的袖子，莉莉亞又吐出口血，很不妙的是血居然是黑色的。

冷靜、冷靜，我知道我能做什麼。

「風之音、水與葉相飛映，貳貳傷回癒。」將手圈成圓，我放在莉莉亞身上。

一點點的光芒散在她身上，我看見莉莉亞似乎有比較好一些，但是有可能是因爲我個人修行不足，她傷勢恢復得很慢，一時半刻還爬不起來。

「滾開！離開這裡！」似乎不想讓我浪費時間，莉莉亞直接拍開我的手阻止我用百句歌幫她療傷，氣急敗壞地喊。

「這可不行，他走掉我就會很傷腦筋。」

不知道什麼時候蹲在莉莉亞另外一邊、也就是我對面的「安因」突然開口說話。

我和莉莉亞同時被嚇呆了，完全無法反應，甚至我們連他什麼時候蹲下來都沒有察覺到。

那一秒，我眞的很想逃。

「你到底想要幹什麼！」抱著必死決心，我整個人撲在莉莉亞上面，很害怕他像剛剛一樣又動手。老實說，我大概現在也腿軟逃不掉了，而且要跑也不見得可以跑。

「安因」站起身，金色的髮在夜空中飄開，一如往常美麗得異常。

有那麼一瞬間，我眞想相信他和平常的安因是一樣的，但是，他不是。

可是要將一個人僞裝得連氣息都相同、甚至進入戒備森嚴的學院裡……我打了一個冷顫，整個人好像掉進冰庫裡，連發抖都忘記了。

我知道、我一直都知道，他只用一種方法。

「……你把安因怎麼了？」

低著頭看我，「安因」露出了漂亮的笑靨：「吃掉了。」

盯著那張臉，突然有個溫溫的水珠從我臉頰旁邊掉下來，很快地就冷卻。

直起身，「安因」環著手往後退開一步：「不然我留著幹嘛，黑袍的靈魂比起一般人果然還要有價値。」

我看著眼前不是安因的這個人，用安因的臉這樣對著我們講話。

幾乎沒有再與他說任何話，我像是被操縱的人偶一樣，用著連自己都沒有察覺的速度取出了米納斯，朝著我熟悉的天使正面開了一槍。

沒有思考、下意識的動作，我連應該思考什麼都不曉得，整個腦袋亂轟轟的一片，什麼也想不出來。

那顆不知道是什麼的子彈在空中發出一個微弱的聲響，還沒擊中目標就掉下地面，叩咚的兩個聲響就靜止了。

我的動作也像是那顆子彈一樣，跟著靜止了。

接下來要做什麼？

能做什麼？

「你似乎很震驚，不過這應該和你沒關係才對。」撿起了那顆子彈，「安因」像是很愉快地把玩轉動著，然後子彈在他的掌心突然化成碎末、消失在空氣中：「這個黑袍呢，想要深入比申的宮殿中做調查，只不過他運氣不好，因爲我這兩天剛好留在那邊聽比申廢話，所以就順手收拾他；接著我想起來我剛好也少了一個能夠直接進來這地方的身分，就暫時先借用了。」

我看著他，完全不知道應該說什麼、做什麼反應。

恍然的時候，突然有人很用力抓住我的手，反射性地低頭一看，我看見莉莉亞在瞪我。

「褚冥漾，快點逃。」然後她放開，突然支著地面整個人翻起身站了起來：「九門盾甲，第三度解放。」

語畢，她手上原本已經黯淡的兵器再次出現刺眼的紅色光芒，而且形狀也跟著奇異地改變。

我看著這個畫面。

在不久之前，有個畫面與現在重疊。

「別害怕，沒事的……」

那是誰講的話？

「這裡是我們三個人的基地。」

一個畫面，三個人影，金色的樹林中有人跑在前面，一下子就竄到最高處的地方，接著對著另兩名同伴招手：「我與我的朋友分享，愛兒菲森林的黃金光景，這是屬於我們的地方。」

他們在歡笑，他們在樹林中跑動，模糊的人影與看不清楚的面孔。

時間好像一下子變得很悠久。

然後，原地燒起了火焰。

「這裡不是我們的地方。」其中一人站在原地，不走了，聲音冷冷淡淡的像是在哪邊聽過：「時間不會永遠都停留在這裡，我們都會往自己的方向走，時間來臨之際，你們怎麼說？」

那是誰說的話？

很熟悉、又很陌生。

「我不會與你們為敵，我不會傷害你們。」

「別害怕，不會有事……」

那一瞬間，有很多景色重疊。

我根本不知道我看見的是怎樣的畫面，不久之前與很久之前全都混亂了。

於是，我聽見莉莉亞的尖叫聲。

全部的幻象都散掉了，我依舊站在原地，但是其他人已經動作了。我完全不知道在剛剛那短暫的時間裡這邊發生過什麼事。

莉莉亞被「安因」一把抓住脖子提高起來，她的手無力地垂在身體兩側，頭髮全都散開了。

「米納斯！」不知道從哪邊生出來的力量讓我往前衝去，我另手抓住了莉莉亞被提高的身體，持槍的那手就往「安因」身上連續開了好幾槍。

我在發抖，莉莉亞也在發抖。

「唉，總是沒有一個機會能好好地坐下來談談。」藍色的眼睛慢慢地、低下來，冷冰冰的視線落在我身上，我整個人都僵硬了，連第二次開槍都沒辦法。

那種感覺好像是有千斤重的東西壓在身上，壓到差點跪下來，接著從頭頂到手指尖到腳全都麻木動彈不得，一種莫名的巨大恐懼壓得讓人喘不過氣。

完全沒有一點溫度與感情的目光就這樣直接放在我身上，我連喘氣都開始覺得困難。

我只能看見他鬆開手，莉莉亞從他的手上掉下來，她的脖子上整個都是黑色的，連臉都開始爬上那種詭異的黑絲。

顫抖著小小的身體，兩手抓住自己的脖子，莉莉亞張大了嘴巴像是想要喊出聲音，眼睛瞪得很大，從裡面不停有眼淚冒出來，黑色的血絲開始爬上她的眼睛，她整個人都蜷曲了起來。

「妖精無法承受這種毒素，我看我還是好心一點替她解脫好了。」這樣說著，「安因」露出了溫柔的微笑，在我面前伸出了手，蓋在莉莉亞的臉上。

那是多眼熟的畫面？

「不要！」

像是全身都突然放鬆下來，我整個人撲上去，可是來不及。

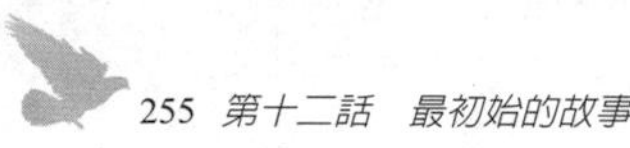

我眼睜睜地看著我明明快要碰到他的手、再多一公分就可以拉開他，可是我來不及。

黑色的東西將莉莉亞的臉整個覆蓋上，將我的手彈開，我的手瞬間被割出了很大一道裂口，噴出來的血全部都是黑色的。

莉莉亞連尖叫都沒有，就這樣在我面前，不會動了。

不對、她不會死！

這裡是學校，不應該會有任何一個人死掉。

莉莉亞不會死！

「你眞的很麻煩！不只是你……」走過來一把扯住我的手，把我整個人從地上拉起來，「安因」突然抬起頭，接著露出了冷笑：「浪費太多時間了。」

同一秒，他的腳下出現了巨大的法陣，血紅的顏色最熟悉不過。

那是鬼門的法陣。

「安因」在鬼門成形之後抓著我跳開，一開始我以爲他是要讓開鬼門，不過他突然抬頭看著上面，表情警戒了起來。

「最高危機警戒。」不知道什麼時候出現在我們正上方的瞳狼手上抱著莉莉亞，從高處往我們這邊看：「直接封鎖準備，三……」

「嘖，來個麻煩的人物。」盯著上面的瞳狼，「安因」抓住我的手往後退。

「二、一！」瞳狼倒數完畢之後張開嘴巴，一顆銀色像是棒球大小的光球出現在他臉前，不

用半秒的眨眼時間，那顆光球突然整個往下撞擊在鬼門上，接著是巨大的爆炸聲響。

整個地面都開始出現劇烈的搖晃，鬼門被炸得四散，立刻就不見了。

「西位、東位，補上！」爆炸過後，「安因」的兩邊突然閃過幾個影子，等他們停止之後，仔細一看是臣和后各自在兩邊，而帝就站在我們的正前方。

「你外面的樣貌甚至氣息雖然與我們的行政人員相同，但是本質並不是。」帝的聲音很沉，和他以往說話的方式完全不一樣。

「嗯……我原本不想引起騷動的。」無奈地一笑，「安因」空著的那一手按上自己的臉，然後緩緩地往後移動、順著金髮往後梳，他手指梳過的地方全都變成黑暗般的藍色，而眼睛也染上了不同妖異的色彩。

我認識他，我們所有人都知道他！

「比申鬼王第一高手、安地爾，放開我們的學生。」后直直地瞪著顯露出眞面目的人，帶著怒意喊。

「他是你們的學生嗎？」像是聽見什麼好笑的事情，安地爾突然笑了出來，他的表情與剛剛不太一樣，給人一種……很怪異的感覺，「跟以前一樣，你們確定你們讓他入學不是爲了要監視而已嗎？」

我愣住了。

監視？

我不明白他說這句話是什麼意思。

帝皺起眉：「我不知道你在說什麼。」

「如果你不是裝傻，那就是這學院的最高董事連你們這些幹部都瞞著。」安地爾突然看了我一眼，勾起了奇異的笑容：「不過我肯定，那位殿下什麼都知道，你們還真是悠哉，趁還有機會的時候，好好地思考該如何準備讓學生都能逃走吧。」

「少說廢話。」直接打斷他們交談，在另外一側的臣猛然蹬了腳跟，無聲無息地就出現在安地爾後面，直接往他的頸後扣去。

快速地往旁避開，安地爾鬆開手，一被他放開後有了空隙，后立即逮到機會把我往旁邊拉。

幾乎是同時，四周出現了好幾個黑色的人，將這裡團團包圍住。

學長就站在他的面前。

※

「我還在想都已經解開壓抑能力了，怎麼這邊的黑袍還不來，警備也真鬆懈。」環起手，似乎不覺得被許多黑袍包圍住是件危機事的安地爾依然是彎著笑，輕輕鬆鬆地在四周看了一下像是在確定有多少人，或者是他在確定有沒有認識的人，最後就把目光放在學長的身上：「你如果晚一點來，你保護的學弟我就不客氣帶走了。」

「想都別想。」學長伸出手，幻武兵器拉出光線之後直接在他的掌心上成形、被握著：「我警告過你很多次，不要靠近我們。」

安地爾聳聳肩，露出無奈的表情：「你們兩位一個是比申想要的人，一個是我想要的，就算被警告，我想我還是不得不來，放過實在是太可惜了。」

「少廢話。」瞇起眼，已經完全不打算跟他有過多交談的學長瞬間就出現在鬼王高手面前，冰冷的長槍在空氣中劃過一絲像是流光般的東西，直接往眼前對手的脖子切去。

當然不可能隨隨便便就被他切去頭顱的安地爾動作也很快，長槍銳利的那一面在劃過他脖子之前就停了下來，突然像是被什麼阻礙一樣在空氣中擦出大量火花，接著學長的長槍被彈開，將槍彈開的安地爾往後一跳，拋開手上被槍擦到變形的長針。

「喂。」盯著學長，安地爾半瞇起眼睛，表情有點疑惑：「其實我有件事情不太曉得，我們兩邊都找他找了不算短的時間……」他突然指著我，旁邊的后往前一擋，就怕敵人突然發難。

四周的黑袍也全都戒備森嚴，但是之前在湖之鎮當中對峙過一次，深知鬼王高手的實力，所以也不敢輕易出手。

「但是很奇怪的是，爲什麼直到現在我們才注意到他的存在呢？」

有那麼短暫時間，我突然整個人發毛起來，安地爾講的這句話非常奇怪，怪到讓我打了寒顫，有種跟我非常密切的關係。

「后！把褚帶走！」就在我幾乎反射性想要問他是什麼意思的時候，學長突然對著后大喊。

「你們想要掩蓋什麼！褚冥漾是妖師這點你們還想要隱瞞他多久！」

四周突然全都安靜下來了。

我是妖師？

聽著一直以來有人對我說的那兩字，我突然有種非常不真實的感覺。

原本包圍住安地爾的幾名黑袍同樣也是突然一愣，像是動搖了，好幾個人疑惑地望了學長，但是卻沒有移動半步。

就站在前面的后回過頭看了我半晌，然後有點顫抖：「你是妖師？」她的聲音很細小，小得像是微弱的哀鳴一樣。

我不知道她的眼神是什麼意思。

后突然倒退了一步，好像我身上突然長滿了什麼生化細菌。她瞪大眼，好像我根本是個陌生人。

我們中間的氣氛瞬間變得很尷尬，我不曉得怎樣開口和她說話。

「唉！你們廢話是說夠沒有啊！」打破沉默的是我最熟悉不過的聲音，站在黑袍群中的班導走出來打了一個哈欠：「聽到快睡著了，老師我還是蹺夜間課程來的，速戰速決才不會影響到我的時薪高低啊。」

「是喔，這樣會妨礙學生作息喔。」另個比較小個子的黑袍也站了出來，他彈了下手指，四周突然蹦出很多火花：「鬼族都放肆到我們學校了，開始進行難得一見的黑袍驅逐比賽吧。」

「我贊成。」

直接拔出雙槌往安地爾所在之處打下去，奴勒麗露出愉快的笑容：「拖拖拉拉的最後一名等等買單吧。」

被她這樣一說，其他幾個黑袍好像才大夢初醒一樣，突然同時抽了兵器要對付安地爾。

似乎並不想同時應付那麼多黑袍，輕輕閃開奴勒麗的攻擊之後，安地爾往後翻開一大段距離，拿了被借來的黑史揚了揚：「褚冥漾，你知道要怎麼找我。」

我知道怎麼找他？

「還有，剛剛我是開玩笑的，那個黑袍的天使可是景羅天要的人，我還暫時不想和景羅天爲敵喔。」

「喂……」突然反應過來，我還想知道更多一點東西，但是帝已經過來攔住我，我根本沒辦法再開口。

他剛剛說什麼？

他說安因是誰要的人？

「這是送你的。」在最後要離開之前，安地爾突然朝著學長灑了一堆黑亮的東西，接著轉身立即消失在黑暗中。

立刻揮動兵器將所有黑針都打下來，學長皺起眉拔去左手腕上遺落的唯一一支。

然後，一切都安靜下來了。

第十三話　被隱埋的祕密

地點：Atlantis

時間：晚上十點三十六分

安靜過後，突然喧囂了起來。

我在一片吵雜中被某個人給帶到了某個地方。

整個腦子都嗡嗡響，連說了什麼、被問了什麼都不知道。

黑袍們並沒有跟來，這個空間只剩下幾個人而已，空氣整個是沉默的，我曉得旁邊的人很注意我的狀況，可是我並不想開口。

我還在想剛剛安地爾說的事情。

「帝，沒事吧？」坐在另外一端的人突然喘了好幾口氣，原本就不是健康的膚色現在整個更加蒼白，我看見臣半拉半扶著他，將人給按到旁邊的臨時病床上，剛進來的班導也在一旁幫忙將還想爬起來的帝給按回去。

然後，我才知道這裡是醫療班。

夜晚的時間只有輔長一個人在這邊值夜，與平常一樣。

「發燒了，讓他躺著休息一下。」輔長快速從藥架上拿下幾個瓶子，從裡面各取了些液體調配了杯藥水：「應該是被剛剛鬼族的氣息影響，不是說過不要讓他正面對上那些亂七八糟的東西嗎？被破壞的本體沒有辦法提供力量淨化屏障，很容易就會吸收周遭的有害毒物。」

「是他要去的。」臣劈手奪過那杯藥水，小心翼翼地餵著他的夥伴喝下去。

「阻止他啊！不然打昏也可以，別造成保健室的麻煩，我外面至少還有三打以上的學生等著復活，不要隨便來佔床位。」走到旁邊冰箱翻出了好幾罐飲料，輔長隨便拋給四周的不速之客。

「會有三打以上是因為你偷懶的結果，少囉唆。」不怎麼客氣的聲音從我旁邊傳出，我緩慢地轉過去，看見學長就坐在我旁邊的椅子上，然後他把飲料遞過來放在我手上：「拿去喝，先冷靜一點。」

很罕見地他居然沒有動粗還是破口大罵，我打開飲料喝了幾口後，腦袋突然清楚起來。

「莉莉亞沒事吧！」我馬上想起來先一步被瞳狼帶走的莉莉亞，她傷得很嚴重，我很怕有什麼意外……

輔長看了過來，嘿嘿地笑了聲：「那個小女娃沒事，這邊是學校嘛……不太容易死，只是有點麻煩而已。」他最後這句說得有點支吾，讓人覺得好像不是很樂觀。

「安地爾造成的傷勢沒有那麼容易可以恢復。」學長在後面補上這句。

我點點頭，默默地看著手上的飲料罐，然後抬頭。

從剛剛開始，我一直沒有看見后，照理來說她應該會在這邊陪帝，可是我只有看見臣。

學長什麼話都沒講，即使我知道他聽見了，他還是沒講。

我在想，安地爾最後說的那些話。他是想告訴我其實安因還活著嗎……如果是這樣，那是不是安因還有得救的機會？

可是如果他沒有吃掉安因，為什麼他會擁有安因的外表和他一些感覺？

無法明白，想穿頭我都不曉得是為什麼。

「二年級的同學，老師有話想跟你談一下。」站在旁邊一直維持沉默的班導突然朝學長招了招手：「私下談。」

學長站起身，跟班導一起離開了。

我看著保健室的門被關起來，還沒反應過來突然有人一把把我的手給抓起來，飲料罐差點沒跟著飛出去。

「你受傷了不是嗎？」

跟著往上看，我看見臣的臉就在上方不遠處，他力氣很大地直接把我兩隻手都抓起來，然後我才想起來剛剛被安地爾的攻擊打傷手，手上全部都是傷痕，只是血不曉得什麼時候停了，居然連一點痛感都沒有。

「臣，麻煩幫個手，我去看那個小女娃的狀況。」一邊把藥瓶拋過來，輔長急急忙忙地推著帝進入一個房間裡，然後就沒出來了。

臣就這樣抓著我，瞇起眼睛。

這裡現在只剩下我們兩個，萬一他要是突然把我的手直接從身體抽出來，我也沒有反抗的餘地。

過了半晌，臣才放開手，然後轉動藥瓶的蓋子，蹲下來默默地幫我上藥。

「那個……后回去了嗎？」因為實在太過於安靜了，讓我感覺很怪異，況且我和臣也不是很熟，總覺得應該講點什麼不然會很尷尬。

沉默地上好藥、把繃帶捲好，臣一邊收拾一邊站起身，這才開始回答我的話：「她會把現在的狀況弄得更加混亂，我叫她先回去。」

「……」

現在更尷尬了。

※

「我跟帝……是兄弟。」

就在完全尷尬的時候，臣猛然蹦出讓我更加尷尬的話。

不要在這種時候突然緬懷過去告訴我你過往的事情，我會嚇到……

看了我一眼，臣把手上的殘藥擦乾淨之後自行坐在輔長擺滿藥罐的那張大桌子上面：「我們原本是同一塊精靈石，後來被製造成三種個體各自幻化成型，后是我的二妹，帝是我的弟弟。」

「噗——」我差點把正要入口的飲料噴出來。

原來你們的外表和年紀是逆著長過來的嗎？

用非常冷漠的表情看我，臣把玩著手上的藥粉罐：「如果說你眞的如那鬼族所說的是妖師的話，不用后出手，我當場就會把你給殺了。」

我馬上站起身，果然我那時候感覺到后的敵意不是假的。

「現在還不會。」放下罐子，臣從桌上跳下來，看了一眼帝在裡面的房間：「我們和妖師有很深的淵源、雖然后不曉得這點，而我個人則和一位朋友有過約定，所以你最好保佑你不會是妖師的後裔。」

「淵源？」吞了吞口水，我有種不太好的預感。

臣的表情幾乎完全沒有變化，什麼話也沒有再告訴我，逕自推了那個房間的門就走進去，然後甩上門。

我被那甩門砰地一聲嚇了一大跳，接著隱約可以從房門門縫聽到裡面傳來不斷道歉與不斷數落的聲音。

整個空間剩下我一個人。

我不知道我現在站在這裡做什麼，不對，現在就算做了什麼我也感覺自己與這裡完全不相容。

這裡好像有什麼變化，讓我很想回去、回去到我應該要過著平凡生活的原本地方。

將飲料罐放進垃圾桶裡，我輕輕打開保健室沒有死人的另外一扇後門，那外面空蕩蕩的，只看到花園。

「漾漾。」

後面突然有人拍了一下我的肩膀，我嚇了一大跳差點往前摔，一回過頭，我看見的是剛剛並沒有出現在現場的蘭德爾，身後還跟著他的管家。

「去我房間。」蘭德爾抬了抬下巴。

我沒有什麼選擇，應該說我現在也沒多餘的選擇，於是就點了頭。

地上立刻出現了移送陣，眨眼過後我們已經回到黑館、屬於蘭德爾房間的正門裡。

「尼羅，麻煩準備一點吃的東西過來，太晚了。」把管家遣開之後，蘭德爾走在前面打開一扇一扇門，走過很長的走廊。

他的房間連著奇異的空間，裡面遠比起外面看起來還要更爲巨大廣闊。

經過三扇雕著花朵與圖騰的華麗門扉後，我們走進一座大廳裡，那座大廳就像電影裡看見的西洋式城堡還是別墅的那種大廳，相當華麗，四周放滿了油畫還貼上高雅的壁紙。

「我的房間連結我在另一個世界的住所。」蘭德爾彈了下手指，原本有點暗的大廳整個被點亮了，果然是一棟房子的格局，旁邊還有往上的迴旋樓梯：「有陣子是教會的觀光勝地，聽說以前獵捕吸血鬼時很熱鬧，現在除了工作上需要的屬下會過來，偶爾就只有一些拍電影還是廣告的人會過來借場地而已。」

「借這裡一定不便宜……」窗外都是黑的，我想這時間這世界也天黑了。

「哈，我怎麼可能讓人類隨隨便便拍攝吸血鬼老巢，當然是全部回絕了。」很大方地在大廳中那組高級沙發最大位坐下來，蘭德爾看了我一眼，我只好在旁邊的位子也坐下。

我知道他跟我說話是要讓我放輕鬆一點，可是我覺得我沒有辦法輕鬆下來。

今天晚上發生了太多事情，讓我覺得這個晚上的記憶好假……其實明天醒來就和平常一樣吧，而莉莉亞則是會衝來踢教室門叫我跟她去單挑。

我和蘭德爾都沒有說話，他應該也是刻意讓我自己冷靜所以沒有出聲。

過了沒多久，輕到幾乎聽不見的腳步聲在我旁邊停下來，端著銀盤的尼羅幫我們在桌上放了一些簡單的餐點與飲料，而蘭德爾的桌上多了杯紅色的液體。

尼羅拿著盤，就站在旁邊。

我看著桌上的食物，幾乎都是小麵包夾著香腸、火腿片的那種，可以一次一、兩口就吃掉的東西。快要是無意識的動作，我一個一個拿起來嚼著往肚子吞。明明應該是要很好吃的東西，可是我覺得好像什麼味道都沒有。

盤子裡的麵包只有七、八個，可是我覺得我好像吃了快一世紀那麼久。

「好一點了嗎？」在我把最後一口吞下之後，蘭德爾終於發出聲音。

點點頭，我盯著空空的盤子，突然發現我包著繃帶的手在發抖。

明明前幾天還是那麼高興……

「我可以問安因出的是什麼任務嗎？」抬起頭，我看著坐在沙發上的伯爵，我知道他會告訴我，而且他也眞的說了。

「他是去探查鬼王塚。」頓了一下，蘭德爾把自己桌上的麵包推給我，然後態度有些嚴肅：「在你們墓陵課實習發生事情之後那地方被列爲危險區，於是公會在那邊布下基本監視團隊。不過最近發生奇怪的事情，就是我們的人開始消失，連回報都沒有就這樣音訊全無；後來第二次派出紫袍也發生同樣的事情。學生袍級不能參與長時間任務，不過安因並不是學生所以可以，他接下了第三次的深入探查，運動會那天出發，當天晚上我們就全面失去他的行蹤。」

所以那時候學長和夏碎學長……

我突然覺得我好像知道什麼，又好像全部都不知道。

「於是我們懷疑，那地方其實已經變成比申鬼王的基地了，今天晚上看見安地爾用這種方式出現，現在連懷疑都不用，正確無誤。」

蘭德爾停下了說話，他把能告訴我的都說完了。

「可是安地爾說……他是開玩笑的，他還沒打算與景羅天爲敵……」我記得，景羅天應該是那個經常派出使者找安因的鬼王。

如果安地爾不想與他爲敵，那是不是代表我想的沒有錯？

我可以希望、安因還活著嗎？

蘭德爾微微挑起了眉：「你確定他這樣告訴你？」

我點點頭，然後看見他立刻喚來尼羅，不知道吩咐了什麼，接著站起身：「我現在去聯絡公會這件事，你在這邊休息，如果想睡的話讓尼羅帶你去房間休息。」他往另外一邊的門走過去，看了我一眼，「我曉得你現在不想回黑館，暫時住著也行。」

說完，他就離開了。

※

「還需要一點吃的嗎？」

在伯爵走了之後，尼羅靠過來，輕聲詢問。

我搖搖頭，看著他：「我……」

「您想知道妖師的事情。」細聲地打斷我的話，尼羅直起身，左右看了一下，然後注視著窗外某個黑色的地方：「如果不介意的話，請讓我先帶你去能休息的客房，在那邊會比較安靜些。」他直直地盯著那個地方，然後從袖子上取下一顆釦子猛地一彈，那顆釦子馬上像是子彈一樣疾速貫穿了玻璃陷入外面那片黑暗。

隱約，我好像聽見某種悶哼聲。

立刻站起來，我跟著尼羅往大房子的迴旋樓梯走，他走路不太快但是也不過慢，就是能讓人很方便跟上的那種步伐。

他領著我，很快在一扇有著雕花的門前停下來，然後點亮裡面的燈。是間滿大的房間，收拾得乾淨整齊，感覺有點像是飯店的高級套房。

等我走進去之後尼羅才關上門，然後在門板上叩了兩下，唸了咒語般的東西才轉回來：「不好意思，因爲我們身分特別，總是會有一些那樣子的監視者在外面，我想您也不希望第三者聽見談話。這邊已經布下了結界，暫時不會有外人干擾。」

「一直都是這樣嗎？」我看他的動作很熟稔，好像不是第一次。

尼羅微微點了下頭，接著替我鋪床：「即使改變了習慣、改變了方式，教會方面還是會盯緊注意這地方，因爲血緣與過往無法改變，有時候這裡還會來一些自稱的驅魔人，當然是『這裡的』，在守世界夜行人種是公認的種族，不會有這方面問題。」

我聽他說著，都沒提起自己，像是在澄清伯爵的事情。

對了，我記得尼羅在那邊被叫作獸王族，和五色雞頭是差不多的種族，看來這邊世界的大分類也滿簡單易瞭的……獸人通通就是獸王族之類的。

「那個、我可以和你談一下嗎？」不知道爲什麼，我突然認爲蘭德爾是故意把尼羅留在這邊，一種直覺，就是這樣覺得。

尼羅點點頭，彷彿老早知道我會這樣要求，於是站在離我幾步遠的距離：「請說。」

我看了看他，請他坐下，因爲這樣被盯著實在是太有魄力了，就算有什麼話也講不出來，幸好尼羅也沒說什麼不能夠隨便亂坐之類的話，就拉著椅子在同樣位置坐下。

「我想知道有關於妖師的事情……我是指安地爾說我是妖師這件事。」頓了頓，我看著尼羅一點也不避諱的目光，然後繼續說下去：「事實上，之前也曾經有人這樣對我講過，可是學長他說不是，連一句都不肯講……」

「如果是這方面的話，我能夠提供您的意見即是直接去醫療班請求驗證，醫療班擁有完整的種族鑑別程序，但是如果鑑別出來的結果與那些人說的相同，那您會面臨極大的麻煩與危險。而相同道理，在所有袍級當中，黑袍是最高等級，一個黑袍所說的話將會影響很多事情。」尼羅看了我半晌，似乎在斟酌要怎樣說好讓我不會太害怕似地：「眞相不會改變，而影響的只是人的想法。」

其實他這句話並沒有說得很詳細，不過我想了想，一個黑袍說的話會影響很多事情，所以那時候學長否認了我的詢問，是爲了……？

「黑袍必須謹言愼行，這些話只能由我口中告訴您，而我的主人不行。一個最高袍級代表了某方面的領導地位，即使他只是一個自由行動者而非指定工作者，您應該能明白這些意思。」停了下，尼羅接下來告訴了我一句很重要的話：「恕我失禮了，如果那時候您詢問了，而他給了您確定的答案，基於妖師的身分特別，您現在應該已經被完全拘禁而非坐在這邊，那位黑袍的舉動是在保護您的身分，並非有什麼不好的心態。」

所以那個拒絕回應，是爲了保護我？

我把腳縮起來，蜷在柔軟的椅子裡，想著這陣子學長一些舉動，包括詢問時他的回答。一直以來我都覺得他應該是認爲很麻煩還是怎樣才不想回答，卻沒有想到還有這層關係，難怪有時候問其他人也會問不到。

我想著，莉莉亞幫我翻譯的那些話。

時間一點一點地流逝，等我們兩個都安靜下來之後，客房裡老式時鐘走動的指針聲響大得如同打鼓，我第一次知道原來時間的聲音可以這麼明顯突兀。

就像是莫名其妙的我會出現在那個地方一樣。

大概過了好一陣子，我才聽見尼羅慢慢地開口：「我告訴您一個故事，這個故事就算書中也沒有記載。」

我抬頭看著他，不曉得他想告訴我什麼……但是大概是跟伯爵相關的吧？

「那個故事是一個不被記錄在任何地方、屬於我們這一族直傳的祕密。」

※

那天晚上，尼羅告訴我一個從來沒有外人知道的事情。

他說，大約在幾百年前他們還未被逼到消失在黑暗世界的時候，他的直系祖先當中有一名叫作達莉娜的女性。

那時候吸血鬼一族與狼人一族爲了黑暗世界的主權如同往常一樣進行了戰爭，因爲地上的人

類世界越擴越大，他們能夠生存的空間越來越少，最終迎接輸的一方是永遠的滅絕，在沒想到解決的方式之前，他們能做的就是先消除佔取生存空間的對方。

達莉娜是當時霧金狼人一族的首領，霧金一族的數量原本就很少，因爲顏色罕見的關係，除了教會、驅魔人與吸血鬼族，連人類收藏家也會參與獵殺，之後再用特殊方式取走皮毛，於是爲了躲避這些殺戮，她領著殘餘的族人離開原本居住的地方，往西方深山遷移。

但是不曉得消息是怎樣走漏的，一離開群體之後，落單的少數族人馬上被吸血鬼軍追擊，驍勇善戰的達莉娜是對抗吸血鬼的老手，所以與幾名戰士留下來斷後，讓其餘族人先逃走。

好不容易將吸血鬼擊退，已經傷痕累累的他們在追上同伴的途中又碰上了驅魔人與收藏家的傭兵，於是幾個人想著這下子應該註定要被殲滅了，只求和對方同歸於盡。但是就在戰況最惡劣之際，深山中有個青年不知道從哪邊出現幫助他們。

青年的戰鬥方式很奇怪，他身上甚至什麼也沒有，但是在短短一瞬間，所有追兵當場全部死盡，連幾名狼人戰士都不曉得青年用了什麼方法讓他們逃過一劫。

爲了答謝青年，達莉娜先讓族人跟上前面的其他人，自己留下來與青年交談了一夜，之後從青年口中聽來他也是逃亡的一族，因爲血緣的關係所以定居在這座深山當中。

他並未告訴達莉娜他的種族，也沒有告訴她爲什麼被迫逃亡。

於是，青年收留了霧金狼人一族，帶他們前往無人能夠找尋的住所。

那個地方充滿了結界，從外面看的話不論如何都無法發現這裡居然有能夠居住的地方。

在青年幫助之下，霧金狼人一族就在那裡定居下來，完全與外界失去聯繫。

而因爲青年的援手讓他們得以安居，於是以達莉娜爲首，所有生還的霧金狼人都發誓成爲青年的護衛。

不過，這也只有短短的十多年而已。

某天早晨，當所有人都醒來之後那名青年已經消失了，什麼都沒帶走，只留下一張紙條告訴他們說他必須再度遷移，不然會連累到他們，這裡的一切都留給他們，讓他們好好安心定居。

如果那時候他們就在那邊定居，說不定就會這樣安樂地度過所有時間。

可，達莉娜追出去了，所有狼人也跟著追出去。

就這樣，消失十多年之後的狼人一族又回到爭鬥中，之後又過了很長一段時間，數量更爲稀少的狼人族無法像吸血鬼一族轉換生存方式，開始滅絕。

到達莉娜死之前，他們都沒再遇上那個青年。

這個故事只有少數的霧金狼人知道，也只口耳相傳在他們直系的後代之中。

聽到這裡，我幾乎知道尼羅告訴我這個故事當中的「青年」扮演著什麼身分。

但是這個故事與我以前聽到的完全不同，我知道的那一族是殺戮和邪惡的代表，所有人都認爲是不應該存在的一族。

緩緩地嘆了口氣，始終坐得很筆直的尼羅看著我：「我認爲，被定義爲不好的並非眞正不好，有些事實與表面不完全相同，即使未來因爲這樣而遭受災難，您可以記得，這邊還有曾經受過庇祐的人不認爲邪惡就是災禍。」他頓了下，再度開口：「或許您會是，也或許您會不是，但是有些東西是無法更改的，例如血緣、例如人們的印象。當一切走到最終最終之後，請您記得曾經聽過我們這一族的故事。」

我看著尼羅，他的眼睛藍得就像天空一樣清澈。

然後，我突然掉眼淚，整個人放鬆下來了。

還有這裡，我可以不用擔心。

第十四話　開始一切的序幕

地點：Atlantis
時間：上午六點四十分

那天晚上我就直接住在蘭德爾的地方。

第二天比平常稍微晚點起床，不過醒來之後盥洗用具與早餐都已經幫我準備好了，我在房子裡走了一圈之後沒有看到其他人，估計大概是去出任務之類的事情。

原本想說自動放假一天，不過想到學校可能會進行莫名其妙的詛咒之類的事情我就放棄了。在吃過早餐之後我就順著昨天來時的原路出了伯爵大人的房間。

一回到樓上，我訝異地看著學長正站在我房間前，他穿著平常的衣服不是黑袍，不過左手戴著黑色的手套，大概是昨天的傷還沒好。

「你昨晚在蘭德爾那邊？」一看見我走上來，學長立刻轉過來用一種很奇怪的語氣問著。

「嗯啊……」原來伯爵他們沒講，我還以為有講。

「我現在才知道。」冷哼了聲，學長這樣告訴我：「昨天晚上公會那邊亂成一團，我十分鐘前才回到黑館。」

啊，那眞是辛苦了。

「你今天先暫時不要去上課。」思考了半晌，學長看了我一眼：「我已經和你的導師打過招呼……」

「爲什麼不用去？」

是因爲昨天的事情嗎？現在已經很多人知道了嗎？

「昨天的事情已經全部被封鎖消息，目前一般學生都不知道。」皺起眉，學長似乎不太想回答這類事情。

「可是不是一般學生的人都知道了對吧？」我曉得公會情報流傳很快，而且昨天晚上那邊又那麼多人，不可能不會有人介意的。

而且，我有點害怕后。

「不對，身爲資深的那位老師已經要求現場所有知道的袍級不得公布這件消息，所以目前只有昨夜那些人知道。」

我看著他，雖然昨天晚上尼羅告訴我的話我都知道是什麼意思，但是實際這樣聽學長講話時候還是會有一種莫名想要生氣的感覺：「那你可不可以告訴我，到底爲什麼那麼多人說我是妖師？這是好還是不好？我想知道，爲什麼會這樣？」

從一開始到現在，我總覺得學長好像什麼都知道，可是也什麼都沒講，這樣很不公平，明明是跟我有關的事情，爲什麼他就是連一點點都不肯說？

無關於其他問題，就算他私下告訴我也好，用個便條寫也好對吧。

「便條……」

我看見學長的臉上出現一愣：「你該不會說你忘記什麼叫作便條吧？」

「……」

好，對不起，是我忘記你們用術法用習慣了，我的錯！反正隨便用個方式告訴我一點點也可以啊……在這種狀況下完全沒預警被別人指著說我是妖師還被隱瞞很久，你覺得這樣很好玩嗎？

「褚，我並不想跟你在走廊吵這種事情。」揉了揉左邊的肩膀，學長的聲音很冷漠：「而且在我的認知中，現在的你還不到能夠知道所有事情的程度。那一天到來之際，你想知道什麼我都會告訴你，但是現在還太早。」

「那要到什麼時候？」安地爾都已經指名道姓說就是我了，那我還要等到什麼時候？

「你起碼得拿到白袍，我才能夠把全部、一切都告訴你。」

「我要到什麼時候才有可能拿到！」我看著學長，突然認知到原來他眞的什麼都曉得，只是從來沒跟我講而已。

等我拿到白袍……那是多久之後啊？而且我這個人運氣那麼差，搞不好這輩子、或者下輩子都不可能拿到，他又憑什麼決定我的事情要什麼時候才能知道？

「這件事情影響的不是只有你個人的問題，我會以目前局勢優先考慮，所以——」

「算了！隨便你們啦！」

反正我就是啥都不能知道就對了。

「褚！」

因為賭氣，我居然很有勇氣地完全沒聽學長的話，直接往樓下跑走。

他沒有追上來，下樓時我和洛安擦身而過，他的方向剛好與我相反上了我們住的那層樓。隱約我好像聽見洛安在詢問學長怎麼了的聲音，不過我也沒管他們，就這樣直接跑出黑館。

外面的天空整個是亮的。

一出去之後，我突然有種腿軟的感覺。

剛剛……我居然不知死活地，跟學長吵架了。

感覺眞不舒服。

「漾漾！」

在我想著現在不知道要怎麼辦的時候，一如往常，我身後傳來熟悉的叫聲。

轉過頭，我依舊看見了喵喵與千冬歲他們，和平常他們找我的時間一樣，「漾漾，打了你的手機喔，怎麼沒有接？」

我的手機？

連忙摸了一下，我才發現我把手機忘在伯爵家中了，大概在那邊響到死都沒人接聽吧。

「忘記充電了。」隨便掰了一個正常人都會用的理由之後我才想起來，那支手機根本不用充

電的這回事。

幸好喵喵沒再追問下去，她露出大大的笑容：「我們去吃東西吧，今天我們要去聚餐，要蹺課喔！」

我生平第一次從喵喵嘴裡聽見這句話，訝異地看著她：「蹺課？」

「對啊，左商店街裡的店只有今天推出限量的獨製套餐，不去吃就太可惜了。喵喵很想吃看看特別製作的套餐，漾漾也會很想吃吧？」彎著我的手臂，喵喵露出討好的笑容，順便抽出了幾張票券：「你看，我們有招待券可以吃免費的喔。」

「反正就一天，蹺吧。」難得會說這種話的千冬歲推了一下厚重的眼鏡，用讓人會掉下眼珠的語氣說話，好像原本蹺課就是正常的事情。

「那邊也有限量飯糰特餐。」蹺課者三的萊恩提出了他想要蹺課的理由。

是說，吃東西真的就可以這樣正大光明地蹺課嗎？

「走吧走吧，庚庚一定已經在那邊等我們了。」看我好像還有點猶豫不決的樣子，喵喵一邊推著我一邊露出大大的笑容。

啊……算了，反正我本來也沒有打算去上課，只是目標從圖書館變成聚餐而已。

一邊隨著他們走向我最熟悉的左商店街，我有點刻意拖慢腳步不參加他們的交談，自己想著昨天晚上與今天早上的這些事情。

其實我有點後悔，我對學長說得太過分了……畢竟學長雖然瞞著我沒錯，不過我想他應該眞的是站在我這邊想的……

不過聽到他那種表示邏輯會讓人想火大這點倒是沒錯。

「漾漾，你有什麼需要幫忙的嗎？」不曉得什麼時候，同樣也慢下腳步的千冬歲與我並行一起走。

「呃、應該是沒有吧……」反正你也沒辦法敲破學長的嘴巴逼他說出來。

「呵，不想說也沒關係，我只是以為我能夠幫上你一些忙。」千冬歲拿下眼鏡，用袖子將上面的小灰塵給拭去，「昨晚的事情我已經知道了，如果你認為不用幫忙些什麼也好，只是如果不舒服要講出來，我們會幫忙你。」

我猛然停下腳步，像是撞鬼一樣瞪著他。

學長不是說除了昨天以外的人都不曉得嗎！

「別這樣看我，有時候情報班的訊息來源不會全都是靠公會的。」千冬歲勾了勾笑容，然後將眼鏡戴回臉上：「不過你大可以放心，來源是我放在學校的情報獸傳回來的，應該還沒有其他人收到，我連萊恩都沒說。而且，其實我之前多少就有點懷疑了，還沒確定是不是之前，不會讓任何人來找你麻煩。」

看著千冬歲好像半是瞭然的樣子，我稍微鬆了一口氣。

前面的喵喵與萊恩一邊聊天一邊走遠，和我們距離有些遠，所以應該聽不到對話，「不是你想的那樣子……」雖然我不知道你想的是怎樣：「因為我自己也莫名其妙、什麼都不曉得，所以

才沒有講，不知道要怎麼講起。」

千冬歲喔了一聲，看起來應該也是瞭解我想說的意思，「你這兩天太緊張了，等等好好吃一頓，先放輕鬆再說吧。」他笑了一下，拍著我的肩膀：「等你想說的時候，不管是喵喵、萊恩或者是我，都會聽的。」

「嗯……」點點頭，於是我們兩個快步跟上了前面已經停下來向我們招手的喵喵兩人。

左商店街的距離不遠，意外的是喵喵帶我們去的地方是我曾來過一次、那家很豪華，豪華到讓我覺得像我這種平民百姓最好不要進去的高級餐店。

我還記得第一次知道千冬歲是紅袍時也是來這邊。

因爲時間還滿早的，大概是七點多，所以人還不太多，遠遠就可以看見庚學姊站在那家餐廳外朝我們揮手。

「你們有點晚喔。」庚站在前面對我們微笑：「我已經先進去預約過位子了，差點就來不及，今天因爲是限量的特餐，居然整間都被預約滿了，還好有提早來，不然我們可得拿著便當盒出去外面找地方吃了。」

「去外面吃也可以啊。」喵喵跳過去抱住她的手：「不然這樣好了，庚庚我們去白園吃，那邊風景很好，而且很漂亮喔。」

「不過白園就不能在店裡吃到飽耶。」庚看著我們，用眼神詢問著。

「我是無所謂啦。」千冬歲聳聳肩。

「……」萊恩是沉默的，不過他是個只要能拿到飯糰就好的人，至於在哪邊吃他個人是完全沒有意見。

「我沒關係。」在庚看過來之前，我立即表示我的意見。

「嗯，那就決定大家一起去白園吃飯喔！」很高興的喵喵快樂地舉起手，旁邊的庚無奈地笑了下，順便向門邊的服務人員取消訂位。

而我們的目的地再度變更方向。

⁂

我突然想起來，其實很多事情都是從白園這邊開始的。

包括，我在這邊認識了萊恩．史凱爾這個人，我與五色雞頭也是在這邊開眼，從那天開始我就看見了、感覺到了更多不一樣的東西。

當我們一大群人提著大量食物浩浩蕩蕩回到學院的風之白園時，裡面已經有另外一個人待著了。很顯然，大家今天都不怎麼想上學，一個一個蹺課蹺到這邊來了。

「四眼小子，你們來這裡幹嘛！」完全沒預料到我們會出現在這邊，原本蹺著腳躺在白色草原中央的五色雞頭馬上翻起身，在整個都是白色的環境裡，他的那顆頭格外突出亮眼，隱約還可以看見很多透明的精靈好奇地圍繞在旁邊看他的頭。

「你一大早在這邊曬人乾嗎？不要佔位置，我們要在這邊聚餐。」身爲驅逐使者的千冬歲馬上去趕人。

「哈，本大爺就是要在這邊生根發芽，白園又不是你家開的，有本事先打贏本大爺再說。」直接啪地一聲整個躺回去草皮，擺明就是打死不爽離開的五色雞頭挑釁地咧牙。

「你……」

「千冬歲，不然大家一起吃吧。」說眞的，平常我才懶得管他們要打還是要吵，只是今天我實在很不想看這些吵鬧，所以逕自開口，順便詢問其他人意見：「可以嗎？」

「這沒關係，剛剛怕說大家吃不夠，所以我有多換了幾人份的食物。」庚學姊柔柔地笑著。

「庚庚沒關係，喵喵也沒關係喔。」喵喵難得心情很好也沒跟五色雞頭多加抬槓。

「……」有飯糰就沒意見的萊恩當然繼續沒有意見。

「嘖，算你好運。」千冬歲哼了一聲，把五色雞頭從地上踢起來。

「哈，果然還是漾~你比較上道。」也懶得跟千冬歲計較那一腳，五色雞頭站起身拍拍白色的草屑，然後讓開讓庚學姊和喵喵把大方巾鋪在地上。

哈……我上道啊，我只是想說你們打到完我應該就從早餐變成午餐了吧，還不如大家一起吃一吃比較好。

在大家準備期間，五色雞頭靠過來，上下左右地把我看過一遍，而且還搶在我之前開口：

「漾～你精神不是很好喔，昨天沒睡飽喔？」

「有嗎？」我馬上反射性地摸臉，奇怪我早上盥洗時不覺得有什麼睡不飽的樣子，他怎麼一下子就這樣說。

「你以爲每個人都像你一樣嗎。」把五色雞頭拉開，千冬歲語氣不善地說：「吃飯了啦。」

「哈，請人家吃東西時要有禮貌，四眼小子你家沒教過你嗎。」

「我家的禮貌只用在正常人身上，不用在不正常的人身上。」完全不想和他多廢話，千冬歲直接在大方巾裡坐下。

我也拉著五色雞頭找了空位坐。

方巾的範圍很大，而我們從餐館帶回來的東西也數量可觀。

剛開始拿的時候因爲都包裝好了沒注意看，全都拆開之後，還是很華麗的大組餐點馬上就讓所有人流口水了。

是說，一大清早吃這麼豪華好像有點罪過。

「啊……這是飯糰的傑作……」拿著不知爲什麼米飯會發亮的飯糰盒子，萊恩兩隻眼睛亮了起來，然後看著其他人餐點組合裡的那盒飯糰，臉上寫滿了「不管你吃不吃都請給我」的字樣。

這種飯糰吃了應該不會中毒吧？我從來沒看過發亮的米飯，這應該是金屬含量過多吧？

「這個好可愛喔！」旁邊的喵喵也發出了歡呼的聲音，轉過去就看見她捧著應該是點心的棉花熊很高興地說著。

說眞的，這些餐點眞的很漂亮，不難看出製作者的用心……是說他到底是半夜幾點起來做的啊？還有他沒事突然推出這些東西幹嘛？

「聽說那家餐廳的創辦者今天剛好一百歲生日，所以今天一整天推出的都是限量特製組合餐點，早上中午跟晚上的全都不同喔。」適時替我解決疑惑的庚學姊微笑地說著：「如果大家覺得不錯，我們中午再去碰碰運氣吧，招待券還有一些喔。」

其實我比較想問那些招待券是怎樣來的，因爲剛剛看訂位狀況就知道今天應該是一餐難求，你們該不會是有什麼黑暗的地下管道吧？

「贊成～～」對早餐完全滿意的喵喵捧著棉花熊，看起來好像是決定要把它防腐收集一輩子了。

「這還不錯吃。」抓著主餐的烤雞腿塞到嘴巴裡，難得沒抱怨東抱怨西的五色雞頭嘴巴裡居然發出咬碎骨頭的聲音。

我終於知道那次比賽的骨頭到底怎麼了。

看著坐在身邊的人，這些都是我最開始認識的那些人，他們的態度從來未曾改變，唯有逐漸熟識之後，我們都開始更了解對方。

我還記得第一天入學時，是庚學姊來帶我的，那時候我眞的覺得她很漂亮，但是之後我覺得還是不要惹到她會比較好。

「漾漾，棉花熊可以給我嗎？」

「漾漾，飯糰可以給我嗎？」

發呆之後，我看見兩顆頭同時往我這邊看過來，非常有志一同地對我的餐點發出妄想。

「喂喂，你們兩個對別人的早餐奢望什麼！」感覺上好像是正義一方的五色雞頭發出了幫我抗議的聲音，非常嚴詞地譴責那兩個撈過界的人。

「如果你不想奢望的話，就把你的手移開。」坐在我旁邊的千冬歲伸出手，把要偷肉的雞爪整個捏起來：「漾漾，你不快吃的話你會從前菜到主餐到甜點全都吃不到。」

「千冬歲是惡鬼！」看見棉花熊的頭被擰下來之後，喵喵指著自家朋友這樣喊。

「漾漾，我用配餐跟你換。」還不死心的萊恩拿著一整盒馬鈴薯沙拉從我面前浮出來。

「呃……我都可以啊，你自己喜歡哪個換走就好了。」我也不太敢吃那個好像有重金屬的飯糰就是了。

「那我也要換！」喵喵捧著甜湯靠了過來。

然後，我的配菜跟點心馬上變成一樣的雙份。

「漾～我用棉花熊跟你換烤雞。」依樣畫葫蘆的五色雞頭提出不公平交易。

「別想，你有聽過吃飯是吃糖的嗎。」千冬歲直接卡斷他的妄想，讓他換不到。

「唉唉，如果是吃的話還有很多啊，剛剛不是說多了好幾份嗎，別玩了。」庚學姊無奈地告訴這些換來換去的人。

「棉花熊好可愛……」繼續對棉花糖發出愛心的喵喵看起來是很有決心要把所有棉花熊都捲

走了：「等等拿一個去給莉莉亞。」

萊恩開始做出疑似要把其他多出的餐食裡的飯糰都拿走的動作。

一如往常，大家仍然很熱鬧。

「漾~這個給你。」抓了第二塊雞肉咬著，五色雞頭拿了一個紙盒給我，這個盒子不是我們買來的那些餐點裡面的，應該是他自己原本的：「我家老三給我的，上次你不是很喜歡這種東西嗎。」

我打開盒子，裡面裝著的是幾塊小蛋糕，原本世界那邊的，「謝謝你。」

五色雞頭愣了一下，臉色有點尷尬：「謝、謝啥啊！本大爺總不能都給僕人吃風啊！」

雖然你嘴巴上當我是僕人，不過還是很謝謝。

「等等吃飽不知道要幹什麼啊。」終於開始吃飯的喵喵恢復平常的樣子，用很文雅的動作肢解著雞肉。

「去圖書館嗎？還是要去哪些好玩的地方？」千冬歲推了一下眼鏡，開始在他腦袋裡思考所有適合的去處：「上次我們不是有去一座森林出任務，漾漾沒去過，要不要去看看？」

「喔啊，那邊也很適合野餐。」喵喵停了一下，馬上皺眉：「不行啊，那座森林很大，要待上一整天，而且光蟲要晚上才有，得過夜的，等放假時候一起去吧。」

「也好，我們最近放假都沒有一起出去玩，這星期一起去吧。」千冬歲看了我一眼，說道。

「嗯、好。」點點頭，我也回他們一笑。

「要不然我看等等大家先各自準備一下，我先去預約這家餐點，中午時我們在這邊吃飯，吃飽之後大家一起去看電影吧。」庚學姊想了一個不用跑太遠的活動：「漾漾還沒去過左商店街的電影院吧，和原世界有很大的不同喔。」

「這個也不錯。」喵喵露出大大的笑容：「大家一起去吧。」

「本大爺才不想跟你們這些人一起去，吵死了。」五色雞頭哼了一聲，轉開頭。

「最吵的應該是你吧，如果不是漾漾要去，我們也懶得約你。」立刻跟他抬槓的千冬歲吐槽了回去：「你跟去我還覺得麻煩。」

「哈！就衝著你這句話，漾～本大爺跟你們去看電影。」囂張地把半截骨頭吐在千冬歲旁邊，五色雞頭露出欠扁的挑釁笑容。

「你這個渾蛋——」

「停，不要吵架，會吵不完。」直接將兩人給卡住，庚學姊看向我：「如何呢，漾漾？」

我看見所有人都把視線往我這邊投來，每個人都是微笑在看我。

「好啊，一起去吧。」

但是，我已經下了決定。

※

聚餐過後，我們就在白園直接解散。

我還想回去稍微整理一點東西，放在伯爵他家的手機看來可能要他們回來之後才能拿了。

不曉得現在回去會不會遇到學長，他如果抓狂我就慘了。

看樣子如果遇到最好先道個歉會比較好，是說我還不用開口他應該也知道我會說什麼，這樣道歉下去還有意義嗎……算了，反正有心意比較重要，是他本人自己說的。

快速跑回黑館，我往上跑，可是一到樓上我馬上就感覺不對勁。

「漾漾？」稍早一點遇到的洛安站在學長房門前，似乎是剛出來的樣子，旁邊還有賽塔，他們兩個看到我從外面回來好像也有點驚訝。

「……學長說我今天不用上課，怎麼了嗎？」我看到他們兩個也有點驚訝，賽塔已經和那天晚上不太一樣，恢復平常溫和的樣子，好像我那晚看見的都是假象。

「沒什麼事情。」微笑著這樣告訴我，賽塔和旁邊的黑袍對看了一眼，繼續說道：「對了，如果您願意的話，能不能幫我跑一趟醫療班呢？我需要將這東西送到提爾手上。」說著，他拿出了一個小小的藥瓶給我，看起來有點像冥玥在用的那種外出化妝小瓶子，裡面裝著一點點黑色的液體，不知道是什麼東西。

我覺得有點奇怪，如果是很緊急的東西，用移送陣直接傳給輔長不是比較快嗎？

可是看他們兩個表情都有點怪怪的，我還是點了頭，接下了瓶子：「我一定會送過去。」說著，就跟他們兩個打過招呼先回房間拿了個東西之後，就往黑館外面跑。

因爲是上課時間，所以學校裡的人明顯偏少，不遠處還可以聽到教室亂跑的聲音；後來我問過才知道，教室往空地跑時有一定的路線，所以平常外出只要避開那條路線就可以減少死亡的危機。

順著熟悉的路跑到醫療班，我繞開前門，大老遠就聞到很濃的血腥味，不用看我也知道是怎麼回事，所以改走小門。

「不好意思，我拿東西過來。」

一推開小門，我看見輔長果然就坐在裡面，和平常不太一樣的是，我居然也看見仙人掌在裡頭，更怪異的是還有應該不可能會出現在這邊的醫療班龍頭、琳婗西娜雅。

我一開門就愣住了，然後他們也稍微愣了一下。

「有啥事嗎？褚小朋友？」黑色仙人掌晃了過來，直接把我拖進去然後踢上門。

「呃……那個，賽塔要我拿這個過來。」我把玻璃瓶遞給他。

黑色仙人掌還沒伸手，旁邊已經有人先出手把東西拿過去：「怎麼來的？」盯著小瓶子裡的東西看，琳婗西娜雅半瞇起了眼睛然後轉過來看我。

「我、我也不曉得……賽塔說拿過來就行了。」有點畏懼於她的強勢，我稍微往黑色仙人掌那邊靠了一下，接著馬上想起他會分屍，我就往輔長那邊退過去了。

看著那個瓶子，琳婗西娜雅冷哼了聲：「就這樣了，我先過去看看另一個的狀況。」說完，她握著那個瓶子瞬間消失在我們眼前，動作快得好像剛剛講話那個人根本只是個幻影而已。

我稍微呼了口氣，說眞的我有點怕琳婗西娜雅，因爲她給人很壓迫的感覺，有點不太好親近。

「我也得先回去了，分析還沒做完。」黑色仙人掌轉過來，突然拍了一下我的肩膀，接著用很小的聲音在我耳邊說：「褚小朋友，我有些話要跟你講，過兩天我會再來找你。」

跟我講？

還沒問他是什麼事情，黑色仙人掌就用著很遺憾的目光看著外面排隊的屍體，然後很快就離開了。

整個保健室裡突然就剩下我跟輔長兩人。

「呃……既然我東西送完了，我也先走好了。」有點尷尬地笑了笑，我稍微後退了幾步，準備從小門出去。

「等一下。」輔長喊住我：「那個小姑娘的傷不太樂觀喔。」他轉著筆，突然這樣告訴我。

「莉莉亞？」

「嗯，她頸部以上全部都是劇毒與惡咒造成的傷勢，學院裡雖然死不了人，但是有時候某些東西造成的創傷還是很難復元，我剛剛和另外那兩個商量過了，可能過陣子會把她送往醫療班本部接受完全治療，不這樣做的話她的臉就毀定了。」

毀定了？

我直直看著輔長，突然覺得手好像有點抖。女生的臉應該是不可以毀的吧，毀了怎麼辦？

「接受完全治療就會全好嗎？」如果不是我跟她說想要看黑史，這些事情根本不會發生吧？

莉莉亞只是被我牽連進來而已，如果她的臉毀了，那我……

「放心啦，完全治療一定可以治好的，你那臉是怎樣，太嚴肅了吧，就算治不好也不是要你的命吧。」輔長拍了我一下，笑了笑。

「那就好……」我看了旁邊的病房門，又轉回來：「現在可以去看莉莉亞嗎？」

「現在？她剛剛去外面了喔。」輔長指了指某個方向：「應該是在離這裡最近的水池花園，我有告訴過她不可以走遠。」

「嗯，謝謝。」

※

走出醫療班，我順著小路往前走。

我開始覺得，其實莉莉亞認識我搞不好是她的噩運。因為我這個人天生帶衰，可能學長他們都免疫了，但是她卻沒有。

不曉得接受完全治療會不會很辛苦，也不知道要花多少時間，她是B部的學生，成績應該會落後吧……

遠遠地，我就能夠看見水池花園裡的人。

她很好認，畢竟現在是上課不會有學生在這邊，而且從背後看起來她的臉上全都是繃帶，獨自一個人就蹲在水池旁邊。

我有那麼一瞬間不敢走過去。

莉莉亞盯著水池，看得那麼認眞，整個人僵硬得像是石像一樣動也不動。

她在看她的臉。

水池的水停止不動了，光滑像是鏡子般，還有一、兩個透明的姊姊從水中浮出來飄在半空中，對看了一眼然後停在莉莉亞旁邊。

我不敢過去，因爲我不知道應該告訴她什麼。

就算告訴她臉會好，但是在現在也不會好。

莉莉亞就這樣盯著水面，慢慢地，水上起了小小的漣漪，一滴兩滴不斷地滴落。

水上的精靈姊姊嘆了一口氣，搖了搖頭緩緩地潛回水中消失不見。

她背對著我，如果是平常時候莉莉亞一定會馬上察覺然後跳起來罵人，可是今天完全沒有，她摀著臉開始小小聲地哭了起來。

看著她小小的背影，我更不知道應該怎樣走過去，就站在入口的地方，一步一步往後退。

就在我想著是不是就這樣離開的時候，我注意到另外一邊樹叢裡鑽出一個人，那個人也沒注意到莉莉亞就在這邊，顯然嚇了一跳。

仔細一看，居然是抱著剛剛從聚餐裡拿來的飯糰餐盒的萊恩。

光看他的動作我也可以猜得出來他是要偷偷躲在這邊吃東西的。

沒想到上課時間會突然出現人的莉莉亞也嚇了一大跳，馬上將整張臉給遮起來。

他們兩個就站在那邊互瞪。

然後莉莉亞捂著臉繼續蹲在那邊又開始哭了起來。

站在原地的萊恩整個不知所措，走也不是、不走也不是，只好默默地坐到水池邊緣，接著掙扎了半晌才把一盒飯糰給推過去。

這個畫面看起來很奇怪，連莉莉亞也安靜下來轉頭看他。

接著，萊恩遞出了衛生紙。

「擦完才可以吃。」

「……」

整個四周沉默了。

……

我想他們應該沒關係了吧。

沒有出聲，悄悄離開水池花園後，我原本想要回去黑館一趟。

或者說，我想待在黑館就這樣不要出來會比較好。

我還和喵喵他們有約會。

我還沒有向學長道歉。

而且，我的網路遊戲等級練了三年還沒練到六十級，每次都在要去打升級魔王時被第一個打掛，萬年不升等。

拿出移動符，自從安因教我之後我就經常用自己畫的符到處亂跑，偶爾也會搭別人的順風車，所以我已經很久很久沒有拿出學長最開始給我的那張來使用了。

這次要移的路比較遠，我沒把握我的蹩腳法術可以跳到那地方去，所以就把學長的翻出來用，他家連爆符都可以輕易上手，跳動距離應該也沒影響才對。

我鬆開手，讓移動符落在地上，那瞬間地面畫出完美的法陣，而我也知道我應該往哪邊去。

雖然安地爾沒有明說，但是我就是知道。

「湖之鎮。」

他在那邊等我。

※

就如同往常一樣，我四周的景色開始模糊。

再度清晰之後我看見的已經不是學校。

空氣中還帶著早晨才退去的潮濕氣味，用力地眨眨眼，這個地方讓我覺得很陌生，可是我又曾經有短暫的時間待在這裡過。

「褚冥漾，我知道你會來。」

抬頭，我看見的是安地爾從我們曾經住過的那間旅館走出來：「只要是想追求眞相的人，都會尋找方便的捷徑。」

我站在原地看他，突然開始疑惑，我不曉得我這樣做對不對，但是我沒有辦法繼續等下去。從來沒有主動過，一直處在被動的我不明白這種決定是對的還是錯的，但是就像最早到學院的決心一樣，我不想要再讓我旁邊的人受傷。

伊多也是，莉莉亞也是。我不能確定如果我繼續待下去的話，是不是喵喵、千冬歲、萊恩他們都會被捲進來。

縱使我害怕，但是我仍然得來這裡。

「安因是不是還活著。」握緊拳頭，我用力忍住其實很想拔腿逃回到學院裡的衝動，只要回去，我知道那邊有很多人可以保護我。

環起手，安地爾勾起了微笑：「我說過了，我暫時不想和景羅天爲敵，一個比申已經夠麻煩了，我懶得理第二個。」頓了頓，他轉頭示意我跟過去，逕自走入旅館裡。

整間旅館裡面是安靜的，空無一人。

我記得這裡應該已經被公會接手了，可是看現在的狀況，很明顯公會並沒有察覺我們入侵，也不知道他是用什麼方法。

進到旅館大廳後，我看見旁邊塵封的壁爐已經燃起火，上面有一壺水正在沸騰。

「你喝咖啡嗎？或者是其他的飲料？」

桌上放著點心，安地爾站在旁邊拿著裝飾櫃上原本要販賣給客人的高價飲料罐子，我看著點心旁邊，已經擺了茶具。

「我討厭喝咖啡。」室內被壁爐的爐火烤得熱烘烘的，可是我還是感覺到很陰冷，全身還在顫抖。

如果這時候學長發現我自己來找安地爾，大概不是抓狂那麼簡單了，不曉得這次會不會連腦殼都被他敲破。

安地爾看了我一眼，轉過身去拿水壺：「那我們就喝咖啡吧。」

靜靜的，在熱水沖泡之下，一種很沉重的香氣溢滿了整座大廳。

我看著點心、看著咖啡，完全沒有去碰的慾望。

在我對面沙發坐下，舒適得像是在自家一樣的安地爾瞇起眼睛看了我一下：「放輕鬆點吧，我說說你想知道的事情。」他微笑著拿起咖啡杯，動作很優雅，「我並沒有殺死那個黑袍的天使，原本想拿去送給景羅天的，不過因爲我個人對他挺反感所以就作罷了；這個時候突然想起我要進去你們學院缺了點什麼，所以就暫時從他身上借了點小小的東西。」

喝了口咖啡，安地爾像是要觀察我反應一樣看了有幾秒，然後才再度開口：「我從他身上借了一半靈魂。」

「……！」抬頭狠狠瞪著對面那人，我不曉得該不該撲上去，隨便開他一槍也好、還是做點什麼也好。

「放心，至少我以前也曾經是醫療班，這種事情對我來說不怎麼困難，只要讓靈魂沉睡不要反抗，要借用多少都行，別不小心眞的吃下去就好了。」把玩著咖啡杯，安地爾微微傾身從桌面上拿起了一塊方糖：「甚至也能做到像這樣的事情。」

他的話才一說完，那塊方糖立即散出微弱的亮光。

那瞬間，我腦袋突然轟了聲，有種非常不對勁的感覺。

發亮的東西是什麼？

張開嘴，將整塊方糖給吞下去，安地爾笑了下：「就像，把借來的靈魂放進方糖裡。」

我馬上站起身，因爲太大力了撞上桌子，桌面狠狠一震，擺在上面的杯子立即被翻倒，還冒著熱氣的液體不斷往外擴散。

出現在我面前的人已經變成了安因的樣貌。

「不過要變樣子還是只有我本身能做得到，如果能夠把靈魂放進方糖讓方糖成爲型體爲我效勞就好了。」有著安因外皮的人完全無視於我的動作，一個彈指，整個桌面上的咖啡液體瞬間全部蒸發殆盡。

「米納斯。」完全不用思索，我幾乎本能性地將幻武兵器取出來直指眼前的冒牌天使：「把安因還來！」

面前的「安因」勾起了淺淺的微笑，像是平常那樣子，但是不是我熟悉的溫暖感覺，「現在還給你嗎？你認爲你有多少本事能護送一塊糖回到你們學院？」他的臉開始轉變，不到數秒又變

回了那個黑沉的眞面目：「而且只有一半而已，你確定現在要拿走嗎？」

從桌面上拿起了第二塊方糖，安地爾搖了搖那個白色的方形物，裡面散出了微弱的光，像是隨時都會熄滅一樣。

「考慮清楚，如果拿走時出了什麼意外，這一半是永遠都無法復原了。」

我緩緩垂下手，讓米納斯的槍口指往地板的方向。

安地爾又笑了：「乖孩子，坐下來吧，現在不好好休息的話，之後你可能會害怕得不敢休息。」他將消失光芒的糖放回去原本的小罐裡，然後幫我倒上第二杯咖啡：「哪，把你的幻武兵器跟老頭公放在這邊，我不喜歡休息時還要受到干擾。」他的手指在桌面上畫了一個圓，瞬間出現了個紅色的小型法陣。

死盯著那個紅色法陣看，我不曉得這玩意會把米納斯他們傳到哪邊。

「放心，這是我專用的物品移送陣法，我會好心一點替你把東西送回你的房間裡，也就是說接下來這些時間裡，你不會再需要這些物品。」安地爾的指尖敲了敲桌面，那個法陣顯得更加明亮：「對了，還有你身上那些護符什麼的，一併放著吧。」

沉默著，我依言收回了小槍，把米納斯連同老頭公的手環放上了那個小陣型裡，然後一個個取出了在我到這邊這段時間裡，其他人給我的護符和一些紙符。

手放進口袋時，其實我有摸到兩樣東西，不過那既不是護符也不是武器，就沒有拿出來了。

也認爲我把全身東西都繳完的安地爾滿意地敲了下桌面，東西瞬間和那個法陣一起消失。

「我都做好了，安因呢？」
站起身，我一直想知道他到底有沒有事。
喝完將杯裡最後一口咖啡，安地爾悠悠哉哉地將瓷杯放上桌面，然後也跟著站起身：「不用急，只要你乖乖跟我來，那個天使就會還你。」
我點點頭，跟上他往外的腳步。

※

安地爾的步伐並不會很大，讓我很輕易就能跟著後面走。
我不曉得他到底想搞什麼鬼，但是既然已經來到這邊，再怎樣害怕我也回不去，因爲我身上現在連可以回去的東西都沒有了。
「你不是一直很想知道這本書裡的事情嗎？」不曉得從哪邊拿出了那本沉重的黑史，安地爾像是在散步一樣隨手翻開，裡面的古代文字再度暴露於空氣之中。
「現在已經很少人能解讀古代精靈文字。」我冷冷哼了聲。
「喔，眞不巧，對於這方面我懂得算多了。」盯著上面的文字，安地爾聳聳肩：「雖然沒有正牌的精靈那樣精通，不過要辨別這本書算是綽綽有餘。畢竟寫這本書的人希望後來的人能看懂，用了很大量的淺白文字喔。」

我馬上停下腳步，錯愕地看他：「你爲什麼懂古代精靈文字？」就算他曾經在精靈大戰時期活過好了，可是他是鬼族耶，一個鬼族怎麼可能知道精靈文字？

安地爾也停了下來，轉過身來對我微笑，那個笑感覺很複雜，不太像之前表面的那種讓人發毛的笑容：「我曾經認識一個精靈，那個精靈呢實在是腦袋單純得可以，只是隨便告訴他一個身分，然後說想了解精靈文化，他就很樂意地什麼都教了。」

「精靈？」

隨便找了個石台坐下，安地爾翻著那本書，上面的插圖一張張被略過：「嗯，是個精靈，我和他是在某個我自己也想不起來的地方認識的，那時候我還在醫療班，到處都是那些連打發時間都不夠的無聊事情。大概不曉得是哪一天吧，我實在覺得很厭煩了，隨便吃了個人冒充身分潛入公會內部，不過當時太年輕了，立即被發現……幸好他們以爲是被我吃掉的那個人叛變。逃走時不小心逃進了精靈族的領地，接著就碰到一個正在巡守的精靈。」

我看著安地爾，他的表情有點不太一樣，像是想起了什麼很難忘的回憶，深思著，不再給人那種壓迫感。

「被公會追擊時受到了創傷，我闖入精靈領地同時拋棄了那個假冒的身分，所以他們並不知道我就是入侵者。我隨便說了個遇到妖獸的理由，那個精靈就相信了，還把我帶去他和他朋友的祕密基地療傷。之後呢……哼哼，玩起了友情遊戲。」頓了頓，他繼續往下說：「那兩個人每天都過來看我，直到我傷好，而我也陪他們玩了有一陣子，還到處去旅遊了。不過這些時間不算浪費，我從裡面找到了很有價值的東西。」

那瞬間，我突然知道他要說什麼。

我整個人開始發冷，從腳底到頭頂，冰冷到發麻，可是那個正在告訴我往事的聲音沒有停下來，繼續響起：「如果公開之後會引起大騷動的，誰會猜得到，一個精靈王子的祕密朋友居然會是一個全種族都要追殺的妖師一族首領呢？」

啪地一聲，傳承近乎千年的黑史突然鬆線了，寫滿古代精靈文字的字頁一頁頁散開來，那些插圖、肖像全都落了一地，混在一起，連時間點都分不清楚了。

安地爾看著地面上的紙，那些紙的邊緣開始燃起了火焰，黑色的燒痕逐漸吞噬發黃的紙頁，將過去的時間一點一點燒燬。

「褚冥漾，你知道嗎？一個精靈王子、一個妖師首領，還有一個鬼王貴族，這三個人就是所有一切的開始。」

我看見一張未燒盡的紙頁往我飛來，遮蓋住我的視線，我什麼都看不見、什麼也聽不見。

那些殘灰被風一吹，全都消失。

再也沒有了。

《新版・特殊傳說 8》完

番外 兄弟

地點：Atlantis

時間：上午十點零六分

對於兄弟這件事情，我向來很少多加思考。

畢竟我家有個比兄弟更可怕的女魔頭，讓我完全不敢去想那有什麼差異。

「漾～漾！出來玩喔！」

就如同很多假日的開始一樣，我才剛睡醒沒多久借過學長浴室回到房間之後，窗外已經傳來了喵喵他們的呼喊聲。

「來了！」對著窗外喊回去，快速地一邊換衣服一邊在想，不知道什麼時候會有黑袍的人來抗議我們經常這樣吼來吼去會破壞安寧。

打理好之後，像平常一樣完全不敢逗留就衝出房間，像是逃命一樣竄出黑館大門。一出去之後果然看見喵喵和千冬歲他們已經站在外面等了。

「漾漾好慢，我們今天要去吃甜點喔。」這樣告訴我，喵喵很快樂地撲過來勾住我的手。

「喔啊。」向千冬歲兩人也打過招呼之後，我才注意到有另一個完全不搭的人就站在旁邊看我們：「雅多？」他怎麼會在這裡？

一看見雅多，我就想起來上次雷多到這裡找五色雞頭結果比腕力被騙回去的事情。

「我來找雷多。」臉色完全臭到不行，雅多這樣回答我。

說到雷多，如果他會來的話我打賭一定在某個有著五色鋼刷的地方可以找到他。

「所以喵喵問他說要不要一起去吃甜點喔。」拉著我的手，喵喵解釋了爲什麼雅多會跟著他們的原因。

「喔。」還眞是錯綜複雜：「要不要幫你打電話問問西瑞？」我打賭喵喵跟萊恩一定沒有幫忙聯絡，千冬歲就更不用說了，沒有摔電話就很不錯了。

雅多點點頭。

拿出了手機我當場撥了電話給五色雞頭，對方也很快就接通了：「西瑞？」

「誰！要找本大爺的是誰，你有沒有先預約過？隨便亂打會造成本大爺個人周遭的安全騷擾……」

不知道又開始了哪齣電視劇的台詞，我聽到一半就懶得全都聽完，直接打斷他：「我是褚冥漾，雷多有沒有去找你？」

好像戳到地雷，電話那端馬上暴跳起來，傳出了很多狂罵聲。

我把話筒按著拿開耳朵旁邊：「雷多好像眞的在西瑞那邊耶。」聽他的反應就知道了，就算不在，應該也是剛離開沒多久。

「我現在知道了。」盯著手上逐漸浮出來的瘀青，雅多的臉色更臭了。

喔喔，我又再度見識到神奇雙胞胎的威力了。

「電話借我。」拿過我的手機，雅多皺著臉左右張望了一下：「我先去找雷多。」說完，拿了我的手機就跑了。

……啊不然你是可以靠手機訊號找人嗎？

太神了吧！

「雅多不吃了啊。」可惜地看著跑掉人的背影，喵喵遺憾地說：「算了，我們自己去吧。」語畢，就拉著我們浩浩蕩蕩地往校門口出發。

「前面幾個小朋友停一下。」

才剛走沒多遠，我們又被叫住了，這次從後面追上來的居然是戴眼鏡的黑色仙人掌：「你們有沒有看見我家的西瑞小弟？」他問了一個和剛剛很類似的話題，一樣是在找自家兄弟的，不過這次仙人掌看起來比較著急，好像有重要的事情。

「沒有！」千冬歲用不到半秒就這樣回答他。

「你可以打手機找他看看……」我的手機剛剛跟著雅多跑了，暫時幫不上忙。

黑色仙人掌聳聳肩：「我也想啊，不過西瑞小弟老早就把我的訊號給封鎖了，沒辦法通聯上。家族裡有事情找他，眞是麻煩。」說完，他還嘖了一聲。

「呃……那我也沒辦法。」

「算了，沒關係，你們繼續去玩吧。」說完，黑色仙人掌又快速跑掉了。

我們幾個人交換了一眼，聳肩。

出校門之後一邊打鬧我們一邊前往商店街，喵喵說她前幾天在這邊發現了很好吃的點心店，等等一定要點很多，大家輪流每種口味都試看看。

萊恩說他沒有意見，不過他很想要有飯糰口味的點心。

很快地，我們就到了喵喵說的那間點心屋。

嶄新的白色外牆有著南方小島的感覺，因爲藏在小巷裡，如果不是喵喵帶路，我可能也不會想到會有這種點心屋藏在商店街裡。

白色的建築外掛著幾個風鈴裝飾，風吹來發出了很好聽的聲音。

一看見我們進去，馬上就有打扮俐落的侍者迎上來幫我們帶位。

因爲是假日，人還不算少，走沒多遠我就看見了之前黑館認識的戴洛老兄像是在跟人洽談事情一樣坐在比較隱密的位子，一瞄到我剛好走過去，抬手像是對我打招呼。

我連忙也跟著點了一下頭，注意到坐在他對面的除了一個是我不認識的人之外，另一個就是他家弟弟，三人位子前面都擺了翻開的記事本，看起來好像是在做什麼重要的討論。

沒有走過去打擾他們，我看見他打過招呼之後又回去繼續剛剛的小組話題，於是才和喵喵他們上了二樓。

坐定之後，喵喵拿著餐單開始大量點餐了。

趁著空檔，我和千冬歲兩個人聊起天：「不知道是不是我錯覺，我總覺得學院裡的兄弟姊妹好像很多的樣子。」隨便走過去都會看到一堆。

千冬歲和萊恩交換了一眼，然後才點點頭：「正常的，一般如果家族裡有人進了異能學院，他的兄弟姊妹們大多都會繼續選擇同一個地方。」頓了頓，他拿過茶水爲所有人都倒滿杯子，「用那個不良少年來比喻，我知道的是除了九瀾之外，他往上的其他三個兄姊也都是從我們學校出去的，現在大部分都在公會工作，不然就是繼承家裡事業。」

「這個我好像有印象……」因爲看九瀾對這裡好像很熟悉，我猜他大概也是畢業生了。「萊恩也是嗎？」不敢隨便說夏碎學長和千冬歲的事，我轉頭詢問另一個人。

萊恩搖了頭：「我是第一個過來的，被騙過來。」

「啊？」被騙？

「這件事說來話長，所以算了。」

眼睛盯在端上來的飯糰點心，萊恩自動省略解釋過程。

❀

「喵喵認識很多兄弟搭檔的喔。」

舉著手，顯然對這個話題也很有興趣的喵喵愉快地加入：「剛剛亞里斯學院的也算是，好像一般兄弟搭檔的默契都很高，而且很多兄弟因爲省麻煩也都懶得找別人搭檔，像阿利和戴洛就是這樣子。」

難怪我沒有看過戴洛老兄的搭檔，原來是自肥了。

「那個不良少年家族就都不用搭檔的，算是特例。」千冬歲哼了哼，這樣說著：「殺手一族是出了名的不合作，也很少有人敢找他們搭檔。」

不合作這點我很有體驗，除了會不合作之外還相當自我，難怪五色雞頭跟黑色仙人掌附近都沒有第二個人，就連自家兄弟都會彼此排斥，感覺也滿悲慘的。

一邊這樣想著，我一邊問出了另一個問題：「兄弟搭檔有什麼比較方便的原因嗎？」才對著千冬歲一問完我馬上就後悔了，那層厚厚的眼鏡對上我，好像在做某種無言的抗議。

我都忘記他家兄弟有問題，屬於完全無法通話類型。

「一般來說兄弟搭檔會省去很多麻煩，畢竟都是自己人，在溝通上面也很方便的。」喵喵馬上回答了我的問題，讓我們同時省去了尷尬：「而且這樣子搭檔有時候還可以使用血緣方面的法術，所以很多兄弟姊妹的人都喜歡這樣一起出任務。」

「血緣方面的法術？」還有這樣子的東西啊？

「恩啊，因爲是兩人份的力量，所以很強大喔。」喵喵很歡樂地這樣告訴我：「在二年級時候會教到，其實限制不會很嚴格，大部分只要有血緣關係、像是阿姨啊姑媽堂兄弟妹這種的都可以啓用，只是血緣越純威力會越強大而已。」

唉，真可惜我沒有兄弟在學院裡，不然我也有點想嘗試喵喵說的這種東西。

「對了，漾漾好像有姊姊。」側開身讓侍者端上甜點，喵喵興致勃勃地眨著大眼睛看我。

「呃……是很普通的女大學生。」只是有點像是女魔頭就是了。

「喵喵也想要姊姊說，不過喵喵是家裡的唯一一個小孩，真羨慕。」轉頭看著萊恩，她勾起大大的笑容：「萊恩的弟弟妹妹呢？」

也會消失嗎？

我很想這樣問，但是沒種問出口。

「妹妹還很小，弟弟……我上次回去時也長滿大了，看得出來有這方面的能力，所以我想再過兩年應該也會進來這裡了吧。」一邊吃著飯糰，萊恩一邊這樣說著。

「萊恩的弟弟是怎樣的人？」偏著頭，顯然對別人家庭很有興趣的喵喵好奇地詢問。

「嗯……很老實的小孩，我要入學時還躲在行李裡，不過一拿行李箱馬上就發現了，所以沒有跟來。」

「他們兄弟感情不錯。」坐在旁邊的千冬歲聳聳肩：「上次我跟他回家一趟時，他弟還抓著萊恩拚命講話，還覺得我當他的搭檔很礙眼。」

……我大概可以想像那種畫面。

「喵喵知道喔，結果千冬歲還被當場說：『遲早有一天取代你』的這種話。」喵喵發笑了一下，這樣告訴我：「那一次喵喵也有去，萊恩的弟弟超級可愛的。」

「哼，有本事取代的話就來看看啊。」千冬歲撇開臉，完全不覺得那個小鬼有辦法贏他。

這樣看起來千冬歲好像和萊恩他弟有某方面的過節。

「對了，這樣說起來，漾漾有沒有聽過學長說他家兄弟的事情？」話題一轉，喵喵突然眨著大眼散出了光芒。

學長家的兄弟？

我的腦袋突然冒出那張臭臉乘以幾倍，然後一整個發寒：「學長好像是獨生子。」如果那種個性多來幾個就很可怕了。

喵喵發出了疑似很可惜的嘆氣聲。

「你們在這邊說些什麼呢？」

就在我們話題進行到一半時，突然有人拍了一下我的肩膀，我們幾個人全都轉過頭去，意外地看見了應該要在學校裡執勤的惡魔趴在我的座位後面：「幾位可愛的小朋友，眞是巧合啊。」說著，她就自動在我們旁邊的空位坐下了。

「我們在說兄弟的事，奴勒麗有兄弟嗎？」喵喵很有禮地為不速之客倒茶，接著馬上詢問。

「喔喔？當然有囉，不過不是在這個地方，而是在惡魔一族裡。」端起茶杯，奴勒麗露出了美艷的笑容：「當我要離開時他們還哭著來替我送行呢，看來一、兩百年沒有回去一趟，他們會忘記誰是老大。」

一開始聽她講前面我還在想原來惡魔也是有親情的，但是後面那句是怎麼回事！

「奴勒麗的兄弟們是怎樣的？」對於別人兄弟很有興趣的喵喵馬上追問。

「三個都比我還要弱，如果我沒有答應來這邊當安全警衛，現在應該是我的奴隸吧。」完全搞錯回答方向的惡魔給了喵喵一個打擊性的答案。

「奴、奴隸？」喵喵睜大眼睛，錯愕了。

「啊哈，開玩笑的。」注意到千冬歲和萊恩猛瞪她，奴勒麗聳聳肩然後改口：「三個都是惡魔，在我們那族算挺厲害的，不過程度不算高，很怕我生氣，所以我們相處上還算和平。」她冷笑了聲，讓我想到其實她搞不好想說的是相處上已經把三個兄弟都當僕人使用了，畢竟惡魔和人好像有某程度的不同，那種關係也不是我們可以明白的。

「原來如此。」喵喵喝了一口茶，表情若有所思。

「對了，妳怎麼會在這邊？」拉開了兄弟的話題，我看著現在應該要在學校裡執勤的惡魔，這樣詢問著。

奴勒麗挑了一下眉：「蹺班不行嗎？」

好吧，妳說行就行。

※

大概又和他們喝了一下茶之後，我說還有一些功課要做就先從點心屋離開了。

一踏出點心屋，我馬上看見抓著自家兄弟的雅多就站在不遠處朝我揮手，快步往他那邊跑過去之後，才看見他手上還握著我的手機、然後遞過來：「這個還給你。」手機已經被收好關機了，一點損傷也沒有。

道謝之後我接回手機小心地放回口袋，抬頭才注意到雷多和雅多的臉頰上都有很明顯被人呼了一拳的瘀青：「你們……打架？」

「才沒有，因爲西瑞不小心打到我，所以才這樣的。」雷多很迅速地回答：「如果伊多有問你，你可不要隨便亂說！」

我打賭五色雞頭絕對是故意打到你而不是不小心，他想找你決一生死已經很久了，當然不會放過任何一個下手的機會。

不過看著雷多好像有點緊張，我突然很想開他的玩笑：「如果伊多知道會怎樣嗎？」看見他們兩個好像對這件事都滿注意的，應該是眞的怕伊多詢問。

伊多好像一直都是他們心靈寄託的樣子，不管說到什麼話題，兩兄弟都會想到這個兄長，可說是有點快要戀兄情結了。

「如果是打架的話伊多會生氣，我們不想讓他生氣。」揉揉臉上的瘀青，雷多這樣告訴我，表情有點委屈、不過也帶著對自家兄長的崇敬：「你也知道，就是那樣囉。」他聳聳肩，微笑了下。

我當然知道，因爲伊多是全天下對他們最好的人嘛。

他們兄弟好像一直都對這件事很堅持，從我認識他們到現在完全沒有改變過。

「對了，漾漾，有空要再來我們水妖精族玩喔，伊多說很希望你們可以常常過去聊天。」雷多突然半彎了身體，拉了一下我的臉頰：「記得，一定要找西瑞一起來。」這句話他還特別強調，想假裝風聲太大沒聽見都不行。

哈哈……你希望有個贈品一起過去是吧。

「不要廢話了。」拍了一下自家兄弟的背，雅多才轉過來看著我：「今天有些事情，改天我們再碰面吧。」他的表情從頭到尾都沒什麼變化，還是與雷多有著很高度的反差。說眞的，如果他們兩個表情可以統一一點，我應該連誰是誰都認不出來了。

「好，下次見。」

打過招呼後，看起來好像眞的在趕時間的雅多抓著自家雙胞胎兄弟很快就消失在我面前。

其實不要是惡魔那種類型，各族兄弟們生活方式好像也都差不多嘛。

尊敬、友愛之類的，不過也有像五色雞頭那種用很奧妙方式在過生活的。

我有一下子突然想到我老姊，如果她是男生……

不知道爲什麼，一想到這件事我就突然打了一個冷顫。

有時候還是不要亂想精神會比較健康。

「你又在腦殘個什麼勁啊？」

很熟悉的聲音從後面傳來，我一回過頭，果然看見應該是出來大採購的學長，他的隨身背包有點鼓鼓的，看起來好像買了不少東西。

高價貨，我絕對沒想錯。

「沒啊，剛剛和喵喵他們在聊天。」我搔搔頭，看見學長好像要回黑館了，連忙也跟了上去：「學長你有沒有兄弟？」

「哪來的那種東西！」很差的口氣回答我。

「學長沒有嗎？」

「廢話，你看過有嗎！」

「……」

當我沒問好了。

〈兄弟〉完

番外　黑夜之月

地點：未知
時間：未知

他聽見風的聲音。

在很久很久以前，他也聽過類似的聲音。

「瘴氣指數太高，果然和公會猜測的一樣，這裡已經被鬼族佔據了。」身邊有人正在將附近的地理環境重新輸上新的記錄，因爲忌憚著會被目標察覺，所以將消息暫存在身上的記錄器沒有發出：「安因先生，我們要深入調查嗎？」

轉頭，他看見的是戴著黑色面具的紅袍。

剛剛他想到的是什麼？

「安因先生？」

見他沒有回應，那名紅袍低著聲音又重新詢問了一次。

回過神，他微微彎起了微笑：「都已經到這邊了，光是看外面也不曉得是怎樣的狀況，先前來探查以及據點在這邊的人全部下落不明，我打算深入調查看看，你就暫時先這樣回報公會，我

出來之後在這邊會合。」

「了解。」

抬起頭，他們看見整片天空很黑，暗到像是墨色一樣的濃。

對了，這時候學院裡應該也是舞會的時間吧。

「請恕我多話，雖然您是黑袍，但是這樣一個人進去眞的沒有問題嗎？」再度將四周環境確認過後，隨來的紅袍有點擔心地詢問著。

「沒問題，我只是進去探查不是去攻破敵人要塞的，這點小事難不倒我。」拍了一下隨身情報班的肩膀，安因露出了慣性的安撫笑容。

不是攻不攻破的問題……

一邊想著這位黑袍是出了名的鬼族躁鬱者，情報班的人員有點不太放心，不過還是一邊點了頭：「如果有意外的話，請立即與我們聯絡。」

「我曉得。」

將事務交代完之後，動作敏捷的紅袍就像幻影一樣瞬間消失在自己眼前。

夜色很黑，像是濃墨一樣。

如果平常這時間在學院裡，現在看見的應該是帶著霧色的美麗月亮吧。

他眼前看見的是一整片荒原，上面連一小枝枯草都沒有，光光禿禿的，毫無生命跡象。

或許在數千年前，這裡曾是絕美的精靈據點。

但是現在的，已經不是了，只是一片失去所有的過去墓地。而原本這裡該有的公會看守人，卻也不在這邊。

他們全都失去音訊，而在自己到達之前還有其他探查的袍級也都消失無蹤。

稍微思考了下，將自己全身氣息全都斂去之後才從公會給予的地圖中尋找到埋藏在地下的密道進入。

那天的夜色很黑。

他獨自一人走進了黑暗中的密道，那裡什麼也沒有，但是有那麼一瞬間他將這裡與記憶中的道路相疊起來。

充滿血腥氣息的凹凸道路，深沉的黑色像是要化爲無機物質攀附在腳邊。

轉動手腕，一柄散著銀色光芒的小刀從他手中射下，將腳邊爬行的雙頭毒蛇釘在地上，原本要攻擊者瞬間被封死了行動，發出嘶嘶的忿怒聲音，不過很快就被拋在腦後。

時間與記憶正在交錯。

扭曲的烽火與深黑色的空氣，他聽見不遠處有水聲，連道路的牆面都開始跟著冰冷。

輕輕地呼了口氣，取出公會專有的記憶晶石隨手釘在牆面上，只要數秒之後晶石與晶石就會相互連結，將最新的地圖完整送回公會情報班中。

只要多踏出一步，他就能多感覺到一些令自己憎惡的氣息，而一般情報班如非資深，很難一次應付這種數量。對，就連他自己也沒把握可以。

有多少敵人？

數十……不對，至少已上百，這種數量不是一般群聚巢穴，而是相當大型的盤踞地才會有。

但是他們費盡心思攻擊到這座墓園的公會的人幹什麼？

這條祕密通道並不長，很快就能看見盡頭些微的光亮。

他想起，如果這個時間在學院裡，看見的應該是散著微光的霧氣月亮吧。

日復一日，一如往常。

⁂

「月亮消失了。」

抬起頭，站在舞會外的人這樣說著。

熱鬧的氣氛稍遠，好像隔了一個年代般熏上了模糊的顏色，有些讓人感覺不真實。

「月亮？」跟著抬起頭，原本就無意參加舞會的人疑惑地看著頂上玄黑色的夜空，連一顆星子都沒有，像是染墨一樣黑：「奇怪了，學院平常這時候應該會看見月亮，難得今天沒有，不曉得是不是結界哪部分薄弱造成的。」

眨了眨眼，帶著翠色的綠眼哀傷地看著天空中沒有月亮的夜色：「造成動盪不安的空氣在我身邊徘徊，請求大氣精靈帶著我的希望到主神身邊爲所有人祈禱……」

聽著眼前精靈正在做的禱告，甫剛從長期任務回來的洛安靜靜地將兩人的茶杯都斟滿。今夜的空氣真的不怎樣安靜，除去了被舞會歡樂掩去的那部分外，幾乎四處的風都跟著不安竄動。

過了數分鐘，賽塔轉回過頭，像是仍然放鬆不下的表情：「沒有月亮的晚上會讓我想起辛亞決定要參加大戰的那日，四周的空氣都在騷動，讓人怎樣都無法安心。」頓了頓，他握著杯子看著上面平靜的水面，那裡倒映出他許久不再波動的面孔：「我已經失去了很多朋友……時間太過漫長，他們的面貌在我的記憶中逐漸消失，這種感覺我不想再持續下去，令人難過。」

看著認識許久的友人難得會有這麼動搖的表現，洛安拍了拍他的肩膀：「天使是堅強的種族，而且也是壽命很長的一族。只要不碰上什麼大災害，通常他們耐命……咳，他們活下去的時間能夠與精靈相比的。」

抬頭看著眼前同樣認識漫長時間的朋友，賽塔無奈地彎起了不成型的笑容：「願主神能夠傾聽我的祈禱，使我認識的人們都平安。」

「你這樣子，怎麼繼續執行你留在學院當中的任務？」看著表情像是快要哭出來的精靈，洛安突然覺得他留在這個混雜的世界當中已經太久了，當他認識在精靈族中的精靈時，那時的他不爲任何事物波動，像是寧靜的水潭一樣。

精靈容易被恆久的事物所影響。

學院中不同的人、不同的氣息以及不同的情感已經開始動搖了原本寧靜的水池。

「永恆的精靈會因爲傷心而死，我看過辛亞的愛人爲他流淚直到生命逝去，但是我想我應該還能繼續將我該做的事情給做完。」深深地呼了口空氣，賽塔放下手上的杯子：「只希望我所認識的朋友們都能夠歸來。」

或許，他只會在今天晚上動搖而已。

精靈善忘，長久的時間教導他必須很快遺忘。

「這個晚上，就請您陪我傾聽風的消息，我想過了這個夜晚，明天一定就沒事了。」露出淡淡的微笑，賽塔看著被親切的風精靈吹起的髮，聽見了四周傳來的安慰聲音。

只要過了今天，他就能夠忘記不安。

就像多年前送走辛亞與很多人的那時候一樣。

「啊，月亮出來了。」

⁂

如果是這時候，學院的月色應該依舊美麗如常。

輕輕地靠在道路盡頭，他爲看見的東西吃驚而睁大了藍色的眼睛。

要不是親眼看見，這種事情傳回公會應該不會有人相信。盡頭外有著眾多鬼族在忙碌，他們忙著做各式各樣的事情，忙著堆砌著新的陰謀。

他看見並列四大鬼王中的其中一人就在出口後的另一邊走過去，絲毫沒有注意到他的入侵。

這件事得立即向公會示警，這是最高危險狀況了。

這樣想著，他立即往後退，想要從原路離開這地方。

血腥的氣息與黑色的空氣重疊。

還來不及回過頭，他先撞上了原本不該存在於身後的東西。

「呵，沒想到這無聊的地方會被我撞上有趣的東西。」

冰冷的言語讓他立即全身戒備，往後跳開一段距離，也顧不得會不會被外面的鬼族發現，他將整個黑暗的通道全都點亮，那些亮光同時也照亮了一張被他們放在最高追緝令中的面孔。

「是你！」立即揮出兵器，他思考著怎樣在最大衝突之前脫出這裡，把所看見的事情全都回報給公會。

這件事情必須有人去說，不然會來不及。

「你不是那個學院裡養的黑袍天使嗎。」帶著微笑，沒想到隨便走走也可以發現小遊戲的安地爾半靠牆邊，無視於壁面上傳來的凍人冰冷：「一個天使跑到充滿鬼族的地方想要找死嗎？」

「這是墓園，你們打開沉睡的墓園想要做什麼！」瞇起眼，他看著眼前可以稱為數一數二強的鬼王高手，有那麼一瞬間無法確定自己究竟有沒有辦法順利離開這裡。

「有什麼事情就做什麼吧，反正決定的人不是我。」似乎覺得很有意思，安地爾仔細地看了他一會兒，然後指指自己的肩膀：「你這裡有景羅天的氣息，看來你應該就是那位被指名要進入鬼族的天使。嗯……剛好我今天心情不錯，不曉得要不要賣景羅天這個人情呢。」

不待眼前的鬼王高手有更多動作，他倏地揮動了兵器想將對方迫開，但是在一動的同時，赫然也發現了自己的手突然被由後而來的東西抓住。

一個接著一個，沒有任何生物該有的溫度。

連看也不用往後看，他直接嗅到了令人憎恨的味道。

「有入侵者……」

「有入侵者進來了……」

「殺掉他、殺掉他……」

無數鬼族不斷由出口處擁進來，冰冷的手抓上他的手，一個接著一個，散發出異樣的臭氣，無機的眼睛全都盯著他，像是打算把他分解成數不清的碎片一樣。

彷彿心中被觸動了什麼開關，他猛然就把兵器揮動，眨眼瞬間斬殺了許多向他伸出手的異眾，黑色的血與灰色的血甚至是正在蠕動的器官掉了一地，連他踏著的地面都無法倖免。

「殺掉他……」

像是殺不完一般，他揮動了兵器，又揮動了兵器，把鬼族的屍體在自己眼前堆成了小山般的數量，他們卻一點也沒有減少。

記憶正在重疊。

地道中的石頭與壁面沾滿了黑色的血。

「住手。」猛然傳來的聲音讓他立即轉頭，想也不想地要將擋在出路的另外一名鬼族給斬成兩半，但是跟隨自己許久的兵器卻在劈上對方頭部的同時停下了，怎樣施力都無法再往前一吋，他看見擋下兵器的只不過是兩根黑色的長針，對方輕鬆得像是完全感覺不到施壓的力道：「全部給我後退，這個天使是我要的獵物。」

那些原本低沉嘶叫的鬼族開始往後退，但是視線還是全都放在他們身上。

他翻開身，還不用詢問對方就已經先開口：「我改變主意了，剛剛想起了一件好玩的事情，正好我最近也缺點方法進去學院中找我想要的東西，看來我的運氣也滿好的，學院裡的行政人員自動送上門來讓我不用另外想方法了。」

微微地一愣，他馬上想起眼前的鬼王高手曾如何混入大競技賽中：「你不會有機會的。」翻開了手掌，一隻白色的鳥從他的掌心當中衝出，迅雷不及掩耳地衝出了地道，將他所看見的消息全都帶出去。

顯然也沒有阻攔意思的安地爾愉快地看著眼前的黑袍，然後抽出了黑針：「我聽說景羅天要的人相當難纏，不過看起來好像也不是那麼難以對付……他也太尊重你的意願了些，掠奪之後將你關在獄界當中，很快地一個天使也會成爲鬼族，有什麼難辦的嗎。」

不過也或許，這只是那個鬼王的新遊戲而已。

※

他的記憶正在重疊。

只不過當時站在鬼王面前的人，現在變成自己。

從以前到現在，他一直認爲自己的實力從來沒有超過最當初的那位搭檔，就算是得到了黑袍資格也相同。

那個時候，公會需要的不會是一個厲害的黑袍逝去。

而會使用術法以及精通的紫袍也不是只有這麼一個。

他對上的鬼王高手或許老早就有資格能夠成爲鬼王，擁有千年悠久的時間讓他比任何鬼族更要強悍。

他看見的是自己的兵器在不久之後裂爲兩半，斷落鏘然地跌在地上。

只是短短眨眼時間，他就知道自己落敗了。

「放心，我還不想跟景羅天有過節，只是讓你暫時休息一下而已。」露出微笑的鬼族一步步逼近他面前，伸出手抽回了插在他肩膀上的黑針。

他的左手已經整個麻痺了，身體也無法運用自如。

謹記著不管在怎樣的困難當中，只要確定無法逃走，第一必要就是毀了所有能提供鬼族消息的事物，包括自己。

記憶在重疊，那個時候、這個時間裡他看見他的搭檔化爲灰燼。

舉起唯一還能活動的右手，他迅雷不及掩耳地要一口氣放出最後的術法，如果幸運的話還能夠與眼前的鬼族同歸於盡。

「眞是的，你們這些公會的還眞是完全服從教條。」曾經在公會中待過不短時間的安地爾一把抓住他的手，輕輕鬆鬆地破壞能夠致死的大型術法，他在對方不可置信的藍色眼睛裡看見自己愉快的笑意：「這點小動作，沒什麼意義。」

被抓住的右手腕整個失去力氣。

他感覺到有某種東西正在從身體中漸漸流失，力量被掏空般跪倒在地，站在眼前的鬼族抓著他的手讓他不至於倒在那些屍體的血泊中。

視覺開始模糊，連臭氣都再也嗅不到了。

隱約地，他看見了金色的髮、與自己相同的面孔。

「乖孩子，就這樣睡去吧，你的記憶你的力量還有你的一切都會讓我來接收。讓我們先來看看有什麼有趣的情報吧，對了，你的名字是安因，眞是優雅的名……」

最後的最後，他再也沒聽見了。

如果是這個時候的學院，應該可以看見散著霧金顏色的月亮吧。

就像平常一樣，會在庭院賞月的人招手喚他。

如果時間再晚一點，他能夠聽見其他人告訴他沒有參加舞會有多可惜、舞會中發生了怎樣有趣的事情。

如果時間再晚一點，他可以看見那名出了長期任務回來的好友，在精靈的邀請之下，賞著美麗的圓月。

就像平常所有的時間一樣。

如果他回去了，看見的黑夜之中會有月亮的吧。

※

一個破碎的聲音。

「怎麼了？」

看著坐在前面發愣大半夜的精靈，原本已經有點睡意的洛安被那個聲音擾醒。

靜靜地看著落在地上的茶杯碎片，賽塔微笑著搖搖頭：「不小心手滑了。」

「唉，小心一點。」

大氣精靈與風之精靈的形體在黑暗中若隱若現著，將一地的碎片清往花園中的土地裡，被大地精靈緩緩吸收。

碧綠的眼睛朝天空望去。

就像平常一樣，黑色的天空中有個淡金色的月亮，四周有著霧濛的光暈。

如果時間往後推移，他們很快就能夠看見一起賞月的同伴歸來。

就如同往常一般。

默默地在心中祈禱著，賽塔閉上眼睛。

傾聽著風的聲音，讓風之精靈帶走令人不安的氣息。

不曉得是不是在任何地方都能看見這樣的月亮？

如果離開的人回來了，就可以看見相同的月光了吧？

「你今天太累了，先回去休息吧。」站起身，洛安這樣說著。

「好的。」隨著離開了座位，賽塔完全不反對地與他行了晚上禮之後，轉身靜靜走回了折射一切的水晶塔。

他聽見了風之精靈的嘆息。

就像許久許久之前幾乎快被淡忘的記憶一般，在辛亞離開之後，大氣精靈爲了他們而惋惜。

他幾乎知道代表什麼意思。

若時間繼續往前走，直到精靈的生命也到盡頭，在主神懷抱後，他是否還能看見這些月色？

而在其他種族所信奉的最後國度當中，還能看見嗎？

如果離去的人回來了，看見的黑夜之中依舊還是有月的吧。

就像往常一樣。

黑色的天空當中有著霧金色而美麗的圓月。

〈黑夜之月〉完

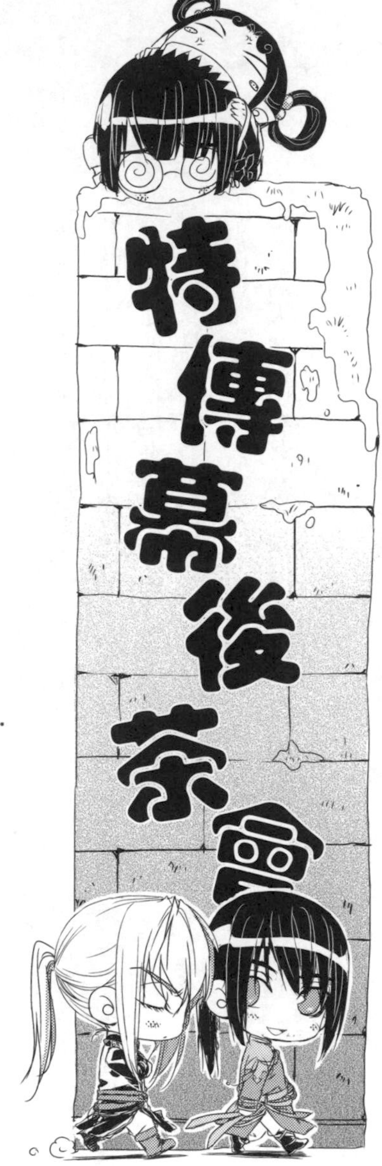

依照慣例，再度來到了篇末的茶會時間。

上回末時，勇猛的主角接下了準備這次茶會水果的任務，而地點則移師到水妖精一族的特色茶館，讓我們的來賓可以就近參與。

漾漾：我上次根本沒有接下水果任務啊啊啊啊啊！

主持人B：雖然是這樣說，不過你還是帶來不少東西嘛，看看這一箱一箱的荔枝芒果西瓜什麼的，誠意十足啊！了不起！以後都交給你了！

漾漾：想都別想！

喵喵：荔枝好好吃喔～

小亭：都好好吃～

漾漾：雖然我很想說勞力沒有白費，不過箱子是不能吃的，請吐出來。

小亭：啊？

伊多：雖然水妖精族也有許多水果，不過原世界的水果還是有點讓人懷念呢。

雷多：對啊，我們以前去出任務的時候也吃好多。

漾漾：啊哈哈，你們喜歡就好。

西瑞：漾～大爺要的榴槤呢？

漾漾：不要突然自己多菜單！你根本沒講過你要！

西瑞：身為本大爺的僕人，心靈相通不是理所當然的事情嗎哼哼哼！

漾漾：（通你個馬桶啊！）

主持人B：既然大家如此滿意，那麼就來進行這次的訪談吧。

本次來賓名單：提爾、漾漾、喵喵、學長、夏碎、西瑞、千冬歲、萊恩、伊多、雅多、雷多

西瑞曾經跟主角說過，未成年禁止場所已經去到不想去了，還有夠無聊。那麼請問，西瑞都去了哪些特殊場所，又在裡面做了什麼？

西瑞：哼哼哼，本大爺什麼種都去過，像是●●●還有●●●●●，最常做的就是去收割人頭。

漾漾：……你說夠無聊的地方是你的獵場嗎。

西瑞：誰教那些人每次都要躲在●●●●●然後做●●●●還有●●●●，所以本大爺也只好進去●●●●●啦。

B：哇塞，真是充滿必須消音的解釋。

雅多和雷多在考試時會錯一樣的題目嗎？

雅多：不會。

雷多：才不會，我們兩個擅長的又不一樣。

Ｂ：類似一個擅長理科一個文科嗎？

伊多：應該就是差不多那樣了。

Ｂ：喔？可以舉例嗎？我看看……好吧，假如要建造神殿，兩個人分別擅長哪部分？

雷多：當然是我一個人就可以包辦到完。

雅多：各種設計圖部分。

雷多：那個部分也是我自己可以做完的！聖地裡的還不是都是我在蓋的！

雅多：離開聖地，大多數的人都要求我做那部分。

雷多：那是外面的人根本沒有審美觀，不懂真正的藝術！

雅多：聖地禁止進入真是太好了。

雷多：喂喂喂！你啥意思，這是瞧不起我的設計嗎！

伊多：那麼，就請下一題吧（微笑）

西瑞洗澡的時候會唱歌嗎？

西瑞：會啊。

漾漾：……不會又是男兒當自強吧？

西瑞：漾～你實在太小看本大爺了！

千冬歲：八成也唱不出什麼。

西瑞：你個四眼田雞，本大爺會的可都是名曲！你個傢伙根本不會唱的高級名曲！

千冬歲：喔？這我可真好奇了，還沒有什麼我不會的。

Ｂ：那就獻唱一首看看？

西瑞：人生海海，甘需要攏了解，有時啊清醒，有時青菜～～（下略）

千冬歲：……（愣）

漾漾：喔喔喔喔！我也喜歡這首！讚的！

西瑞：你唱啊，你唱啊四眼雞，哼哼哼！哈哈哈！

千冬歲：……

西瑞：不會了吧，哇哈哈哈，笨蛋四眼～～咧咧咧～～

B：補充一下歌曲訊息吧，「歡喜就好」，演唱者：陳雷。

主角認為冰炎殿下適合綁雙馬尾嗎？

乒——

漾漾：下、下一題！（再不換題學長下一個捏爆的就不是杯子而是我的頭啊啊啊啊啊啊！）

請問小亭，若夏碎有女朋友了，妳會吃醋嗎？

小亭：女朋友跟醋都是可以吃的嗎？可以吃很多嗎？跟上次的水果醋一樣好喝嗎？

夏碎：……原來收在櫃子裡的水果醋是妳喝掉了啊，妳有稀釋嗎？

小亭：整個喝掉了，連瓶子吃掉。所以女朋友也是酸酸甜甜的，可以吃嗎？可以吃很多嗎？

夏碎：那是不能吃的。

小亭：喔……

B：看來小亭沒有吃醋的概念。

夏碎有和別人吵過架嗎？

學長：……

漾漾：夏碎學長看起來好像不容易和別人吵架的樣子。

夏碎：嗯？我看起來像沒有嗎？

漾漾：難道有!?（驚悚）

夏碎：我想似乎沒有呢。

B：不知道為什麼，我覺得這個答案好像更可怕……

漾漾：真的，我也這樣覺得。

B：或許應該換個方式問看看，請問「有過和夏碎吵架念頭」的人，現在還在嗎？

夏碎：自然是還在的。

小亭：那可以吃掉嗎？找主人吵架的，吃掉，吃乾淨。

夏碎：不能吃，不過我想，我們會有其他方式可以處理的。

學長：……

請問，這次紅白對抗中，大家對於和日常的朋友、搭檔們對打，有什麼特別的想法嗎？

漾漾：真是不堪回首的人間地獄。

喵喵：超～好玩的！下次喵喵會再加油把敵人打個落花流水！

千冬歲：這次被萊恩蒙混過關了，看來我今年實在是太輕敵了，下一次開始，不管是哪一方面我絕對不會再手下留情。

西瑞：本大爺還沒殺夠！

漾漾：（下一次我好想胃痛請假……）

夏碎：雖然是說為了以示公平，不過拆開也有讓大家能更進一步提升自己的含意，同時也可以學會更多不同的組隊配置。

漾漾：欸？看起來就是純痛毆……？

伊多：我想應該是這樣的意思吧，因為平常很少有這種機會，拆組對陣之後可以重新檢視各自和搭檔的不足之處，以後可以針對這些部分再加強。

漾漾：啊啊，原來如此。

千冬歲：所以要盡力地打才行。

萊恩：既然歲努力，我也不會留手。

喵喵：對啊！要很用力地打！打到對手無招架之力才行！

B：原來如此，難怪冰炎殿下也會釋盡全力下狠手。

學長：我的原則是，只要是敵人，一律消滅。

漾漾：……（所以學長你根本不是在切磋！你還是在生死鬥啊啊啊啊啊！）

伊多：不過亞里斯學院競賽並沒有這麼激烈，像Atlantis這樣的方式也很不錯。

雷多：對啊，明年我們也向學院提議看看吧！我也要和雅多來一次真的！

漾漾：誠心地建議，如果你們學校會真的死人，還是不要這樣做比較好。

請問，球魚可以吃嗎？

千冬歲：對一般人類來說，是不能吃的，但是

總有什麼都會放進嘴巴中的種族。

輔長：很難消化吧，有收過差點被球魚卡死的傢伙。

精靈百句歌唱到走音會怎樣？

學長：不會怎樣，頂多施展不出來。不過通常會施展不出來的最大原因是唱錯，或是口齒不清，讓支援的元素聽不懂在唱什麼，和走音無關。

漾漾：其實用唸的就行了……

請問，夏碎在鬼屋中扮的地藏王，是自願的還是遭陷害？

夏碎：是自願的呢，因為我是在攻擊組，所以可以從中選擇扮演的角色。

漾漾：攻擊組……

B：為什麼是地藏王呢！

夏碎：嗯……為什麼呢？

小亭：小亭記得！那時候主人好像說、偶爾換看看鈍器攻擊也不錯！

漾漾：……（你們這些人教死於杖下的人要如何安息啊啊啊啊！）

B：地藏王是唯一有用鈍器的嗎？

學長：另外一個是巨力鬼，被亂石或樹幹砸死有比較好嗎？

B：懂了。

請問，輔長有被認為是變態過嗎？

冰炎：他不是嗎？

漾漾：……（他根本就是啊！）

千冬歲：他是。

萊恩：嗯。

夏碎：（微笑）

伊多：咳咳……

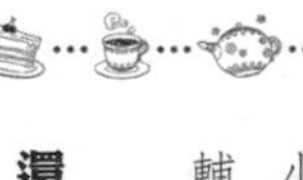

雅多：……

喵喵：變態～

西瑞：和我家老三是差不多的東西。

雷多：那不是藝術嗎！

小亭：變態可以吃嗎？

輔長：喂喂喂，你們這些人給我有點分寸啊。

還滿多人好奇的，請問，夏碎自從養了小亭之後，食物上的開銷有增加嗎？如何解決食物的問題？

夏碎：這倒沒有影響，學院中有許多人喜歡分享，時常會有人贈送食物，或者任務中也會收到可食用的物品。

小亭：好多好好吃的喔！

夏碎：不過「非食物」的消失，比較有影響。

漾漾：啊……上次的洗髮精……

小亭：那個也好吃。

喵喵：放養在餐廳也可以的，餐廳可以一直吃喔！

小亭：餐廳也好好吃，廚師給小亭很多吃的。

漾漾：妳應該知道廚師不能吃吧？

小亭：沒有吃廚師，廚師吃掉就不能吃食物了，小亭很乖。

漾漾：……那不是廚師的東西妳吃了嗎？

小亭：……

夏碎：小亭？

小亭：……小、小亭沒有吃廚師。

漾漾：（我就覺得餐廳雕像少了！果然不是錯覺啊啊啊！）

請問主角會下廚嗎？

漾漾：呃，蛋炒飯、燙青菜之類的……

B：低階類型啊？

漾漾：啊哈哈……

小亭：蛋炒飯好吃，主人也會做。

千冬歲：我、我也會做！

喵喵：喵喵也會喔！不過喵喵知道商店街有一家黃金炒飯，傳說有幾千年的歷史，而且食材非常特殊，想吃都還要先預約的，下次我們一起去吃看看吧！

漾漾：（幾千年到底是怎樣啊啊啊啊啊！那個炒飯應該不會有龍飛出來吧我說！）

小亭：蛋炒飯～

夏碎：聽起來好像不錯呢。

喵喵：那就說好了大家下次一起去吃蛋炒飯吧！

袍級們在出長期任務時，如果露宿在外，該如何解決梳洗問題？

學長：水系大氣精靈。

夏碎：水術或者符咒。

萊恩：歲會準備好。

千冬歲：水法術、符咒，很多儲存類型的符咒都可以使用。

伊多：水妖精倒是不用煩惱水方面的問題呢。

雷多：雅多雅多，水鳴借一下。

乒——

（水鳴直接插在雷多的脖子邊）

伊多：……雅多，請收起兵器吧。

雅多：……

漾漾：（糟糕我剛剛也想到米納斯！）

喵喵：水法術和水符咒喔！喵喵和庚庚都會帶的，在野外很有用！

B：看來大家並沒有這方面的問題。

千冬歲：水術和水符咒、儲存咒都是基礎之一，學院一定會教，當然袍級課程也少不了。

輔長：竟然不聽我的意見，你們當作我不是袍級啊你們這些小鬼。

請問米納斯平常在幻武大豆裡都在做什麼呢？

米納斯：沉睡、冥想、靜坐、不動心。

B：不動心是……？

米納斯：……

B：不要動K主人的心嗎？

漾漾：我、我應該沒有做錯啥吧！

米納斯：……

西瑞：漾～你欠K嗎？

漾漾：（你才欠K！你從髮尖到腳趾都欠K！）

萊恩：幻武兵器平常休息時會自行修練與提升力量，以後打宿主也會變痛。

漾漾：米納斯才沒有要打主人！

米納斯：……

如果今天主角掉到湖裡，出現了湖神問你掉的是金的主角還是銀的主角，你會如何選擇？

學長：為什麼一定要回答這種問題！

B：……嗚呃……對不起請不要掐死我……不是我問的……

學長：嘖。

喵喵：會吃點心的那個！

小亭：都吃掉！湖神也吃掉！

西瑞：七彩的那一個！轉吧！七彩的漾！

漾漾：轉什麼轉！你家才是七彩的啊！你多想我回不來啊！給我重新回答啊你！

西瑞：來決鬥吧！湖神！砍掉湖神就都是本大爺的！全部財產也都是本大爺的！

漾漾：（不要搶劫湖神啊渾蛋！）

學長：不腦殘的那個。

夏碎：我想褚應該具備了自己回來的方式吧。

漾漾：（夏碎學長你也太看得起我了！）

萊恩：有飯糰那個。

漾漾：（沒飯糰你就不要了嗎喂！）

千冬歲：一箭射死擾亂人心的障礙。

雷多：金的跟銀的也很藝術啊，我喜歡那種光澤，為什麼原世界的故事會說不能選那兩個？

輔長：要我來說，應該是金的那個比較耐用。

伊多：與湖神好好地溝通似乎比較適合呢？

漾漾：……（突然覺得真的會回不來）

雅多：兩個都不是。

漾漾：！

B：喔喔，主角流眼淚了。

這邊是畫者發問，請問在大會中，幫學長弄成女裝時，化妝師是什麼心情？

B：真的有化妝師敢做嗎！

喵喵：喵喵好想畫喔……但是好困難喔。

漾漾：我比較懷疑學長根本是自己畫的。

小亭：是主人畫的。

漾漾：咦！

學長：……

夏碎：雖然可以用術法加以改變，不過既然都已經參加了這麼盛大的活動，不自己動手不是很無趣嗎？而且與其看著女性們在那邊廝殺，似乎自己來比較快了。

漾漾：夏、夏碎學長你的易容術不是普通可怕啊……（還有那個畫面用想像的也好可怕啊……那個胸、那個全身……到底是怎麼弄的啊啊啊啊啊！）

學長：褚，你腦子又癢了嗎？

漾漾：對不起我閉腦了。

夏碎：其實冰炎自己也會做呢。

B：那怎麼不是冰炎殿下自己動手？

夏碎：他自己會隨便做。

學長：認得出來就行了，煩！

主持人B：那麼，這次的茶會也差不多到這邊結束了。

伊多：真的相當感謝大家跑這一趟。

喵喵：水妖精茶館的東西也好好吃，喵喵也很喜歡這邊喔！

漾漾：是說好像也有人很好奇每次茶會結束之後，到底都是誰買單的。

主持人B：這個，當然是主辦者……哪敢讓其他人買單啊……

輔長：看來伊多的狀況也還好，那麼醫療班的任務也差不多啦。

西瑞：漾～下次要記得帶榴槤喔。

漾漾：誰跟你下次！我沒說下次是我要準備啊！

喵喵：漾漾準備也辛苦了，水果都很好吃，下次換喵喵準備特別的東西吧！

萊恩：飯糰。

主持人B：就在大家一邊和平地點菜，我們也一邊來抽一下本次的茶會得獎者吧，冰……呃，雷多要抽看看嗎？

雷多：我嗎？

西瑞：當然還是要本大爺抽！拿來！

雷多：我我我我我～～

西瑞：憑什麼給你抽，這個茶會一直都是本大爺抽的！

漾漾：（並沒有一直吧……）

雷多：那你就抽過啦，我抽！

西瑞：啊！

主持人B：感謝了！那麼——

第四屆書上茶會抽出

致贈第八集簽名書一本：陳○硯（台中市）

新書將在上市之後寄出。

主持人B：這次也辛苦大家了，尤其是伊多先生，那麼請大家期待下一次相聚了，下次見囉。

END

《特殊傳說》原世界公會信箱，長期設立！

歡迎親愛的讀者們踴躍來信喲～～～

這個應該只有漫畫才有吧……

by 紅麟

下集預告

從安地爾那裡得知千年前的眞相。
精靈王子、妖師首領與鬼王貴族的相遇與分離，
讓所有的一切開始改變……

漾漾身分揭露，殺機隨之而來。
是誰破入鬼王塚營救，是誰留下餞別的禮物？
原來，失去總比得到更容易……

內心OS：

如果我從來沒遇見學長，現在的我會在哪裡？

國家圖書館出版品預行編目資料

特殊傳說／護玄 著.
——初版.——台北市：蓋亞文化，2013.07
冊；公分.

ISBN 978-986-319-054-7（卷8：平裝）

857.7 101005845

悅讀館 RE278

8

作者／護玄
插畫／紅麟　封面設計／克里斯
出版／蓋亞文化有限公司
地址◎台北市103承德路二段75巷35號1樓
電話◎（02）25585438　傳眞◎（02）25585439
部落格◎gaeabooks.pixnet.net/blog
臉書◎www.facebook.com/Gaeabooks
電子信箱◎gaea@gaeabooks.com.tw
投稿信箱◎editor@gaeabooks.com.tw
郵撥帳號◎19769541　戶名：蓋亞文化有限公司
法律顧問／宇達經貿法律事務所
總經銷／聯合發行股份有限公司
地址◎新北市新店區寶橋路235巷6弄6號2樓
電話◎（02）29178022　傳眞◎（02）29156275
港澳地區／一代匯集
地址◎九龍旺角塘尾道64號龍駒企業大廈10樓B&D室
電話◎（852）27838102　傳眞◎（852）23960050
初版八刷／2022年1月
定價／新台幣 250 元
Printed in Taiwan

ISBN／978-986-319-054-7

RE278
GAEA

VOL.8

蓋亞文化　讀者迴響

感謝您在茫茫書海中選擇了蓋亞，您的支持是我們最大的動力。
不要缺席喔，讓我們一起乘著夢想的羽翼，穿越時空遨遊天地！

姓名：　　　　性別：□男□女　　出生日期：　年　月　日

聯絡電話：　　　　手機：

學歷：□小學□國中□高中□大學□研究所　　職業：

E-mail：　　　　（請正確填寫）

通訊地址：□□□

本書購自：　　　縣市　　　　書店

何處得知本書消息：□逛書店□親友推薦□DM廣告□網路□雜誌報導

是否購買過蓋亞其他書籍：□是，書名：　　　　□否，首次購買

購買本書的動機是：□封面很吸引人□書名取得很讚□喜歡作者□價格便宜□其他

是否參加過蓋亞所舉辦的活動：
□有，參加過　　場　　□無，因爲

喜歡出版社製作什麼樣的贈品：
□書卡□文具用品□衣服□作者簽名□海報□無所謂□其他：

您對本書的意見：
◎內容／□滿意□尚可□待改進　　◎編輯／□滿意□尚可□待改進
◎封面設計／□滿意□尚可□待改進　◎定價／□滿意□尚可□待改進

推薦好友，讓他們一起分享出版訊息，享有購書優惠
1.姓名：　　　e-mail：
2.姓名：　　　e-mail：

其他建議：

◎請沿虛線剪開、對摺、裝訂後寄出

◎請沿虛線剪開、對摺、裝訂後寄出

廣告回信 郵資免付
台北郵局登記證
台北廣字第00675號

TO：蓋亞文化有限公司　收

103 台北市承德路二段75巷35號1樓

Gaea

Gaea